Tutti ma non la Star del Cinema!

commedia romantica tanto bollente quanto esilarante

Tutti ma non Tu!
Libro 3

Sara L Hudson

Traduzione di Ester Manzini @ Inside The Book

* * *

Sara L Hudson
PO BOX 1154
League City, TX 77573
United States

Per Maggie.
Grazie per essere una tipa così tosta.
(E per indossare i panni dell'adulta quando a me non va.)

Capitolo Uno

Liz

Ho le mutandine bagnate, e per le ragioni sbagliate.

«Mi dispiace, signora, c'è un'attesa di quaranta minuti.» La hostess indica un punto alle mie spalle, verso i tavoli da picnic che ho superato arrivando di corsa dal parcheggio dove ho lasciato l'auto a noleggio; sono alla disperata ricerca del sollievo dell'aria condizionata che troverò nel ristorante. «Ma se vuole abbiamo dei tavoli liberi sul patio.»

Devo proprio sforzarmi di non sbuffare a quella proposta; mi scosto dal corpo la maglietta di cotone sudata.

Ovvio che ci sia posto sul patio. Solo dei pazzi siederebbero all'aperto con quaranta gradi all'ombra.

Eppure, nel seguirla verso il punto che mi ha indicato, noto diversi avventori ai tavolini esterni.

Questa volta non riesco a trattenere un'espressione di incredulità nel notare quei clienti in jeans e stivali che si comportano come se i due nebulizzatori d'acqua fossero sufficienti a impedire loro di beccarsi un colpo di calore.

Dai, chi mai si infila pantaloni lunghi e stivali nel bel mezzo di un'ondata di caldo senza precedenti?

I texani, ecco chi.

Del resto, per quel che ho visto finora nello Stato della Stella Solitaria, cioè da ieri, quando sono atterrata, i texani sono tutti matti.

Prendete per esempio mia cognata, Bell. Prima si è sposata quel playboy pentito di mio fratello Chase. Poi le è venuta un'autentica ossessione per il suo socio a quattro zampe, un gatto pelato di nome Mike Hunt (un discutibile doppio senso, perché ricorda *my cunt,* ovvero *la mia fichetta*). Al punto da lasciare che il felino le faccia le fusa tra le tette come forma d'affetto.

Tutt'a un tratto, nel soffermarmi su questi folli texani che non badano all'afa insopportabile, ha senso che Bell sia nata e cresciuta a Houston.

Ma per quanto adori mia cognata, io non sono matta. O almeno non a livello texano.

Mi rivolgo alla hostess, le scocco un sorriso educato e mi preparo a fare qualcosa che non ho mai fatto in tutti i miei anni a New York: chiederle di trovarmi un posto in virtù del nome che porto. «Grazie, ma...»

Mi vibra il cellulare. Vorrei tanto ignorarlo, visto che a chiamare potrebbe essere il mio capo, ovvero il mio professore, che vuole parlarmi dello stage che mi ha organizzato e che dovrei iniziare tra tre giorni. «Scusi un attimo,» dico alla hostess, facendomi da parte e sfilando il telefono dalla tasca posteriore degli shorts di jeans.

Lo schermo si illumina per la notifica di un messaggio da parte della mia altra cognata, Alice. Non è il mio professore, ma visto che considero Alice la persona più carina del mondo (e ancora non mi spiego come Thomas, il maggiore dei miei fratelli, sia riuscito ad accaparrarsela), mi sentirei in colpa a non risponderle.

Sblocco lo schermo e vengo premiata da una foto di entrambi i miei fratelli con in braccio i rispettivi gatti: uno calvo, l'altro peloso.

I gatti, intendo. Non i fratelli.

Sbuffo una risata per le loro espressioni. *Sia* dei gatti che dei fratelli.

Thomas detesta intensamente lo sphynx di Chase, ma lui e il felino hanno la stessa identica aria sprezzante. Di contro, Chase ha la stessa faccia del bengala di Thomas, Re Richard (che Chase ha ribattezzato Re Dick Moore), tutta coccole.

Le mie cognate e io ci divertiamo un sacco a parlare alle spalle dei due sul fatto che hanno scelto entrambi un gatto con la personalità del fratello con cui hanno avuto screzi per anni. Fino a poco tempo fa. Fino a Bell e Alice.

Ora vanno tutti d'accordo. I fratelli, non i gatti.

A Mike non piace nessuno, tranne Bell e me. Tollera Chase.

Nella piccola area interna al ristorante riservata ai clienti in attesa, non posso che sentire fisicamente la loro mancanza mentre guardo la foto.

Ho nostalgia di tutti loro.

Nell'anno da quando me ne sono andata (o sono scappata, dicono alcuni), i Moore non solo sono aumentati di tre unità, quattro se includiamo Re Dick, ma hanno fatto cose che, fin da bambina, avrei voluto fare anch'io, ovvero stare insieme come una famiglia.

Peccato che io non sia più una Moore. Anzi, che non lo sia mai stata.

Sto per dedicarmi a una sessione di autocompatimento, cosa che ho fatto fin troppo spesso nell'ultimo anno, quando un uomo seduto al bancone, vestito di tutto punto in completo elegante (un'anomalia in un pub/ristorante casual come questo) attira la mia attenzione. Quando solleva la mano per richiamare quella del barista, l'orologio Piguet al suo polso scintilla.

Non mi fermo a pensare cosa ci faccia un uomo in abito d'alta sartoria e orologio da centomila dollari al Boondoggles Pub, nella periferia di Houston, Texas. Perché, avendo io affinato le mie doti di bevitrice fin dai diciannove anni, nei locali più esclusivi di New York, so qual è il prezzo di un'esitazione quando si tratta di accaparrarsi un posto al bancone.

E lasciatemelo dire, nessuno si conquista uno sgabello in prima linea come me.

Quando Elegantone ripone la carta di credito, io sono già in posizione, vicino al corridoio per il bagno, con gli occhi puntati dritti verso lo sgabello su cui lui è seduto. Sono pronta a scattare per prendermi il suo posto appena l'avrà lasciato libero.

Il cellulare vibra di nuovo. Thomas mi sta chiamando.

A differenza di Alice, o di Bell, la moglie di Chase, non mi sento particolarmente in colpa a ignorare le telefonate dei miei fratelli. Forse perché, sebbene né Chase né Thomas abbiano avuto un ruolo nella bomba riguardo alla mia paternità sganciata da mia madre un anno fa (per non parlare della scoperta che il mio non-padre si è rubato soldi dal mio conto), sono un po' troppo vicini alla realtà che non sono pronta ad affrontare.

Inoltre, Alice e Bell mi mandano foto di gatti e GIF buffe. Thomas, Chase, e persino la mia precedentemente distante a livello emotivo madre, vogliono *parlare*.

E dopo un anno, non sono ancora pronta.

Non che neghi l'evidenza, capiamoci. Credo fermamente di non essere figlia di Stanley Winston Moore. E sono conscia che l'uomo che chiamavo padre ha rubato parte della mia eredità. Ai suoi occhi non me la meritavo. Per non parlare del fatto che doveva provvedere al mantenimento delle sue amanti.

Ma saperlo è un conto, ammetterlo un altro. Così non lo faccio.

Comunque, a causa di questo momento di debolezza causato forse dal caldo soffocante, dallo shock culturale del Texas e dall'ansia per l'autentica ragione del mio viaggio a Houston, faccio passare il pollice sullo schermo.

«Liz?»

Sorrido al tono serio e profondo di Thomas. «Ciao, fratello.» Mi scosto per lasciar passare una cameriera e tengo gli occhi su Elegantone, al banco.

«Come stai?»

Apro la bocca, pronta a ribattere al suo solito ordine di tornare a casa, poi mi rendo conto della sua domanda. Che il mio severo fratellone mi chieda come sto dev'essere merito di Alice. Deve essere difficile mantenere un atteggiamento distaccato e spocchioso quando vivi e dormi con una donna che è praticamente un angelo reincarnato.

Visto che sta facendo uno sforzo, è giusto che lo ricambi. Mi schiarisco la gola e uso il tono più amichevole possibile. «Sto bene, Thomas, e tu?»

«Mmm.»

Ecco, questa sì che è una risposta tipica da Thomas.

Ridacchio per scacciare l'ondata di commozione che oggi mi affligge e mi appoggio alla parete di mattoni del corridoio, sempre tenendo d'occhio Elegantone, che si è sporto per dire qualcosa al tizio al suo fianco. Un'occhiata alla hostess all'ingresso mi fa sperare che i due al bancone non si conoscano. Se andassero via insieme, dovrei competere per il posto con la coppia appena arrivata che, come me, non sembra abbastanza matta da volersi sedere fuori.

Sembra improbabile che i due tipi al bancone si conoscano, visto che il compare di Elegantone porta gli stessi jeans lisi e berretto da camionista che indossano diversi degli autoctoni circostanti. Insieme, sembrano l'equivalente umano di acqua e olio.

Sapendo che mio fratello potrebbe battere il record mondiale di silenzio, interrompo quel momento. «E come stanno Alice e Mary?»

«Bene.» Fa una pausa, quasi pensieroso. «Starebbero meglio se tornassi a casa.»

Devo dargli atto che almeno ha dismesso la solita aria di comando e ha scelto invece di fare una proposta passivo-aggressiva, ma credo che anche questo dipenda dall'influenza di Alice.

Faccio un sorrisetto, chiedendomi se lei gli ha fatto giurare di essere gentile prima di chiamarmi. Ci scommetterei l'eredità. Ma visto che non si tratta di scommesse, mi gioco la carta della sorellina punzecchiante. «Sai, Thomas, per quanto ritenga che Alice abbia una buona influenza su di te, sono ancora preoccupata per le sue intenzioni.»

Elegantone porge qualcosa al vicino, poi ride per una qualche battuta dell'altro, prima di alzarsi. Quando i lucidi mocassini si posano a terra, mi scosto dal muro, pronta a scattare.

«Eh?» Il tono di Thomas suggerisce che ha indossato la sua solita espressione di superiorità. Quella con il sopracciglio inarcato, che un tempo mi ricordava nostro padre. *Suo* padre. «Cosa te lo fa pensare?»

Elegantone ha fatto giusto due passi verso la porta quando mi lancio sullo sgabello lasciato libero; le cosce nude frenano la scivolata sul legno massello. Sollevo le ginocchia e dimeno le chiappe avvolte dal jeans per mettermi comoda sullo sgabello. «Perché se tua moglie davvero avesse a cuore i tuoi sentimenti, non mi manderebbe foto di te e della tua patata pelosa.»

Il tizio accanto a me si fa andare di traverso la birra.

Thomas non si scompone. «In un altro momento ti ammonirei sull'uso di patata in un doppio senso a indicare la fica, ma suddetta moglie mi ha informato che, visto che non rimprovero

Chase per l'uso degli stessi termini ambigui, suonerei come uno stronzo sciovinista se lo facessi con te.»

«Accidenti, Tommy.» Rido per l'inedito lato del mio puntiglioso fratello maggiore. «Fica e stronzo nella stessa frase?» Un barista barbuto si gira a guardarmi mentre passa dall'altra parte del bancone. «Una pinta di sidro e dell'acqua, per favore,» ordino prima di tornare al telefono. «Mi rimangio tutto. Alice ha un'influenza *fenomenale* su di te. Sono sempre stata sua fan.»

«Sì, ecco...» Tira su con il naso. «Come è giusto che sia.»

Rimaniamo in silenzio per un attimo. Thomas avrà bisogno di un istante per affrontare il fatto di aver detto qualcosa di umano. Sfrutto quel momento per appendere la borsa al gancio posizionato sotto il bancone.

Dopo essersi ricomposto, mio fratello si schiarisce la gola. «Ti ho contattata anche per ricordarti del compleanno di tua nipote, il mese prossimo.»

Il mio sorriso si fa malinconico al pensiero di Mary, la figlia adottiva di mio fratello e Alice. A differenza di me da bambina, Mary adora le principesse e passa la maggior parte del tempo con addosso vestiti vaporosi. Io, ai tempi delle feste dell'alta società newyorkese, odiavo portarli. Ancora oggi le balze mi danno i brividi, e mi ricordano gli imbarazzanti servizi fotografici prima degli eventi di gala. I flash dei fotografi dei giornali, la risata gioviale di mio "padre" quando veniva chiamato un uomo di famiglia, prima che venissi scortata via da una qualche tata o dipendente dell'evento, verso una sala da gioco più simile a un mausoleo, dove io e gli altri figli dell'élite saremmo rimasti seduti in silenzio fino al momento delle foto di fine festa.

Scaccio il ricordo e lo rimpiazzo con il video che Alice mi ha mandato: Mary che fa pratica con le riverenze, vestita con un abito dotato di almeno tre strati di crinoline gonfie, con Re Dick Moore stretto tra le braccine. «Non me ne dimenticherò.»

«E Chase vuole farti sapere che Micheal ha apprezzato il

dildo all'uncinetto farcito di erba gatta che gli hai inviato.» Sbuffa. «Dice che si assicurerà di ricambiare, in futuro.»

Ridacchio al pensiero del gatto pelato del mio altro fratello, che si monta l'esclusivo giocattolo che ho realizzato per lui. Chase ha scoperto nel peggiore dei modi l'effetto che l'erba gatta fa al castrato ma ancora perverso Mike Hunt, durante il viaggio a Las Vegas, per il suo matrimonio.

Solo quando io e Thomas ci salutiamo e ripongo in tasca il cellulare mi accorgo che non mi ha chiesto dove fossi. Cosa che fa sempre.

Tamburello sul bancone.

Forse Alice gli ha fatto promettere di non chiedermelo. Forse lui ha abbandonato il progetto di trascinarmi a casa. O forse lo sa già.

Mi acciglio verso il mio riflesso distorto nel lucido bancone, poi scaccio la preoccupazione con una risata.

Non può sapere che sono in Texas. Neanche io sapevo che sarei venuta a Houston fino alla scorsa settimana, quando il mio ex professore di arti digitali mi ha proposto uno stage in qualità di sua assistente, mentre lavorava allo storyboard di un kolossal. Ero ben decisa a rifiutare, visto che non sapevo neanche cosa fosse uno storyboard, poi però mi ha rivelato che avrei lavorato alla sede della Nasa.

Il barista mi piazza di fronte l'acqua che ho ordinato.

So che per fortuna qui dentro c'è l'aria condizionata, ma il locale è affollato, e lui affaccendato. Eppure, nonostante la folta barba e i capelli lunghi, non c'è neanche una goccia di sudore sulla sua fronte. E indossa una *felpa*.

I texani sono tutti matti.

«Grazie.» Bevo l'acqua e osservo il secondo barista all'altro capo del bancone; anche lui ha la barba e una maglia a maniche lunghe con il logo a forma di bulldog del pub. Scuoto il capo e abbasso lo sguardo sul bicchiere mezzo vuoto.

Chi si fa crescere la barba nel Texas sudorientale, che si dovrebbe più che altro chiamare il buco del culo del diavolo?

«Buco del culo del diavolo?»

Sussulto, sorpresa di averlo detto ad alta voce, e ancor più che il tipo al mio fianco mi abbia sentita. Mi asciugo una goccia d'acqua dall'angolo della bocca con la mano e mi volto per scusarmi, ed ecco che mi accorgo che anche questo tizio ha la barba.

Mannaggia. È imbarazzante.

* * *

Felix

La spassosa, volgare ragazza al mio fianco sputacchia prima di volgere verso di me quei begli occhi azzurri, che si spalancano quando mi guarda in viso.

Merda. Dovevo proprio aprir bocca, vero? E neanche un minuto dopo che Jack, prima di andarsene, mi ha detto di starmene nel mio angolino e fare il bravo. Il tutto nonostante i preservativi che mi ha regalato, un dono che l'ha fatto scompisciare, visto il mio recente voto di castità.

Se la donna mi riconosce, sono fritto. Mi guardo intorno nervoso, temendo di aver attirato troppa attenzione anche solo guardando qualcosa di diverso dal lucido legno del bancone, cosa che ho fatto per l'ultima ora. Mi sono rilassato troppo godendomi il beato anonimato. La stampa è convinta che non arriverò prima della prossima settimana, per l'inizio delle riprese, e con il look arruffato e irsuto che ho adottato per non dare nell'occhio tra il lavoro in studio e sul set, volevo passare un'ultima serata di normalità prima di iniziare a girare alla NASA.

Quello che non avevo messo in conto era la bollente, in tutti i sensi, bionda e il suo bizzarro collegamento tra i peli facciali e quelli sulla striscia di pelle tra i testicoli e il buco del culo di Satana. Cosa che è arrivata dopo un commento sulla patata pelosa di qualcuno.

Dai, è intrigante, non ci posso fare niente.

«Ah, scusami.» Si scosta con una smorfia il colletto della maglietta sudata. «Non riesco proprio a capire come i texani possano sopportare queste temperature.» Agita una mano verso di me. «La tua... ehm, barba è grandiosa.»

Sollevato che mi abbia scambiato per uno del posto, posso permettermi di ridere alla palese menzogna, e mi passo la mano sul groviglio mezzo liscio e mezzo crespo che mi copre dalla bocca in giù.

Ho interpretato diversi personaggi sopravvissuti durante la mia carriera che mi ha portato a diventare una star dei film d'azione, incluso il protagonista della pellicola su un incidente aereo tra le foreste del Canada. Ogni volta, il reparto make-up mi ha raccomandato di farmi crescere la barba, e ogni volta mi è stata accuratamente rasata appena messo piede sul set, neanche avessi la rogna.

Il barista serve un altro bicchiere alla donna vicino a me, questa volta pieno di sidro.

«Grazie.» Indica la mezza pinta che ho davanti. «A lui offro io.»

«Non serve.» Il vetro è ancora freddo contro il mio palmo. «Ma grazie.» Ho promesso a Jack che quella che sto bevendo sarebbe stata l'ultima birra, prima di chiamare l'autista per tornare verso l'hotel in centro.

«Insisto.» Fa spallucce. «Una modo per scusarmi per il commento sulla barba e sul culo.»

Annuisco con un sorrisetto che, a causa di suddetta barba, probabilmente non nota. La promessa a Jack l'ho fatta prima che una fanciulla che intesse volgarità come fossero sonetti prendesse il suo posto.

La mia scurrile poetessa fa per voltarsi in avanti, poi si interrompe, pensosa. «Comunque io sono Anne.» Si rivolge di nuovo a me e mi porge la mano. «E tu?»

Mi strozzo con il sorso successivo, cercando una risposta. Il tizio seduto all'altro lato della ragazza attira il mio sguardo, con il suo berretto verde acceso, su cui spicca la scritta gialla *John Deere*.

«John.» Le stringo la mano. È snella, ma percepisco la forza del braccio nella stretta.

Quando torna a dedicarsi al sidro, la scruto con discrezione.

Anne è snella ma atletica, come se si fosse allenata tutti i giorni per gli ultimi cinque anni. Si nota da quelle braccia tornite, dalle lunghe gambe abbronzate e scolpite che sbucano dai calzoncini di jeans sfilacciato. E quando chiude sognante gli occhi per bere il sidro, continuo a pensare al sorriso sghembo causato dalla mia reazione al suo umorismo volgare. Quello e la sua educata presentazione aggiungono livelli di deliziosa contraddizione alla sua personalità, una caratteristica rara.

Jack dice sempre che la capacità di analizzare i caratteri altrui è la mia più grande dote come attore. Che potrei passare ore a rimuginare sulle azioni di una persona, sui suoi intenti e motivazioni. Potrei attribuire il mio insolito interesse per Anne a quello, se non fosse che altre parti del mio corpo hanno intenzioni ben diverse.

Anne si accorge che la sto fissando, e una fossetta le compare sulla guancia sinistra. Non serve che abbia interpretato l'Uomo d'Acciaio per sapere che la donna qui vicino potrebbe benissimo essere la mia kryptonite.

Lo so perché faccio qualcosa che non dovrei. Qualcosa che il mio agente e il mio addetto stampa mi hanno raccomandato di evitare. E qualcosa che i miei legali mi imporrebbero di interrompere subito. Sollevo il bicchiere verso la mia graziosa e sboccata vicina e tocco il suo. «Penso di voler sapere altro sulla moglie con la fissa per mandare foto di... ehm...» Mi guardo intorno, più cauto riguardo ai paraggi di quanto lei appaia, e abbasso la voce. «Di parti basse dalla folta criniera.»

Il suo sorriso si allarga, e il sussulto che sento all'altezza del cuore mi ricorda di quella volta che ho fatto base jumping dalla Shanghai Tower per quel film definito dai critici "il mio grande debutto". Cosa accaduta prima che diventassi così famoso da spingere le case di produzione ad assumere stuntman professionisti, piuttosto che rischiare la stangata dell'assicurazione se mi fosse successo qualcosa. Prima che dovessi farmi crescere la barba per bere qualcosa con una bella ragazza senza essere accerchiato da estranei. E ben prima di rendermi conto che la fama aveva un costo: la necessità di assoldare avvocati e addetti alle pubbliche relazioni per mantenere privata la mia vita personale.

Ma quando Anne brinda con me, tutto ciò svanisce. «Ascoltami, Johnny. Se vuoi sapere qualcosa, devi parlare chiaro. Gli eufemismi sono per i deboli.» Si avvicina, e percepisco il suo profumo. Sa di agrumi, mi ricorda gli alberi di kumquat di mia madre. «Per la cronaca, la moglie in questione è Alice, mia cognata, e la patata pelosa è quella di mio fratello. Di uno dei miei fratelli.» Delicate sopracciglia castano chiaro ondeggiano con fare malizioso. «La patata del mio altro fratello è glabra.»

Anni di corsi di improvvisazione si rivelano inutili in questa situazione, perché il mio cervello fatica a capire le parole che lei pronuncia. «Le patate dei tuoi fratelli sono pelose e glabre?» L'immagine mentale che ciò evoca è da brividi.

Lei getta indietro il capo e ride. Un suono forte, ma non fragoroso. Il gesto rivela la lunga colonna della sua gola; la sua inibizione e le lentiggini delicate e irresistibili sparpagliate tra il collo e la spalla mi eccitano.

Cosa che è accaduta di rado negli ultimi mesi stressanti.

Torna a raddrizzarsi sullo sgabello, e l'ilarità si spegne in un sorrisetto. «Non dire che non ti avevo avvisato.»

Ignoro il suo avvertimento e tutte le altre cose che mi ronzano in testa; appoggio i gomiti al bancone e mi prendo nel palmo il mento barbuto. «Sono tutto orecchi.»

* * *

Liz

«Mike Hunt è grandioso.» John mi fissa meravigliato dopo che ho finito di raccontare qualche aneddoto felino sui miei fratelli. «E la tua famiglia vince il premio per i nomi per patate più perversi.»

Levo il bicchiere verso di lui. «Ottima allitterazione.» Bevo un lungo sorso, e il fremito che sento ha più a che fare con l'uomo di fronte a me che con i due bicchieri di sidro che ho bevuto. «Anche se, a dirla tutta, mia nipote non sapeva dello sfortunato soprannome di Richard quando ha scelto di battezzare così il bengala di mio fratello.»

John fa un'alzata di spalle. «Sì, ma se ci aggiungi il fatto che il gatto si chiama Moore di cognome...» Gli occhi si increspano in un sorriso. «Che deliziosa mossa del destino.»

«Dici?» Ridacchio, ma internamente mi maledico per quello scivolone.

Confido che la maggior parte della popolazione texana non legga le rubriche di gossip o le notizie sull'alta società di New York, eppure sarebbe proprio da me trovare il singolo individuo che invece lo fa. Uno che potrebbe facilmente collegare il cognome del mio gatto e il nome di mio fratello. Per fortuna mi sono presentata con il mio secondo nome, quello che ho usato nell'ultimo anno, dopo aver cambiato facoltà per finire la specialistica.

Quello, e il fatto che il gatto di Chase si chiami Mike *Hunt,* dovrebbe suggerire a John che il soprannome di Re Dick non sia collegato alla famiglia.

Si sporge verso di me, le sottili rughe ancora incise agli angoli degli occhi, e abbassa la voce. «Credi nel destino, Anne?»

Sbuffo una risata e rido più forte di quanto sia solita fare per il sollievo. No, John non ha collegato le cose. «Se è una frase per provarci, caro il mio Johnny, dovresti vergognarti di te.»

«Sì, in effetti era un po' squallida.» Si raddrizza, e un sorriso si allarga sotto i suoi baffi. Sono quasi abbagliata da quei denti candidi. Ha riso per tutta la nostra chiacchierata, ma deve averlo fatto a capo chino, perché è il primo sorriso che riesco a vedere per bene.

Sospetto che, sotto quell'aria trasandata, Johnny sia un fico da competizione.

Inclino interessata la testa per guardarlo meglio in viso, che ha distolto di nuovo, probabilmente imbarazzato per aver ammesso le sue scarse competenze nel settore del rimorchio. Osservo il suo profilo, le folte ciglia che farebbero invidia a qualsiasi donna, che scintillano come la sua pelle chiara alle luci del locale. O almeno, quel poco di pelle lasciato libero dai peli. E quando mi guarda, mi colpisce quanto siano scuri e profondi i suoi occhi.

Sexy.

Sì, proprio come pensavo. Johnny è un gran bell'uomo. Vengo colta da un senso di familiarità, e mi sporgo in avanti per cercare di capire meglio.

I suoi occhi incontrano i miei, e nel vedermi così assorta distoglie di nuovo lo sguardo, la spalla più vicina a me che si curva in avanti, quasi fosse imbarazzato per il mio interesse. «Sarò fuori allenamento.» La sua risata è poco entusiasta.

Mi ci gioco tutti i soldi che ho: sta arrossendo sotto tutta quella pelliccia.

Mi dispiace averlo preso in giro, così gli do una lieve spallata. «Penso di credere nel fato.»

Lui rotea gli occhi ma mi fa un mezzo sorriso, a giudicare dal fremito della barba.

«Davvero.» Mi rigiro tra le mani il bicchiere mezzo vuoto. «Se così non fosse, non sarei qui.» Tamburello un dito sul bancone. «Non intendo in questo pub, ma a Houston.»

«Ah sì?» Si gira di nuovo verso di me, spero non più in imbarazzo. «E perché sei venuta?»

«Per lavoro.»

John annuisce, e per fortuna non fa altre domande. «Un lavoro più eccitante delle patate glabre?»

Mi va di traverso il sorso successivo. «Solo un gatto è glabro.» Sollevo un dito. «Ricordati, la patata di Thomas ha il pelo.»

«Giusto.» Annuisce solenne, la facciata seriosa tradita da un lampo di denti bianchi. «Come ho fatto a scordarmi di Re Dick Moore?»

Di nuovo, il barista incespica, facendoci ridere entrambi.

Quando ci passa l'ilarità, tocco di nuovo John con la spalla. «Ehi, se ti fa sentire meglio, anche io sono fuori allenamento.»

I suoi occhi scuri mi sfiorano i capelli, il petto, le gambe, poi tornano sul mio viso. «Come no,» sbuffa.

Tocca a me arrossire. Ma non per l'imbarazzo.

La sua lampante incredulità mi dà una botta di sicurezza in me stessa che neanche sapevo mi servisse.

Non esco con nessuno da più di un anno, e del sesso non parliamone neanche. I rapporti che ho avuto prima che tutta la mia vita implodesse sono stati educati, goffi, e coinvolgevano uomini, anzi, ragazzi fin troppo consci di chi fosse mio padre, o il loro, perché potessi davvero lasciarmi andare. Neanche i dettagli della mia vita sessuale potessero in qualche modo arrivare alle orecchie di Stanley Winston Moore, rendendomi oggetto di critica e ridicolo per non essere, di nuovo, stata all'altezza delle sue aspettative.

Anche adesso che sono lontana dal suo costante esame, continuo a trattenermi. Sto ancora affrontando gli effetti delle scelte del mio unico genitore presente, e quelle di un ex genitore. Sono stata occupata a capire chi io sia, cosa voglia fare, e non ho flirtato con nessuno, né concesso tempo ad altro che all'autocommiserazione.

John finisce la birra, la gola che sussulta con l'ultimo sorso.

Ma ora... ora patisco una sete che ho cercato con tanta fatica di ignorare.

«Allora, John.» Appoggio il gomito al bancone e mi volto a guardarlo.

Un angolo delle labbra si solleva. «Sì, Anne?»

«Visto che sei fuori allenamento...»

Sbuffa una risata.

«... e che lo sono anche io,» e appoggio i piedi sulla pedana dello sgabello; le mie ginocchia gli sfiorano la coscia destra, «perché non ci aiutiamo a vicenda e facciamo un po' di pratica insieme?»

Il suo sguardo scende verso il punto in cui i nostri corpi si toccano, e la mia coscia si tende. «Direi che tu hai già iniziato.» Appoggia la mano destra sul mio ginocchio e la stringe. «I texani definiscono questo una falsa partenza.»

Sbuffo e roteo gli occhi; è un riferimento al football, ed è proprio da texano. «Vuoi andare a meta?» Mi do una pacca sulla spalla mentalmente, per quella risposta a tema sportivo.

«Oh, no.» John fa cenno al barista di portare il conto. «Sarò fuori allenamento, ma non sono uno sprovveduto.»

A differenza del suo precedente vicino di sgabello, quando

John alza il braccio rivela uno smartwatch. Immagino che anche ai cowboy piaccia tenere il conto dei passi.

Quando il barman ci porta una cartelletta con il conto, io infilo delle banconote sotto la clip e gliela ripasso prima che John possa protestare. Ho finito i contanti per il viaggio, ma è più comodo così che usare una carta di credito su cui c'è un nome diverso da quello che gli ho rivelato. «Questa è una delle cose che mi piacciono di te, John.»

Lui fissa il barista che si allontana; sembra voler ribattere, poi ci ripensa e scende dallo sgabello. «Spero ce ne saranno molte altre prima della fine della serata.» Mi tende la mano. «Una serata che comprende una camera d'albergo, questa volta pagata da me.»

Ripenso ai pochi risparmi raggranellati insegnando pilates e pittura mentre finivo la specialistica, e gli prendo la mano. «Camera d'albergo, eh? Un ottimo posto dove iniziare l'allenamento.»

Quasi intimorito, china il capo mentre si allontana con me dal bancone. «Beh, dicono che la pratica renda perfetti.»

Capitolo Due

Felix

Prendo buone decisioni. Sebbene i miei legali siano in disaccordo sulla questione, dopo il mio recente tentativo di gestire le cose da solo, in questo momento, con un paio di cosce tornite avvolte intorno alla testa, posso affermare senza tema di smentita che le decisioni di stasera, quelle che mi hanno portato qui, sono state grandiose.

Anne mi afferra i capelli quando tuffo la lingua dentro di lei.

«Sì.» Muove il bacino al ritmo della mia bocca. «Così.»

Direi che me la sto cavando bene, a giudicare dal pizzicore al cuoio capelluto. Sarò fuori allenamento con il rimorchio, che non ho praticato dall'uscita del mio primo film, ma almeno so ancora come dar piacere a una donna.

Le infilo dentro due dita e le succhio il clitoride.

«*Cazzo.*»

Il suo corpo si tende, e il mio stesso battito cardiaco mi rimbomba nella testa, forte e rapido, quando la sento serrarci le cosce attorno.

Dopo alcuni secondi in cui mi chiedo se i muscoli del mio collo reggeranno, lei rilassa le gambe e le posa sulle mie spalle.

«Accidenti, John.»

Provo un moto di senso di colpa per quel nome falso e per la mia interpretazione improvvisata di un texano. In un primo momento mi è venuto facile calarmi in quei panni come ho fatto tante altre volte. Ma in qualche modo, quando l'altra metà non ne è consapevole, mi sento una merda.

«Mi rimangio quel che ho detto sulla barba.» La voce di Anne è spezzata da ansiti. «La frizione è mia amica.»

La risata scaccia i pensieri e le fa scivolare le cosce dalle mie spalle. Non ricordo l'ultima volta che ho riso a letto con una donna. Di solito mi sembra che, tra un orgasmo e l'altro, si mettano in posa per dei selfie.

«Dieci e lode, cowboy.» Anne, a occhi serrati e labbra socchiuse per la soddisfazione, è la cosa più erotica che abbia visto da un po'.

Le allargo le gambe e mi faccio strada verso l'alto con i baci, il sorriso sempre sulla bocca.

I suoi capezzoli rosei si irrigidiscono quando li sfioro.

«Ah, *gatinha*.» Un idioma che non parlo molto da anni mi tinge la voce. «*Tão doce*.» Faccio scattare la lingua su un bocciolo turgido.

«Mmh.» Sbatte lentamente le palpebre e apre gli occhi scuri, come un sonnacchioso angelo biondo. «Non so se stai parlando del tempo o mi stai dando della sporcacciona...» Mi passa le dita tra i capelli arruffati, afferrandoli per inclinarmi forte la testa verso il suo seno. «Ma in ogni caso, non smettere.»

Un angelo con la lingua di un demonio.

Lascio che mi guidi, ma piego il capo all'indietro per ammirare le sue reazioni. Il suo sorriso si scioglie quando passo i denti sulla pelle sensibile, la sua espressione si fa vacua quando succhio. Si lascia andare e chiude di nuovo gli occhi per abbandonarsi ancora al piacere, e sono più soddisfatto di quando ho visto l'ultimo People's Choice Award.

Risalgo lungo il materasso e prendo i preservativi che il mio agente Jack mi ha dato prima di andare via dal bar. L'ha fatto come scherzo, sapendo che avevo giurato di non avere una donna da quando...

No, non pensarci.

Se mi perdo nel casino che è stato la mia vita dall'ultima volta che ho abbassato la guardia con una donna, potrei non riuscire a indossare il preservativo. E in tal caso, non credo che il mio uccello mi perdonerebbe mai.

Strappo l'involucro e appoggio il profilattico sulla punta.

«Ehi, aspetta.»

Mi blocco prima di srotolarmelo. Anne si solleva sui gomiti, gli occhi fissi sul mio cazzo e un cipiglio sul volto.

Alzo le mani come un criminale a cui hanno detto di gettare le armi e ripenso al tempo trascorso insieme. Che abbia male interpretato i segnali? «Se vuoi che ci fermiamo non c'è problema.» Mi ci vogliono tutte le mie doti attoriali per dirlo in tono neutrale e non implorante. L'erezione marmorea smentisce le mie menzogne.

Lei sbuffa e alza gli occhi al soffitto. «Rilassati, caro il mio Johnny. Era solo un time out tattico.» Si alza in ginocchio e mi spinge indietro, sulla schiena.

Il mio uccello, felice di essere ancora in partita, ignora il rimbalzo. «Gioco scorretto?»

Lei getta indietro il capo e ride, libera. «No, ma è il mio turno di intraprendere un'azione.» Mi sale sopra, e la vista della sua fica umida quasi coglie in fallo Felix junior. «Non l'ho mai fatto prima.»

Sbianco. «Sei... vergine?»

Anne china il capo. «No, decisamente non sono una novellina.» Guarda gli altri tre preservativi sul bordo del letto, e mi toglie quello che ho semi indossato. «Considerami un quarterback al debutto in campionato.»

Non ho tempo di tradurre ciò che ha detto perché mi afferra il cazzo, lo masturba un paio di volte e si lecca le labbra, poi mi allarga le gambe con i piedi e vi si posiziona in mezzo.

«Ecco il programma.» Inarca un sopracciglio e continua a lavorarmi. «Tu mi dici cose sconce in...» Si fa pensierosa. «In qualsiasi lingua tu abbia usato prima.»

Mi mordo il labbro per concentrarmi su qualcosa di diverso dal piacere che mi dà il suo palmo che scivola su e giù. «Portoghese.» Mi si incrina la voce.

«Ecco, quello.» Alla stoccata successiva, la fossetta fa la sua comparsa. «E tu puoi scostarmi i capelli per vedere meglio.» Ferma la mano sulla punta e stringe.

«Sono fottuto.»

Fa un sorrisetto. «Dopo? Volentieri.» Occhi fissi nei miei, dà un altro affondo. «Ma se mi spingi giù la testa e mi soffochi, tre fischi e la partita è finita e ti sbatto fuori non solo dal campo, ma dalla camera.» Inclina la testa di lato, i capelli biondi sciolti sulla spalla, le punte che solleticano il capezzolo che ho appena succhiato. Un sorriso sexy e malizioso le sfiora le labbra. «Capito, Johnny?»

Mi lancio nel metodo Stanislavskij e sollevo la tesa di un immaginario cappello da cowboy. «Sissignora.»

* * *

Liz

Tutto è più grande in Texas.

Ecco il mio primo pensiero quando allargo la bocca per prendere il cazzo di Johnny senza toccarlo con i denti. Il secondo è *argh*. Il retrogusto di lattice lasciato dal preservativo non è piacevole.

Ma quando appiattisco la lingua e la trascino lungo il lato inferiore del suo cazzo, e John serra il culo con un gemito, mi dico che il sapore di gomma e la mascella indolenzita valgono la pena.

Cosa che, in quanto persona mai stata particolarmente appassionata di pompini, mi fa pensare che forse dovrei considerare questa serata un buon presagio. Il segno che una notte divertente e senza vincoli è proprio ciò di cui ho bisogno prima di mettere in azione il progetto "smettila di evitare la realtà e vai a conoscere la tua sorellastra".

«*Tão bom.*» Si muove sotto di me, gli addominali scolpiti si contraggono. «*Você se sente tão bem.*»

Fin dal nostro primo incontro, John è stato una sorpresa continua. La più grossa è quella che ho in bocca. Le altre includono quel corpo marmoreo e le doti magistrali nel sesso orale, indimenticabili.

Piega le ginocchia e le sue gambe si tendono mentre mormora in un idioma che non capisco, rendendo più godurioso un gesto che ho sempre trovato arduo. Forse è perché, per una volta, non me ne frega di ciò che prova, non mi sento in colpa a comportarmi in modo poco signorile, non mi preoccupo del domani.

O forse perché, mentre gli cingo l'erezione con pollice e indice e muovo la testa su e giù, noto come agguanta le lenzuola. Si sta sforzando di rispettare i limiti che ho imposto. Cosa che i miei ex fidanzati hanno sempre mancato di fare, visto che mi consideravano troppo per bene per serbare rancore, che li avrei perdonati perché era più comodo che piantare casino.

Ero insopportabile. *Era* insopportabile.

Quindi è possibile che ultimamente il mio problema non sia

tanto ignorare i miei sentimenti, ma rimanerci invischiata. Lasciare che controllino le mie azioni invece che guidarle.

Mio fratello Chase dice sempre che sono troppo insistente con le persone a cui tengo.

Bleah, Liz, basta pensare ai tuoi fratelli, che schifo.

Torno a concentrarmi e indugio per succhiare con più vigore, cosa che spinge John a sollevare il culo dal letto. Si riabbassa solo quando lo lascio andare con uno schiocco.

«*Você está me deixando louco.*» La sua voce mi sfiora l'orecchio come un bacio, mi manda un brivido lungo la schiena.

Voglio chiedergli come faccia a sapere il portoghese, ma non è il momento giusto. Né la notte, o l'uomo giusto. Non è per questo che io e John siamo qui. Solo per fare pratica.

Come se mi leggesse nel pensiero, l'uccello di John si gonfia quando ne lecco la punta. Rilasso ulteriormente la mascella e mi metto all'opera.

Mi calo, risucchio le guance, lo prendo fino in fondo.

Ma proprio quando, come gli ho detto di fare, mi scosta i capelli dal viso, le mie labbra perdono aderenza e la lingua inizia a formicolare.

Cerco di stringere e succhiare forte, ma un filo di bava mi scorre sul mento, e il formicolio mi raggiunge il palato. «Aspetta.» Lo lascio andare con un altro schiocco sonoro e mi siedo sui talloni.

Lui solleva di nuovo le mani. «Scusami.»

Riderei di lui, con quelle tre appendici levate nella resa, se non fossi così turbata dall'insensibilità che provo alla lingua. «'ualcoa 'on va.» Il panico filtra nella mia parlata biascicata.

John si alza sui gomiti. «Come, scusa?»

«'ualcoa...» Mi tocco la bocca in fretta, ma non la sento. Mi concentro e riesco a deglutire l'eccesso di saliva che ho in bocca. Inspiro con forza dal naso, butto fuori l'aria dalla bocca, come insegno al corso di pilates. Solo che invece che rilassarsi tutto il mio corpo si tende quando il mio respiro suona come un ragazzino che imita una scoreggia.

«'to aendo un ittus.»

Il sorriso torna a increspargli gli occhi. «*Ittus?*»

«Ittus!» Mi indico le labbra, da cui, nonostante i tentativi di ingoiare, continua a scorrere un filo di saliva.

Ci vuole qualche altro secondo, ma finalmente le mie parole sconnesse acquisiscono senso. «Un ictus?» John spalanca gli occhi e il suo uccello si ritrae.

Mi do due schiaffi sulle guance in stile *Mamma ho perso l'aereo*. «'on mi 'ento la 'accia!»

«Okay, okay. Merda.» John, l'erezione svanita, si sposta sul materasso per rimuovere le gambe da me.

Io sono troppo sotto shock per raddrizzarmi dalla posizione culo all'aria da pompino.

«Stiamo calmi.»

Il mio primo pensiero è che mai, neanche una volta dall'inizio della storia dell'umanità, una donna si è calmata solo perché un uomo le ha detto di farlo. Il secondo è che anche John deve essere in preda al panico, perché non si accorge che il bordo del letto è...

«Cazzo!»

Ammiro uno scorcio delle sue chiappe sode quando si ribalta a terra.

Ignoro la sua idiozia in favore di preoccupazioni più urgenti, mi raddrizzo e mi alzo in piedi.

Lui si tira su sulle ginocchia con uno sforzo, si appoggia al materasso e mi guarda accigliato. «Cosa stai facendo?»

Chiudo gli occhi, allargo le braccia e mi tocco il naso. L'indice lo trova al primo colpo. Le distendo di nuovo e riprovo con l'altra mano. Tutto a posto.

Sento un fruscio di lenzuola e il crocchiare di carta. «Ehm, Anne?»

Continuo a non badargli, tengo gli occhi chiusi e sollevo un piede dalla moquette beige. Rimango in perfetto equilibrio e conto fino a venti. Anche con le mie doti nel pilates, non credo riuscirei a farlo se fossi nel bel mezzo di un ictus. Riappoggio il piede, apro gli occhi e mi corruccio. La lingua è ancora tutta insensibile.

Ma che diamine?

Dopo una serata partita a base di umidità, ansia e bei texani barbuti, mi ero pure meritata un orgasmo. E pensavo che avrei chiuso in bellezza cavalcando un cowboy.

Invece non mi sento la faccia.

«Anne?»

Con un sospiro mi preparo per altri inutili suggerimenti e mi rivolgo a John. Ho il mento umido di bava che mi cola fino alle tette. Quelle me le sento eccome.

Fantastico.

«Non stai avendo un ictus.» Siede sul bordo del materasso, un cuscino in grembo e una smorfia sul viso. Né le sue parole né la sua espressione mi danno conforto.

«Però credo di aver capito cos'è successo.» Mi passa i preservativi rimanenti. «Giuro che non lo sapevo.»

Non mi scomodo a porre domande che la mia bocca non saprebbe formulare e gli strappo i preservativi di mano, chiedendomi in che modo possono avermi trasformata in un incrocio tra Taddeo e Daffy Duck dei Looney Tunes.

Gli addominali scolpiti di John si contraggono quando, colpevole, si agita sul letto.

Mi porto i preservativi al viso e leggo il retro della confezione squadrata. Quasi mi strozzo con la saliva che non riesco a ingoiare. «Ritardanti?» Mi esce più tipo *itaddanti*, con tono acutissimo.

Guardo male l'uomo seduto di fronte a me, le guance paonazze sotto la barba a chiazze. «Ma i rendi e il ulo?»

* * *

Felix

Prendo decisioni terribili. Ad esempio, ho assunto Jack, mio amico ed ex compagno di classe, come manager. Un manager che, a quanto pare, compra preservativi ritardanti.

Anne si pulisce un filo di bava dal mento e mi guarda negli occhi con un'aria minacciosa di cui attori professionisti nel ruolo di personaggi orribili sarebbero molto fieri.

«Ehm, posso spiegare.» Indico i preservativi che ha in mano. «Non sono miei.»

I suoi occhi si restringono.

Davvero. Mi sposto più in alto sul letto, sentendomi più vulnerabile con solo un cuscino tra di noi di quanto non lo fossi vestito con solo un calzino sull'uccello su un set pieno di gente quando ho girato la mia prima scena d'amore. «Me li ha dati... il mio amico Jack. Al bar. Era il tipo di cui hai preso il posto quando se n'è andato.» Mi passo una mano tremante tra i capelli. «Giuro, lui...»

«'on me ne ega un azzo di Ack!» Anne mi frusta il petto con la striscia di preservativi. «'on mi 'ento la 'accia!» Mi lancia addosso i preservativi e inizia a recuperare i vestiti dal pavimento. «'evo 'dare in ospedale.» A ogni tentativo di sillaba, un getto di saliva le esce dalla bocca.

Poi mi rendo conto di ciò che ha detto.

Il mio cuore, prima galoppante di lussuria e poi di panico, stabilisce un nuovo record di battiti al secondo per motivi estremamente egoistici. «Non credo ci sia bisogno di andare in ospedale.» In piedi, prendo i miei pantaloni dal pavimento.

Lei mi guarda con un ringhio mentre finisce di infilarsi i calzoncini e li abbottona.

«Sul serio.» Nella fretta di infilarmi i jeans, inciampo contro il letto. «Non metterebbero mai qualcosa di tossico su un oggetto destinato ad andare sul cazzo di qualcuno.»

«Io 'on o so!» Pesta il piede nudo sul tappeto, poi afferra il reggiseno e lo intasca, invece di indossarlo. Come se volesse andarsene il più in fretta possibile.

Immediatamente penso a cosa direbbero i tabloid se la notizia venisse diffusa.

La star Felix Jones arriva in ospedale con una donna sconosciuta dopo un incidente a letto.

L'attore ha un episodio di eiaculazione precoce durante un rapporto con un'altra donna solo pochi mesi dopo aver ufficializzato la sua relazione con la fidanzata ai Golden Globes.

E poi a quello che direbbe Ron, il mio regista. *Sei licenziato.*

Ingoiando il panico, ci riprovo. «Che ne dici se ti porto un impacco di ghiaccio?»

«Che 'azzo me ne 'accio di un 'acco di 'iaccio?» Si punta un dito verso il viso. «È 'ià 'utto 'orpiito!»

«Allora magari un panno caldo?» La mia voce si incrina come se fossi un ragazzino. «Potresti entrare nella doccia e lasciare che l'acqua calda ti colpisca il viso.»

La sua espressione si blocca, come se stesse ripensando a ciò che ho appena detto. Anche io devo ammettere che è stata una stupidaggine.

Penso che mi stia deridendo quando un'altra goccia di bava le scivola sul mento. «'on vuoi 'ortarmi dal 'edico e invece mi proponi in 'oter'ordin?»

Le fisso la bocca. Ha appena detto water boarding?

«'utta 'olpa 'ella tua 'iaulazione 'reoce!»

Forse non avrei capito l'ultima parola se non avesse fatto un evidente e aggressivo gesto della mano mentre lo diceva. «Non ho problemi di eiaculazione precoce!»

Rotea gli occhi e infila brusca la maglietta, borbottando

qualcosa che sono sicuro non sia un complimento. Una volta vestita, si infila i sandali e il mio panico raggiunge nuove vette.

A passo svelto, mi sposto davanti alla porta. «Non andare. Aspettiamo un minuto per vedere se il torpore si attenua.»

«‘ostati.» È deliziosa, con la pelle arrossata e i capelli arruffati dal sesso. Come se fosse stata strappata direttamente dai miei sogni. Un sogno che diventa incubo quando i suoi begli occhi si stringono in fessure affilate.

Spaventato a morte e sapendo bene che sto peggiorando le cose, incrocio le braccia al petto e pianto i piedi a terra. «No.» La mia spavalderia è ridicola, perché sotto sotto sto tremando.

Anne, che continua a guardarmi malissimo e a quanto pare non è minimamente intimidita, mi si avvicina pulendosi il viso con il dorso della mano.

Non riesco a capire se stia asciugando la bava o le lacrime. In ogni caso, tutta la mia ansia e il mio panico evaporano con un pesante sospiro. Posso incolpare Jack quanto voglio, ma sono stato io a fare questo. Questa donna splendida e spensierata è stata così sfortunata da pensare che mi sarei divertito e, invece di essere all'altezza delle aspettative, non ho fatto altro che spaventarla e forse farla piangere.

Sono uno stronzo.

Disgustato da me stesso, abbasso la testa e penso a quello che devo fare per cercare di rimediare.

Vestirmi, cercare su Google la più vicina clinica aperta di notte. Chiamare Jack.

Se devo essere riconosciuto, che sia. Un aspetto positivo dell'incidente che ha scatenato la tempesta della mia vita personale qualche mese fa è che ora ho una società di pubbliche relazioni a libro paga. Se la notizia trapela, si spera che siano in grado di gestirla. E Camilla... beh, non si può sapere cosa farà, ma spero che se ne occupino i miei avvocati.

Ma prima devo scusarmi.

Alzo lo sguardo e vedo gli occhi pieni di rabbia prima che il dolore si irradi tra le mie gambe e tutto diventi bianco. L'aria mi esce dai polmoni con un gemito strozzato e la bile mi sale in gola mentre cado in ginocchio.

Anne mi spinge fino a farmi sdraiare su un fianco, boccheggiante e le mani a coppa sulle mie parti intime.

Scavalcando le mie gambe, apre la porta con una mano e con l'altra mi lascia cadere. «'nculo, 'onzo.» Poi tira fuori il telefono dalla tasca e mi scatta una foto, dolorante, sconvolto e mezzo nudo, poi se ne va sbattendo la porta.

Game over.

Capitolo Tre

Liz

«Allora, Anne, cosa ne pensi della NASA?»

«'iù 'rande del 'revisto.» Faccio una smorfia imbarazzata a Eleanor Durham, la responsabile PR della NASA. «'cusi.» Grata che *stavolta* la mia parlata incoerente sia dovuta a una boccata di cibo e non a un pene coperto della crema anestetica di un preservativo ritardante, afferro una tazza di caffè dal tavolo predisposto dal catering per il primo giorno di riprese e mando giù con una sorsata bollente il muffin asciutto e insapore. «*Uh.*»

Eleanor spalanca preoccupata gli occhi, poi si affretta a porgermi un tovagliolo, che uso per tamponarmi gli occhi lacrimanti.

«Tutto a posto,» annaspo dopo qualche respiro affannoso. È più o meno vero, se escludiamo la visita al pronto soccorso o il mio recente stato di senza tetto dovuto a un problema di comunicazione tra il college e lo studio.

Gli ultimi tre giorni in Texas sono stati a dir poco intensi.

Pare che, visto che sono qui come assistente del professore e non come storyboarder assunta dallo studio, i termini di alloggio della produzione a me non si applichino. E che non abbia neanche diritto alla navetta che porta da e verso la NASA. Entrambi dettagli che il mio professore ha tralasciato di specificare quando mi ha offerto lo stage.

Non solo ho dovuto trovarmi e pagarmi un hotel, ma anche estendere il noleggio dell'auto, visto che gli alberghi vicini alla NASA hanno costi astronomici.

Battuta del tutto intenzionale.

Una penserebbe che Houston sia zeppa di hotel tra cui scegliere, ma la NASA si trova a Houston solo formalmente, perché in realtà la sede è nel piccolo quartiere periferico di Clear Lake. La città ha esteso la sua giurisdizione fino a lì solo per potersi accaparrare la NASA.

Immagino che "Clear Lake, abbiamo un problema" non suonerebbe altrettanto bene.

Il fermaglio glitterato che trattiene la frangia bionda di Em scintilla alle luci fluorescenti sopra di noi mentre scruta la folla di membri del team di produzione radunati per la conferenza stampa.

Ho incontrato solo oggi la minuta, vivace responsabile PR della NASA, durante il tour mattutino. Nonostante sia più bassa del mio non eccezionale metro e settanta, e nonostante tutto nel suo abbigliamento sia scintillante, paillettato o coperto di brillantini, il gruppo si agita a disagio sotto il suo sguardo mentre dà a tutti il benvenuto e un ammonimento su dove andare e quali zone evitare durante le riprese.

La maggior parte delle aree che abbiamo attraversato durante il giro, stamattina, sono ad accesso riservato, cosa che Em ci ha *cortesemente* ricordato, visto che io e gli altri di Hollywood non abbiamo il badge necessario. E anche le zone pubbliche, come quella in cui ci troviamo ora, sono affollate di strumentazione all'avanguardia che "vale più della nostra vita".

Dopo lo spiegone, la troupe si raduna per la conferenza stampa in uno dei molti edifici sparsi sull'immenso terreno che costituisce il Johnson Space Center. Em ha fatto suddividere l'area con un nastro bianco e rosso per indicare quali zone sono off-limits; ha anche provveduto a indicarle a tutti al loro ingresso, nel caso qualcuno fosse daltonico.

La piccola responsabile PR non sembra entusiasta all'idea che Hollywood abbia invaso la NASA.

Del resto, ha anche ceduto al suo palese amore per le cose scintillanti e non ha resistito alla tentazione di venire a presentarsi dopo aver notato la mia maglietta tutta paillettes. Accarezzandole in un senso compare un gatto bengala come Re Dick Moore. Sfiorandole nel senso opposto, ecco che compare un brutto gremlin beige. O Mike Hunt. Su Etsy ho trovato una persona che realizza indumenti del genere, e visto che mi piace supportare gli artisti quando posso, ne ho comprata una per me e una per ogni membro della famiglia, incluso quel palo nel didietro di Thomas.

A mia nipote Mary piacerà un sacco.

Questo però è stato prima di rendermi conto di aver bisogno di denaro per l'hotel e/o l'auto durante la mia permanenza in Texas.

Em inarca un sopracciglio verso di me quando mi infilo in bocca un altro mini-muffin, per poi osservare l'assortimento di cibo che in pochi hanno toccato. «Devo ammetterlo, il cibo di Hollywood è migliore di quello fornito dallo Zio Sam.»

Avvampo; i tre muffin sono macigni nello stomaco.

Potrei fare una battuta sulla mia insolita golosità, ma non mi viene in mente niente di più divertente della verità. Del resto, sono convinta che dire a qualcuno che hai dovuto tagliare drasticamente il budget settimanale per il cibo a causa di un professore distratto e del conto del pronto soccorso a cui mi è toccato rivolgermi per via di un incidente con della crema anestetica ingerita per sbaglio durante un'avventura di una notte tre giorni fa... ecco, non è il modo migliore per iniziare un'amicizia con qualcuno, per quanto attratto dalle magliette luccicanti e interattive possa essere.

Così opto per una mezza verità: «Stamattina non ho fatto colazione.»

I miei fratelli hanno rimborsato il denaro che mio "padre" ha sottratto dal mio conto, ma non mi è mai sembrato giusto utilizzarlo. Vi ho fatto ricorso solo per i costosi matrimoni di Chase e Thomas, perché se hanno deciso di sposarsi in location a cinque stelle, allora è giusto che di fatto paghino loro.

Ma utilizzarlo per vitto e alloggio mentre vado a incontrare familiari che loro due neanche sanno io abbia... no. Sono un'adulta, e devo cavarmela da sola. Soprattutto perché loro non sanno di *lei*. L'esistenza della mia sorellastra è qualcosa che mia madre mi ha rivelato solo dopo avermi lasciata, muta e in trance, nella villa di famiglia a Manhattan dove mi aveva rivelato di essere illegittima e squattrinata.

Per fortuna, ignara di tutto, Em si limita a reagire con un cenno alla mia scusa, e prende una tazza di caffè; i molti braccialetti che indossa fanno un effetto palla stroboscopica sul pavimento di cemento.

Si è servita appena in tempo. Ben presto ci dobbiamo allontanare dal tavolo del catering per l'arrivo della troupe, che vuole mangiare prima che tutto venga sparecchiato per la conferenza stampa.

Ci sono diversi tipi di conferenze. Quelle grandi, organizzate in centri appositi, con biglietti venduti ai fan, e quelle piccole, intime, che includono solo giornalisti e produttori, direttori e attori principali.

Di solito vengono organizzate dopo la fine delle riprese e prima del lancio del film, ma visto che *questo* film detiene il record per il numero di scene girate alla NASA, il reparto marketing ha deciso di anticipare per attirare ulteriore interesse.

E poiché la NASA è un sito sottoposto a sicurezza governativa, la folla diretta alla conferenza stampa è composta da persone che hanno ricevuto il badge adeguato e da pochi giornalisti selezionati.

Uno dei tecnici delle luci va a sbattere contro un pannello di interruttori sul modellino della Stazione Spaziale (chiaramente circondato dal nastro rosso); le ballerine dorate di Em sfrecciano sul pavimento, i piccoli piedi più chiassosi del previsto che riecheggiano nell'enorme stanza nonostante il brusio della folla.

«Le prossime settimane saranno una cazzo di agonia.» Si blocca, e le labbra lucide si torcono nella mia direzione. «Scusami. Senza offesa.»

Sollevo la mano in cui ancora reggo il tovagliolo. «Figurati. Immagino tutti i dettagli da concordare, su cui contrattare e ragionare per raggiungere gli accordi per le riprese.» Appallottolo il tovagliolino di carta e lo getto nel bidone. «Questa è la mia prima esperienza sul set. Non sapevo neanche cosa fosse uno storyboarder prima che il mio professore mi offrisse lo stage.»

Parte della borsa di studio che ho ottenuto con il cambio di scuola prevede periodi di assistenza al docente in aula, ma visto che era tardi per candidarmi non ho trovato posti adeguati. Lo stage mi permette di raggiungere i crediti necessari per laurearmi. Il che significa che non dovrò di nuovo fare domanda per un'altra borsa di studio o fare turni extra alla palestra di pilates o al laboratorio di pittura.

E ovviamente l'opportunità di stare alla NASA per il film rende più facile quel passo che tanto esitavo a fare. Era tutto troppo fatidico per rifiutare.

Con una fitta di imbarazzo al ricordo di quello stronzo di Johnny, con le sue pessime battute da rimorchio, torno a concentrarmi sulla vera ragione per cui sono in Texas e osservo l'imponente sala in cerca di una donna bionda con gli occhi castani e occhiali dalla spessa montatura nera: la mia sorellastra, per come mi è stata descritta.

Ma visto che metà della troupe è texana, e l'altra metà arriva dalla California, quasi tutti sono biondi, inclusa me.

E nessuno porta gli occhiali.

Ding. Em guarda lo smartwatch. «Mannaggia.» Si sistema per bene la blusa dal colletto ingemmato nella gonna a pieghe rosa lunga fino alle ginocchia, poi si raddrizza come se si stesse preparando a una battaglia. «Questo è il mio segnale. Devo andare ad accogliere i VIP.»

Ho il sospetto che stia trattenendo un'alzata di occhi.

«Divertiti.» Riesco a suonare spensierata, anche se, senza Em, rimarrò da sola, con l'aria smarrita. Tutti i presenti sembrano gentili, ma sanno anche cosa stanno facendo, a differenza mia.

«Divertirmi?» sbuffa Em, prendendo la borsa dorata da una mensola dietro il nastro rosso oltre il tavolo del buffet. «Sento che, dopo un solo giorno con gente di Hollywood, sarà un sollievo dover gestire l'occasionale pasticcio mediatico di uno dei nostri astronauti.»

Mi trattengo dal chiederle di un particolare pasticcio mediatico causato da un'astronauta, quello che ha coinvolto mia sorella qualche anno fa. Le auguro invece buona fortuna mentre si sistema la borsa in spalla e se ne va, lasciandomi a indossare mentalmente i panni dell'adulta e a farmi strada tra la folla, verso il mio professore.

In quell'istante una donna mia coetanea, con un top color corallo che sta da Dio con la sua impeccabile abbronzatura, fissa il professor David Morales come un cucciolo sognante. «Ha già incontrato Felix Jones?» gli chiede.

«Purtroppo no.» David si scosta per lasciarmi spazio. «Ma mi ha detto Ron che è qui per la conferenza stampa.»

La folla mormora eccitata, non so se per l'indiscrezione rivelata da Daniel o per il fatto che chiama per nome il regista.

Questi, Ron Allen, è un amico di David fin dal college. Un fatto che non mi mette particolarmente in soggezione, ma di cui sono grata, visto che la loro amicizia mi ha permesso di ottenere lo stage e l'opportunità di incontrare la mia sorellastra.

Top Color Corallo sposta lo sguardo verso il tizio alto al suo fianco. «Credi che le voci siano vere?»

Il tipo fa spallucce, e la maglietta, di una taglia normale ma troppo corta per lui, si solleva sopra la cintura. «Non si può mai sapere.» Riabbassa le spalle e con esse la maglietta. «Cioè, certo, le celebrità hanno relazioni di continuo, ma i tabloid le sparano grosse.»

«Sì, però non se l'è portata all'after party dopo la cerimonia?» ribatte Top Color Corallo.

Di nuovo, il tizio alto scrolla le spalle.

«Ragazzi, ragazzi.» David solleva le mani come a invocare una tregua. «Potete concedere a un vecchio signore un istante per darvi un consiglio?»

Scommetterei il poco che mi resta sulla carta di credito che la pausa di David non serve per attendere la loro risposta, ma per godersi i loro sguardi adoranti.

«Da un lato è sempre bene aggiornarsi sulle persone con cui si lavora...» Top Corallo lancia un'occhiataccia a Tipo Alto. «Ma è ancor meglio non credere a tutto ciò che sentite o venite a scoprire. Soprattutto nel nostro settore.»

La ragazza abbassa il viso, e Tipo Alto fa un sorrisetto.

Sento di dover fare da paciere, un'abitudine nata da una vita trascorsa a fare lo stesso tra i miei fratelli e nostro, anzi, loro padre, così prendo la parola. «Chi è Felix Jones?»

Funziona. La tensione evapora e tutti si girano verso di me a bocca aperta.

«*Chi è Felix Jones?*» Un'altra donna, altrettanto abbronzata, ripete incredula la mia domanda.

«Ma sul serio?» aggiunge Top Corallo.

«È tipo la più grande star dei film d'azione di Hollywood,» ribatte un altro del gruppetto.

«Ha recitato in un sacco di blockbuster negli ultimi cinque anni,» interviene un membro della troupe.

«Non guardo i film d'azione.» Da piccola e da ragazzina, i miei weekend erano tutti dedicati a gala di beneficenza che i miei genitori ritenevano più appropriati per me. E quando finalmente ho potuto decidere per me, ho scoperto che preferivo starmene in camera mia a disegnare o a leggere rispetto a uscire con i miei compagni di classe, tutti figli dell'élite.

E poi, vivendo nella città con il più grande distretto teatrale degli Stati Uniti, sono sempre stata più appassionata di Broadway che di cinema e film chiassosi.

«Sì, ma è il protagonista del film.» Tipo Alto scuote il capo. «Non hai fatto qualche ricerca?»

Smettila di giudicarmi, Paul Bunyan. Prego che la mia pelle non riveli l'imbarazzo, ma sento di aver fallito, perché mi si scaldano le guance nonostante l'aria condizionata, e Tipo Alto struscia a disagio le Vans a scacchi sul pavimento.

Fallisco anche nel superare la mia tendenza a non far sentire le mie ragioni, perché in realtà ho fatto ricerche eccome.

Ho passato il poco tempo tra l'offerta dello stage e la partenza per il Texas a scaricare e imparare a usare tutti i programmi di grafica che David usa per lo storyboard. Potrò anche aver cambiato curriculum da Storia dell'arte a Design grafico, visto che non sentivo più il bisogno di compiacere l'uomo che un tempo chiamavo padre, ma nonostante tutti i corsi che ho frequentato devo ancora imparare molto. E volevo essere il più preparata possibile.

Perché detesto essere al centro dell'attenzione. E niente ti ci mette di più che farti cogliere in fallo.

Eppure, nonostante le nottate trascorse a imparare a usare una tavoletta grafica e come formattare una tavola, a giudicare dallo shock collettivo del gruppo avrei fatto meglio a usare quelle ore leggendo vecchi numeri di *People*.

David ridacchia, e per fortuna distoglie l'attenzione da me. «Anne è la mia studentessa.» Mi appoggia una mano sulla spalla. «È qui per maturare crediti per la tesi specialistica in Arti grafiche.» Stringe le dita con fare rassicurante.

Ha buone intenzioni, e gli sono grata per avermi chiamata Anne e non Liz, ma vedo il gruppo distaccarsi ulteriormente alla scoperta che non sono una di *loro*.

Il che mi sta bene, mi dico tornando a scrutare la sala in cerca di capelli biondi e occhiali.

Non sono qui per fare amicizia. O per fare carriera nel cinema. Sono qui per laurearmi e capire come presentarmi a una sorellastra che non sa della mia esistenza.

Una sorellastra che, per inciso, è anche la più nota astronauta alla NASA: la dottoressa Jackie Darling Lee.

* * *

Felix

«Sì, ma ce l'avete una mucca?»

Fisso la donna riccia sul grande schermo appeso sulla parete frontale della stanza più impressionante in cui sia mai stato. «Come?»

«Una *mucca.*» Julie Starr, ovvero Jules, ovvero la Starr della Nasa, abbassa il viso per guardare dritta nell'obiettivo della webcam nella Stazione Spaziale Internazionale. «Allora? Ce l'avete o no?»

Con il microfono in mano, sbatto le palpebre verso la telecamera, per poi rivolgermi al mio agente/manager Jack in cerca di aiuto.

Sapevo che sarei rimasto impressionato quando il nostro tour VIP mattutino si sarebbe concluso nella sala di controllo, un luogo carico di storia e innovazione, ma non pensavo sarei stato così colpito da capire le domande predisposte dallo studio di produzione tra il suo cast e gli astronauti della NASA.

Jack si limita a fare spallucce; l'espressione precedente, di infantile entusiasmo, svanisce quando si accorge che lo sto fissando.

Mi tiene il muso da quando, giorni fa, è corso nel mio albergo trovandomi mezzo nudo e con il ghiaccio sulle palle.

Sposto lo sguardo sull'altro astronauta, Vance Bodaway, o Bodie, come lo chiamano un po' tutti. È stato lui a farci da Cicerone stamattina. Scuote il capo, i lunghi capelli neri che ricadono sulla toppa della NASA sul taschino sinistro, sul petto della tuta blu che indossa.

«La mucca è un elemento chiave nello sviluppo del personaggio femminile,» prosegue Jules. «E lo so bene, visto che il personaggio femminile sono praticamente io.»

Per fortuna la mia collega Amanda Willis prende il microfono. «Dottoressa Starr, è un onore interpretare un ruolo ispirato a lei.» Fa quel suo sorriso da ragazza della porta accanto, quello che ha sfoggiato quest'anno, quando ha ritirato il Golden Globe come miglior attrice protagonista in una commedia. «È un sogno portare sullo schermo, di fronte a milioni di spettatori, una donna di tale intelligenza, talento e verve.»

Non ho mai lavorato prima con Amanda, visto che lei è la regina delle rom-com e io il re dei film d'azione, ma ne parlano tutti bene. Il che la dice lunga, visto che è un settore pieno di vipere.

«Mi fa piacere sentirtelo dire, Mandy.» Inclina il capo verso l'obiettivo. «Posso chiamarti Mandy, vero?»

Amanda sorride ancor di più. «Io...»

«E comunque non ho mai capito perché le donne dei film debbano essere intelligenti, simpatiche o sexy,» continua Jules. «Perché non tutte e tre le cose insieme?»

È una domanda retorica, così Amanda si limita ad annuire.

Jules si porta la mano non occupata con il microfono al petto, e il suo corpo continua a roteare lentamente nell'inquadratura. «Cioè, io sono tutte e tre, per dire.»

«La nostra Starr è così modesta,» mormora Bodie, stringendo le labbra per trattenere una risata.

L'espressione di Jules si fa pensosa. «Sai guidare una Ducati, Mandy?»

«Ehm...» Il sorriso di Amanda si incrina.

«Smettila di fare l'interrogatorio alle star.» L'astronauta Luke Bisbee fluttua nell'inquadratura, il corpo atletico che occupa l'intero schermo, e spinge Jules contro la parete curva. «Sai benissimo che Trish ha detto che il suo romanzo è pura fiction, e che le somiglianze con persone vive o morte è casuale.» Fa l'occhiolino alla telecamera. «Almeno è ciò che i legali ci raccomandano di dire.»

Gli altri dipendenti NASA lì attorno continuano a lavorare alle loro console, ciascuna collegata a diversi computer, e tutte in riga davanti al grande schermo. Nessuno di essi alza lo sguardo dalla postazione, decisi a ignorare la commedia spaziale tra astronauti e attori famosi che si svolge di fronte a loro.

Il loro disinteresse mi ricorda che una celebrità può attirare tutta l'attenzione nel mondo normale, ma qui alla NASA la gente ha cose più importanti di cui occuparsi.

Come l'infinità del cosmo.

Approfittando dell'impegno collettivo di mandare avanti la Stazione Spaziale, o degli sforzi di Bodie e Luke di arginare i tentativi di Jules di aggiungere bestiame e inseguimenti in moto al film, faccio un passo indietro e mi ritrovo spalla a spalla con Jack.

«L'hai trovata?» La mia voce è a stento udibile, con tutto quel battibeccare tra astronauti e i mormorii dei dipendenti NASA che parlano nelle cuffie mentre lavorano.

Jack tiene gli occhi sullo schermo davanti a lui e sussurra: «A chi ti riferisci?»

Roteo gli occhi per la sua ostinata espressione vaga. «Non fare il finto tonto.»

Jack si guarda le unghie. «Oh, intendi la sveltina che ti ha lasciato nudo ed evirato sul pavimento?»

Fisso il controllore di volo che ha la scrivania di fianco a noi. Non batte ciglio al commento di Jack. Non so se sia solo discreto, abituato com'è a gestire ogni aspetto delle vite dei suoi sottoposti, o se proprio non ha sentito.

Jack dondola all'indietro sui mocassini fatti su misura che gli ho regalato per Natale l'anno scorso. «Oppure quella che ti ha piantato in asso dopo averti scattato una foto compromettente?»

La sala è gelida per evitare il surriscaldamento dei computer, quindi non posso neanche attribuire il calore che mi sale dal collo alla temperatura esterna.

«No, aspetta, lo so.» Jack stringe gli occhi. «La donna che potrebbe farti finire sulla lista nera di Ron Allen e quindi farti bandire non solo dai film seri che vorresti iniziare a fare, ma anche da tutti gli altri progetti futuri.»

Ron Allen, il regista di questo film, mi ha dato una grande possibilità. Dopo che io e Jack l'abbiamo implorato, ovviamente.

Sono grato al genere action per avermi fatto salire alla fama. È solo che, quando mi sono dedicato alla recitazione, volevo fare altro a parte sfoderare gli addominali e sparare battutine prima di saltare da un elicottero. In quanto protagonista maschile, che ha un ruolo marginale rispetto alla controparte femminile, molto centrale, potrò sfoggiare altro a parte i bicipiti. Dimostrerò a Ron e al pubblico che so essere serio e divertente senza bisogno di esplosioni ogni cinque minuti.

Fisso Jack a occhi socchiusi e traggo un freddo, lungo respiro dal naso. «No.» La mia voce è così bassa che devo dargli una spallata per assicurarmi che mi senta. «Intendo la donna a cui hai paralizzato la faccia regalandomi dei preservativi ritardanti come se fossi un Babbo Natale con problemi di eiaculazione precoce.»

La mascella curata, con la barba tagliata corta ad arte, si spalanca. «Non soffro di eiac...» Si raggela e si guarda intorno: tutti si sono voltati al suo tono alto.

Una domanda da parte della Stazione Spaziale riporta l'attenzione collettiva allo schermo.

Il respiro di Jack mi solletica l'orecchio. «Non soffro di eiaculazione precoce.» Si raddrizza e si liscia la cravatta. «Quei preservativi avevano scritto sopra *Pensati per il piacere della tua compagna* e...» Si porta la mano al petto come in un giuramento. «Lo sai quanto sono generoso.»

Riesco a non scoppiare a ridere e, non per la prima volta, mi dico che dovrebbe essere Jack l'attore, non io.

«Comunque no.» La sua voce torna a un sussurro normale mentre Luke risponde alla domanda del regista sugli effetti della microgravità sulle espressioni facciali e sul tempo fisico di reazione. «Non l'ho trovata.» Si infila la mano nella tasca in cui di solito tiene il telefono.

Il senso di colpa mi assale di nuovo. Jack non è il tipico agente o manager. Non è sempre al cellulare per trovare contratti e affari convenienti. Sono il suo unico cliente. Quindi sapere che è in ansia per il telefono può significare due cose: o aspetta risposte dall'agenzia di PR sull'inevitabile diffusione della mia foto quasi nudo, oppure è ricaduto nel vizio e ha bisogno di una dose di Candy Crush.

Gli metto un braccio sulle spalle per un rapido abbraccio.

Jack è al mio fianco dai miei esordi. Anzi, da prima. Siamo cresciuti nella stessa città, abbiamo frequentato lo stesso liceo. Siamo persino andati insieme a Los Angeles dopo il college, lui per frequentare la specializzazione in Giurisprudenza, io per tentare di diventare un attore.

Due anni dopo, quando ho ottenuto il primo impiego rilevante, è stato Jack a farsi avanti e gestire i contratti. Da allora è il mio agente.

Mi conosce. Conosce mia madre. Sa la verità dietro ciò che sta accadendo e mi ha sempre dato una mano.

Non voglio che si preoccupi anche di questo, ma il ricordo di Anne, con il viso floscio e rigato di lacrime, mi passa per la testa per la milionesima volta da quando mi ha tirato una ginocchiata nelle palle. «Pensi sia stata davvero male?»

Ci vuole un attimo, ma Jack coglie a chi e cosa mi riferisca. Devo ammettere che la sua espressione si addolcisce. «Ne abbiamo già parlato.»

Il regista ride per qualcosa che Luke ha detto, e io e Jack sorridiamo come se avessimo ascoltato il tutto.

Jack mi appoggia la mano sulla spalla. «Rischi più tu di avere una carenza spermatica a causa del violento assalto ai tuoi testicoli, che lei di soffrire per conseguenze durature a causa della minima quantità di crema anestetica che potrebbe aver ingerito.»

Non posso che ridacchiare alla sua risposta, e per fortuna la mia reazione si sposa con quella degli altri presenti. «Parli proprio da avvocato.»

«Da manager di una celebrità.» Sorride e abbassa la mano. «E da amico.»

Prima che possa tirargli una gomitata per porre fine al momento bromance, il suono del mio nome mi fa sussultare.

«Non è così, Felix?» chiede Ron, interessato.

Amanda mi porge il ricevitore, coprendone l'estremità con la mano. «Che da piccolo volevi fare l'astronauta,» sussurra, risparmiandomi la figura del cretino che non presta attenzione.

Prendo il ricevitore e faccio un sorriso da red carpet all'obiettivo. «Sì.» Faccio una pausa accurata, con tanto di risatina modesta. «Ma ho dovuto rinunciare al mio sogno quando ho scoperto che avrei dovuto non solo frequentare il corso di analisi matematica, ma anche passare l'esame.»

Come previsto, tutti ridono.

Tranne qualcuno, che mi stupisce dicendo: «Già, e poi facendo l'attore si scopa di più.»

È un sussurro, e non so da chi o dove provenga, con i vari mormorii e ticchettii di tastiere. Jack si irrigidisce, quindi so che ha sentito anche lui, ma per fortuna Ron è impegnato a rassicurare Amanda che non serviranno né bovini né Ducati per veicolare la complessità emotiva del suo personaggio.

«Ora però vivo davvero un sogno,» continuo, fingendo di non aver udito la frecciatina, e che non sia una telecamera della Nasa quella che ho puntato in faccia, ma quella di uno dei mille paparazzi sempre pronti a cogliere una mia defaillance per qualche like facile sui social. «Il tutto grazie alla NASA, che ci permette di filmare in sede un numero senza precedenti di scene, e che concede persino a me e Amanda di addestrarci sotto la guida di veri astronauti.» Compongo l'espressione in una di umile gratitudine. «Voglio ringraziarvi tutti per quest'opportunità unica, e vi prometto che faremo l'impossibile affinché il film sia accurato e all'altezza degli standard della NASA e di Hollywood.»

È una buona prova attoriale, che porta anche i dipendenti finora disinteressati a noi intrusi hollywoodiani a farmi sorrisi d'apprezzamento.

Ma proprio quando penso di aver concluso con garbo in modo da poter andare alla conferenza stampa, Jules afferra il microfono. «Se le cose stanno così, allora vi serve proprio una mucca.»

Capitolo Quattro

Liz

Ho lo stomaco sottosopra.

E non è colpa dei tre (e va bene, cinque) mini-muffin che ho mangiato nell'attesa dell'arrivo dei VIP.

«Sta per arrivare!» strilla piano Top Corallo, facendo raddrizzare la schiena a tutte le donne e qualche uomo; qualcuno si sistema pure i capelli.

Sono consapevole delle persone che mi circondano, ma solo in modo vago, come se tutto non stesse accadendo a pochi metri da dove mi trovo, con gli occhi incollati allo schermo del telefono.

Poco fa mi sono allontanata dal gruppetto per fare le ricerche suggerite da Tipo Alto. E ora, dopo aver cercato su Google il cast di *Countdown,* non riesco a distogliere lo sguardo dalla foto del protagonista maschile.

Rileggo la didascalia. *Felix Jones alla premiere di* Shanghai Salvation.

Non ho mai visto quel film o nessuno di quelli elencati nella sua filmografia.

Ma la combinazione di corti capelli castani con la riga in parte e arruffati ad arte, labbra incurvate in un sorriso e profondi occhi scuri sottolineati dalla perfetta quantità di rughette ha un che di molto familiare.

«Pensi che dal vivo sia sexy come nei film?» chiede un membro della troupe.

Un altro tira una gomitata al vicino di posto. «Te lo ricordi quando è andato all'*Ellen Show* e ha regalato a tutti quelli del pubblico una Xbox per festeggiare il fatto che avevano tratto un videogioco dal suo film?»

«Chissà se ha il pacco grosso come nelle pubblicità di Calvin Klein sui cartelloni in Times Square, o se è solo Photoshop,» si chiede un'altra.

Quei pettegolezzi mi placano un po'.

Ovvio che abbia già visto gli occhi e le labbra di Felix. Non avrò guardato i suoi film, ma è una celebrità. È stato ospite di vari talk show, modello per le pubblicità, e, grazie a uno dei colleghi più esperti di gossip, ora so che uno dei suoi cartelloni con foto in mutande è in bella mostra nel centro della mia città.

Rido tra me e ripongo il cellulare. I miei drammi passati devono avermi resa più ansiosa del previsto. Negli anni di scoperta personale, sono stata meno spensierata di mio fratello Chase, e paranoica quasi quanto Thomas.

La porta si spalanca, e tutti i presenti tacciono.

Mi alzo in punta di piedi per guardare le celebrità in arrivo, ma la folla radunata nella zona *non* segnata dal nastro rosso è troppo fitta per permettermi di vedere altro che qualche testa.

I presenti esclamano all'unisono e si mettono a commentare tutti i VIP in arrivo.

«Lo sapevo che era bello come nei film.»

«Amanda è splendida. Ho letto che si dedica non so a quale tipo di danza per mantenersi in forma.»

«Pensate che Felix abbia dei rialzi? Non lo facevo così alto.»

«Secondo voi è vero quel che dicono, che la donna con cui esce...»

«Va bene, va bene, silenzio, per favore,» grida una voce maschile, placando la gente. «Per chi non mi conoscesse, sono Ron Allen, il regista di *Countdown.* E accanto a me ci sono le due star del film.»

Tutti cambiano postura in modo discreto, come se facessero spazio ai due.

«Ciao a tutti, io sono Amanda Willis.» La voce di una donna risuona nel grande edificio, come se fosse un'attrice di Broadway.

Cerco una sua foto su Google.

«Non vedo l'ora di lavorare con tutti voi.»

Sto per riporre il cellulare quando Felix parla: «E io sono Felix Jones.»

Le donne in sala sospirano, ma io stritolo il telefono.

Non è possibile.

«E come Amanda, sono felice di essere qui e impaziente di mettermi all'opera con tutti voi.»

Ripenso alle sue immagini viste online, ma invece che una star del cinema in smoking, con un look impeccabile, la mia immaginazione me ne propone una versione distorta, con berretto da baseball e barba incolta.

No. Non è possibile.

Con la mano libera mi appoggio al modellino della Stazione Spaziale e salgo su uno degli altoparlanti disposti per la conferenza stampa, e tanti saluti al nastro rosso.

Una volta in piedi, giro cauta sulle mie Birkenstock fino a rivolgermi verso il palco.

C'è Em. Le luci del soffitto scintillano sul fermaglio, rendendola facile da distinguere nonostante sia bassa. Al suo fianco c'è Ron, un uomo d'altezza media che riconosco da una foto nell'ufficio del mio professore a New York. Amanda Willis è lì vicino, e poi...

Tipo Alto si alza e mi blocca la visuale.

Fanculo a Tipo Alto.

«So che vorrete autografi o fare domande,» dice Ron con tono significativo, scrutando i presenti, «ma ricordate che questo non è il momento adatto. Siamo professionisti, e siamo qui per lavoro.»

Top Corallo si sgonfia.

«Sono noto per imporre ritmi serrati sul set, ma sarò ancor più severo in questo caso.» Ron solleva le braccia a indicare l'ambiente circostante. «Questa è la NASA. Un'agenzia federale.» Fa un cenno con il capo a Em. «Sono stati così gentili da permetterci di catturare la vita vera, quotidiana, di chi ci lavora, e sono il primo a non voler fare casini.» Sorride per placare un po' la tensione. «Quindi, a parte oggi,» e indica i giornalisti, «non saranno ammessi cellulari, portatili, tablet o macchine fotografiche durante le riprese.» Aspetta che il gemito collettivo si spenga. «Chiunque venga colto a ignorare questa regola verrà licenziato e allontanato all'istante.»

Una donna si fa avanti accanto a lui ed elenca le linee guida che Em ha già spiegato prima, aggiungendo i dettagli degli alloggi che vorrei mi riguardassero. Sto per saltare giù dall'altoparlante quando Ron riprende a parlare.

«Ora che abbiamo concluso, voglio ringraziare tutti voi per essere venuti qui oggi.» Annuisce, gli occhi meno inquietanti ora che non sta minacciando la gente. «Sarà un'esperienza fantastica, e un film ancora migliore.»

Amanda alza la mano e aggiunge: «Sono tanto felice e grata della vostra presenza.»

«Sì, grazie di cuore.» Felix Jones, ancora nascosto dalla

sagoma di Tipo Alto, prende la parola, e la sua voce mi causa un brivido non appena la riconosco. «O come direbbe la mia *mamãe, obrigado.*»

Resisto all'urgenza di vomitare muffin sull'attrezzatura della NASA lì vicino.

Un conto è razionalizzare la familiarità del suo viso sulle foto del cellulare, e persino il senso di dejà vu della sua voce, ma non posso ignorare l'idioma straniero.

Non quando suona proprio come in quei sussurri indecenti che mi hanno fatto arricciare le dita dei piedi e contrarre la vagina prima che mi si intorpidisse la bocca.

Ignorando la minaccia di conati, digito sullo schermo del telefono e clicco sulla sua biografia. La scritta *Di origine portoghese* mi compare davanti sullo sfondo bianco.

All'improvviso faccio fatica a respirare e deglutire, come se fosse un residuo del recente trauma da preservativo.

Quando la folla si schiude e riesco a guardare per bene il candidato agli Oscar, due volte vincitore di Golden Globe e del premio People's Choice (per tre anni di fila) per il sorriso più affascinante, non vedo Felix Jones, il protagonista di *Countdown.*

Vedo una versione sbarbata di fresco di uno stronzo di nome Johnny.

Capitolo Cinque

Felix

«Vi chiederei di spostarci verso il modellino della Stazione Spaziale.» Em, la responsabile delle pubbliche relazioni e, a quanto pare, moglie dell'astronauta Luke Bisbee, ci fa inoltrare nell'edificio nove.

Per essere una donna minuta, si fa largo tra la folla in un attimo. Io, Amanda e Jack la seguiamo, mentre Ron si ferma a parlare con qualcuno, abbracciandolo e dandogli pacche sulla spalla come se non si vedessero da tempo. Presto sparisce dalla vista mentre noi tre veniamo inghiottiti dalla troupe.

Annuisco e sfoggio il mio sorriso da copertina mentre attraversiamo quella folla sempre più numerosa. Anche se non mi soffermo a interagire con nessuno, sono consapevole degli sguardi, degli ammiccamenti, delle inclinazioni della testa che mi vengono rivolti.

È qualcosa a cui mi sono abituato nel corso degli anni. La curiosità. La mancanza di privacy. La crescente sensazione che, all'uscita di ogni nuovo film, anche gli aspetti più noiosi della vita siano di dominio pubblico.

Per sbaglio incrocio lo sguardo di una brunetta con un top brillante, e il suo sorriso, tirato in modo innaturale, mi fa quasi trasalire. Facendo attenzione a non fissare quella scollatura impressionante, ricambio con un cenno del capo.

Di sfuggita, vedo un membro della troupe dare una gomitata al fianco di un altro e sussurrargli qualcosa che lo fa sorridere.

Sigh.

Non siamo nella sala di controllo. Queste persone non stanno esplorando l'infinità dello spazio. Anche se mi trovo ancora sul territorio della NASA, la gente che ho di fronte è hollywoodiana fino al midollo. Il loro mestiere è lo spettacolo. Il che significa che vogliono occuparsi dei *miei* affari.

Probabilmente hanno tutti sentito le recenti voci provenienti da supposte fonti attendibili. Fonti che hanno lavorato con me in passato o che hanno dichiarato in pubblico e in modo smaccato di essermi amiche, indipendentemente dal fatto che ci siamo incontrati o meno.

Ciò dimostra che non ci si può fidare di nessuno in questo settore. Perché gli unici a sapere cosa sta succedendo siamo io, Jack, un gruppo di avvocati e Camilla Branson.

Spero che il mio team di PR, che ha l'ordine preciso di *non* commentare la mia vita sentimentale, abbia ragione nel pensare che, facendomi assicurare da Jack un ruolo di protagonista divertente e romantico, avrò la possibilità di dimostrare che non sono solo un energumeno in grado di disinnescare una bomba in trenta secondi. Che ho una certa versatilità.

E se Ron, un regista prolifico con diversi riconoscimenti a suo nome, mi apprezzerà, potrebbe tenermi in considerazione anche per altri film più seri. Spargere la voce alla sua considerevole rete di registi e produttori sia mainstream che indipendenti.

Ai margini del modello a scala reale della Stazione Spaziale è stato allestito un lungo tavolo pieghevole, coperto da un telo nero, con un microfono davanti a ciascuna delle quattro sedie.

Avevo sentito dire che anche l'autrice di *Countdown to Love*, il romanzo da cui è stata tratta la sceneggiatura, avrebbe partecipato alla conferenza, ma, guardandomi intorno, non vedo nessuno farsi avanti.

Vedo invece qualcun altro, e incespico nell'atto di porgere la sedia ad Amanda.

«Ehi, occhio.» Amanda mi aiuta a tornare in equilibrio. «Tutto bene?»

Mi raddrizzo appoggiandomi al modello e torno a guardare verso il punto in cui mi sembra di aver visto… no. Invece di due occhi blu che mi condannano, mi ritrovo davanti il petto ossuto di un membro della troupe fastidiosamente alto. Lo guardo, e lui guarda me, entrambi confusi per motivi diversi. Mi sposto in avanti, poi indietro, nel vano tentativo di vedere dietro di lui.

Em si schiarisce la voce; tiene gli occhi incollati alla mia mano appoggiata sul modello della Stazione Spaziale.

Con un'ultima, inutile occhiata, lascio cadere la mano e faccio spallucce con fare contrito. «Ah, mi dispiace.»

Em non sembra affatto impressionata dalle mie scuse.

Scrollandomi di dosso quella che deve essere stata un'allucinazione dettata dall'ansia, mi concentro nuovamente sulla mia co-protagonista. «Prego, accomodati.» Con un sorriso da un milione di dollari, faccio cenno ad Amanda di avanzare.

Le sue narici si dilatano e sono quasi certo che stia reprimendo un'alzata di spalle.

Forse ho esagerato con il sorriso.

«Stai attento,» mormora prima di sedersi.

«Non preoccuparti.» Mostro meno denti e mi avvicino alla mia sedia alla sua destra. «Non è il caso che uno che gira tante scene spericolate come me sia così goffo.»

«No.» Amanda distoglie il viso dalle telecamere, lanciandomi un sorrisetto che, sono sicuro, il suo consulente d'immagine direbbe essere inadatto per l'aria da ragazza della porta accanto per cui è famosa. «Volevo dire: attento a dove punti quel sorriso.» Solleva un sopracciglio e un angolo della bocca. «Credo che tu abbia appena inavvertitamente messo incinta una persona.»

«Non dire certe cose neanche per scherzo,» brontola Jack, sistemandosi dietro le nostre sedie per posizionarsi al mio fianco, quasi fosse la guardia del corpo che mi ha proposto e che ho rifiutato di assumere. «Ci manca solo questo.» Il suo sguardo si sposta sui giornalisti riuniti. «Un pettegolezzo su una gravidanza.»

L'espressione di Jack mi fa ridere più della battuta.

«Scusami, Amanda.» Mi siedo accanto a lei. «Cercherò di tenere sotto controllo il mio fascino.»

Lei sbuffa e poi si volta in avanti con il suo sorriso tanto raggiante quanto innocente. «Ecco, bravo.»

Ron prende posto alla sinistra di Amanda e i mormorii intorno a noi si placano. Controlla l'orologio e guarda il posto vuoto accanto a lui. «Allora, cominciamo?» Ron aggiusta il microfono, ci appoggia una mano e mormora: «Vediamo di darci una mossa.»

Io e Amanda condividiamo un sorriso.

Ron abbassa il braccio e si rivolge ai giornalisti in prima fila. «Chi vuole fare la prima domanda?»

Ogni singolo reporter alza la mano.

* * *

Continua a sorridere. Continua a sorridere.

Mi sento come Dory che nuota in un mare di mine navali; rilasso le spalle e faccio finta di niente quando un giornalista mi fa una domanda.

Star dietro alla stampa è un'arte. Devi concedere quel tanto che basta per sembrare genuino, ma non tanto da finire sul lettino di uno psicologo o su un blog di gossip. Nel mio caso, su più blog di gossip del solito.

«Signorina Willis, in qualità di veterana delle commedie romantiche, è preoccupata per il recente passato *ricco di azione* del suo co-protagonista?» Sono passati dieci minuti e, dopo aver fatto la maggior parte delle domande standard, ho iniziato a notare una maggior audacia nei giornalisti.

Ron stringe le labbra e tamburella sul tavolo.

Con la coda dell'occhio intravedo Jack che si agita.

Amanda, serena come sempre, condivide un aneddoto sul suo primo film e sul sostegno che le hanno dato le sue co-star. «Potrei dire che avrò questo stesso approccio con Felix, ma siamo onesti, Felix non ne ha bisogno. È un professionista e non mi preoccupa minimamente.» Mi dà un colpetto sul braccio con il gomito in uno sfoggio di cameratismo. «In realtà non vedo l'ora che tutti vedano un lato più leggero di questo ragazzo. Vi piacerà molto, gente.» Si porta la mano alla bocca in una studiata espressione di sorpresa. «Il Texas mi dà alla testa. Parlo già come una del posto!»

Tutti ridacchiano convinti che sia una battuta spontanea.

Con una sicurezza che non provo, aggiusto il sorriso che ho perfezionato nel corso degli anni e scuoto le spalle mentre rido, come se anch'io fossi stato colto di sorpresa dalla precisa reazione di Amanda e dal suo accento del sud.

Un altro giornalista alza la mano e, una volta interpellato, si fa avanti tra la folla. C'è un leggero rimescolamento, con il membro della troupe alto di prima che si scosta per far posto al reporter, e il mio cervello va in shock quando vedo la persona dietro di lui.

Anne.

Tutto si blocca. La mia risata, il frastuono della stanza, il mio immancabile sorriso.

Anche se ha la testa bassa, china sul telefono, so che è lei. I capelli raccolti in un'alta coda di cavallo, la cui estremità si arriccia sotto l'orecchio sinistro e ricade sulla spalla, offrendomi una visuale senza ostacoli del naso dritto che, solo qualche giorno fa, era arricciato nel disprezzo mentre mi guardava. Le gambe toniche, inclusa quella che quasi mi ha evirato, sbucano decise da un paio di pantaloncini di jeans.

«Signor Jones, cosa l'ha spinta a partecipare a *Countdown*?»

Sento a malapena il giornalista; ho gli occhi incollati alla donna che ha occupato la maggior parte dei miei pensieri negli ultimi tre giorni.

Perché è qui? *Come fa* a essere qui?

«Signor Jones?»

Solo la troupe e la stampa possono accedere al sito.

Ho le mani sudate mentre la osservo passare i pollici sullo schermo.

È una giornalista.

L'immagine di me, raggomitolato seminudo sul pavimento che mi tengo in mano le palle, mi lampeggia davanti agli occhi, questa volta accanto a vari titoli di tabloid, tutti tratti da un resoconto di prima mano. Il resoconto *di Anne.*

Il piede di Amanda tocca il mio, ricordandomi dove mi trovo.

«Beh...» Mi faccio ripetere la domanda, sperando che sembri che ci stia pensando seriamente invece di avere un attacco di panico silenzioso.

Mi schiarisco la gola e assumo un tono riflessivo, quindi incontro lo sguardo del giornalista. «È stata la profondità della storia, la concretezza del personaggio.» Mantengo il contatto visivo con il reporter, sperando che ciò dia maggiore credibilità alla mia risposta piuttosto generica. «Voglio dire, che cos'è la vita senza tutti i suoi incasinati, divertenti e bellissimi colpi di scena?»

Come un'avventura di una notte che si presenta senza invito al tuo incontro con la stampa.

Quasi avesse sentito i miei pensieri, Anne alza lo sguardo.

L'orrore che le compare negli occhi non appena si rende conto di essere stata scoperta rispecchia la mia stessa crisi interiore.

Ma proprio quando sto per fare qualcosa di stupido, qualcosa che i miei avvocati, il mio manager e persino mia madre mi sconsiglierebbero, ovvero alzarmi in piedi e gridare qualcosa, qualsiasi cosa, per esprimere l'ondata di emozioni che sta crescendo dentro di me nel vedermi davanti la mia amante di una notte con in mano il telefono che ha scattato la foto scandalosa, qualcuno mi batte sul tempo.

Una persona rumorosa, del sud e molto incinta.

Capitolo Sei

Liz

Porca merda.

Mi accorgo troppo tardi che Tipo Alto ha fallito l'unico compito che gli ho assegnato (a sua insaputa), ovvero mascherarmi dalla folla.

E ora la mia nemesi a base di preservativi ritardanti mi sta guardando dritta negli occhi.

C'è un che di soddisfacente nello scoprire che ho ragione: è davvero attraente, tolta quell'orrenda barba incolta. Un sacco attraente. Ma la soddisfazione dura poco, e si spegne non appena capisco, dal suo sguardo scuro e stupidamente profondo, che mi ha riconosciuto.

L'aria in quella specie di hangar diventa di colpo soffocante, e resisto all'impulso di agitarmi sotto quell'occhiata intensa. L'irritazione per la faccenda, e per me stessa, mi fa venire voglia di urlargli *Vaffanculo, cazzo moscio* di fronte a tutta la gente e alle telecamere.

Non un impulso molto maturo, devo ammetterlo. Ma mi piace pensare che sia comprensibile.

Perché, se fossi nei panni di Elizabeth Anne Moore, ex ereditiera della più grande catena di negozi di lusso in America e principessa della beneficenza, potrei tener testa a chiunque, incluse star del cinema con la fissa per i profilattici anestetizzanti.

Ma al momento *non* sono Elizabeth Moore, ma Anne Moore, una studentessa squattrinata con una borsa di studio da guadagnarsi e una sorellastra da incontrare. Quindi, anche se mi piacerebbe mandare al diavolo lo stronzo da Oscar che ho di fronte, prendo fiato e conto fino a tre, poi espiro piano e a lungo. È un trucco che ho imparato per tenere a bada il nervosismo in pubblico, agli eventi che Stanley Moore insisteva frequentassi. E che utilizzo anche adesso per impedirmi di causare ulteriori danni alle palle di Felix Jones.

Per fortuna, quando il primo profondo respiro non basta a placare i miei peggiori istinti, vengo salvata da una donna più scintillante della mia maglietta.

«Ehilà, gente!»

Tutti, me inclusa, sussultano di fronte alla donna con una gran chioma di capelli biondo fragola.

Sbatto le palpebre, gli occhi secchi, e ho bisogno di un istante per registrare il pancione da fine gravidanza della nuova arrivata, enfatizzato da una tuta aderente fucsia. È una macchia di colore nell'edificio altrimenti grigio, bianco e nero.

Rapita quanto me, la folla si schiude per farla ancheggiare un po' goffa verso la predella, con le sue scarpe alte da ginnastica; si ferma con un ansito sfinito.

«Ce l'abbiamo fatta.» Si getta i capelli oltre la spalla, il petto ansante in bella mostra mentre si appoggia la mano nel punto dove dovrebbe trovarsi la vita.

Il *noi* a cui si riferisce deve includere la brunetta al suo fianco. Una donna che, quando si volta per parlare a Em, è a sua volta incinta. Non sembra a termine quanto la bionda, ma è difficile a dirsi, con quel lungo vestito floreale.

Quello, insieme al sorriso divertito di Em, sono le ultime cose che noto prima che il mio cervello entri in azione, spingendomi a fare la persona matura e andarmene non vista, finché posso.

Ma, giusto per togliermi la soddisfazione, mentre mi allontano mi gratto il naso con il dito medio.

* * *

Felix

Per quanto sia stupefatto dalle due donne incinte che ho davanti, non posso non notare Anne che si gira per andarsene.

Mi acciglio, osservando la sua coda di cavallo che oscilla a ogni passo. Mi ha per caso mandato a quel paese?

Coprendo il microfono con la mano, mi alzo in piedi, attirando l'attenzione di Amanda e Jack. «Arrivo subito.»

«Audrey Cole!» Ron si alza e gira intorno al tavolo. «Sono tanto felice che tu sia venuta.»

«Oh.» Amanda si volta verso le donne. «Ecco l'autrice del romanzo.»

«Vedi, te l'avevo detto che ci stavano aspettando.» La bionda incinta dà una gomitata alla sua compare.

Mentre tutti sono concentrati sul regista che saluta l'autrice del romanzo da cui è tratto il film, Jack si avvicina. «Cosa c'è che non va?»

Rispondo mantenendo lo sguardo fisso in avanti e il sorriso sul volto. «Ho visto Anne.»

«Qui?» Non prova neanche ad abbassare la voce.

Amanda si gira verso di noi. «Tutto bene?»

«Mi stavo solo chiedendo chi fossero le nuove arrivate.» Jack indica le due, che Ron sta salutando con baci e abbracci.

Amanda fa un cenno verso quella con il vestito a fiori. «Quella è l'autrice di *Countdown to Love.*» Abbassa la mano, con un'espressione divertita sul volto. «Non sono sicura di chi sia l'altra, però.»

Scrutando la folla alla ricerca di Anne, incrocio lo sguardo della giornalista di *Entertainment Daily* e mi costringo a riportare gli occhi su Ron e la coppia incinta. L'ultima cosa di cui ho bisogno è che senta l'odore del sangue nell'acqua il primo giorno di produzione.

C'è una pausa nel mormorio della folla, che permette a tutti di sentire la scrittrice presentare la donna accanto a lei. «Questa è la mia amica Rose.» Fa una smorfia a Ron. «La... consulente di cui ti ho parlato.»

«Ciao.» Rose stringe la mano tesa di Ron e con l'altra gli dà una pacca sulla schiena.

È la prima volta che vedo il regista veterano colto alla sprovvista.

Amanda li raggiunge.

Jack mi fa cenno di seguirlo. «Vai a salutare la scrittrice. Io vedo se riesco a trovare la tua Cenerentola dei paparazzi.»

Apro la bocca per ribattere ma Ron mi interrompe.

«E questo è il nostro protagonista, Felix Jones.»

Mi raddrizzo sotto lo sguardo di tutti e costringo i piedi a muoversi nella direzione opposta a quella in cui vogliono andare. Quella intrapresa da Jack.

Raggiungo il gruppo proprio mentre Amanda stringe la mano della bionda sotto le luci fluorescenti. «Adoro il tuo smalto!»

Distolgo lo sguardo da Jack e noto il diamante gigantesco sull'anulare sinistro della donna incinta prima di accorgermi dello smalto verde smeraldo che si abbina perfettamente agli orecchini vistosi.

«Visto?» Rose lancia un'occhiata soddisfatta alla scrittrice. «Te lo avevo detto che questo smalto non era troppo appariscente.»

Audrey Cole rotea gli occhi. «Sei tu a essere troppo appariscente, non lo smalto.»

«In effetti...» Em, apparentemente spuntata dal nulla, si pinza il naso e fa un respiro visibile, lungo e profondo. Poi, come se fosse sorpresa, la responsabile delle pubbliche relazioni si raddrizza, con un sorriso accecante come il suo abbigliamento.

Potrebbe insegnare qualcosa alle giovani star sulla percezione dell'immagine.

«Gente,» esordisce Em in tono sonoro, «questa è Audrey Cole, l'autrice del romanzo che porterete sullo schermo.»

Combattendo l'impulso di girarmi e seguire Jack tra la folla, tendo la mano da brava marionetta di Hollywood quale sono. «Piacere, signora Cole.» Quando la prende, stringo la sua con entrambe le mie. «Spero che renderemo giustizia alla sua opera, e lei orgogliosa.»

«Accidenti.» Rose, accanto a Audrey Cole, mi lancia una lunga occhiata che, ne sono certo, una donna sposata e incinta non dovrebbe rivolgere a uomini che non sono il marito.

Lascio la mano dell'autrice per porgerla alla bionda, ma lei fa un passo indietro, alzando entrambe le proprie in segno di resa.

«Non sarebbe una buona idea.» L'improvviso sguardo contrito di Rose cozza con il sorriso. «Sono in una fase della gravidanza che richiede un'attenzione speciale da parte di mio marito in momenti irregolari ma frequenti e...» Mi squadra, facendomi venire voglia di controllare di non avere la patta aperta. «E ora è sicuramente uno di quei momenti.» Poi gira sui tacchi delle scarpe da ginnastica e si dirige verso l'uscita dell'edificio, dove mi dice: «Mandami un messaggio più tardi.»

«Ti avevo detto di fare attenzione a quel sorriso,» sussurra Amanda accanto a me.

«Era già incinta,» mormoro, fingendo di seguire l'uscita della donna dall'edificio, mentre cerco un'*altra* bionda.

Audrey Cole sorride a tutti prima di estrarre un ventaglio piegato dalla borsa. «Piacere di conoscervi.» Apre il ventaglio, che ha la stessa stampa dell'abito, e lo sventola, facendo danzare le ciocche sulle tempie. «Audrey Cole è il mio pseudonimo. Chiamatemi pure Trish.»

La stampa fa una pausa, come se fosse troppo stupita per infierire. Normalmente, i giornalisti si scaglierebbero contro una nuova fonte, qualcuno non abituato a scegliere con cura le proprie risposte per evitare che le parole vengano stravolte in seguito.

Ma forse, dato che suddetta fonte di informazioni è una donna incinta che sembra recitare una scena di un ballo delle debuttanti settecentesco nel bel mezzo di una modernissima struttura di addestramento della NASA, dopo che la sua controparte bionda è partita per una missione alla ricerca di un marito per fare sesso, i reporter sono troppo sconvolti per intervenire.

Anche per Hollywood non è una cosa da poco.

* * *

Liz

«Guarda che ti vedo.»

Sospiro ed emergo dal mio nascondiglio dietro Iron Man. Se Iron Man fosse un robot bianco e oro con il logo della NASA al centro del petto.

Sbircio oltre il robot e sorrido a Em, che non ricambia ma mi fissa le gambe, chiaramente visibili visto che l'Iron Man della NASA è solo un busto appeso al soffitto con delle funi.

«Ho sempre fatto schifo a nascondino.»

L'angolo della bocca di Em si solleva. «E a seguire le indicazioni?» Fa un cenno verso il nastro rosso davanti alle sue scarpe dorate. Un nastro rosso che ho palesemente superato per andare a nascondermi.

Il mio sorriso si fa teso. «Ehm, scusami...»

«Mh.» Em inarca un sopracciglio.

Lei e mio fratello Thomas andrebbero d'accordissimo.

Mi tengo stretta la borsa per non farla sbattere contro niente e supero l'Iron Man mutilato per raggiungere Em.

«La conferenza è finita, comunque.» Lei osserva i miei movimenti come un falco. «Da dieci minuti.»

«Oh, ehm, benissimo.»

Mi scocca un'occhiata che mi fa raddrizzare. «Devo farmi coinvolgere?»

Mi fingo ottusa e mi concentro molto sul superare il nastro rosso. «In che senso?»

Em scuote il capo e si volta, allontanandosi dal robot e tornando verso il modello della Stazione Spaziale. «Il tuo professore ti stava cercando.»

Nonostante io abbia le gambe più lunghe, devo trottare per starle dietro. «Oh, accidenti, io...»

Em si ferma di colpo e io inchiodo per non andare a sbattere contro di lei. «E mi ha detto del tuo problema.»

«Problema?» Per un attimo penso si riferisca a Felix Jones, poi ricordo che il mio prof non può dirle ciò che neanche lui sa.

Em si acciglia. «Il problema dell'alloggio.»

«Ah, quello.»

«Esatto.» Stringe appena gli occhi come per leggermi nel

pensiero. Per fortuna decide di non approfondire e riprende a camminare. «Ti ho trovato una sistemazione qui nei paraggi.»

Il sollievo mi investe. «Davvero?»

«Sì, ma c'è un prezzo.»

«Oh.» Faccio due calcoli sul mio conto in banca e su cosa potrei risparmiare evitando hotel e noleggio auto. «Quanto?»

Em si ferma al margine del nastro rosso di fronte al modello, dove il regista sta parlando con il mio professore.

Nel vedermi, quest'ultimo si illumina. «Liz...» Spalanca gli occhi per lo scivolone, imitando la mia espressione. «... zzAnne! Eccoti qui.» Mi fa cenno di avvicinarmi. «Vieni a scoprire i primi passaggi dello storyboarding.»

Sento gli occhi di Em trapassarmi il lato del viso.

Con un'allegria che non provo, sorrido e ricambio il saluto. «Arrivo subito!» Mi rivolgo a Em. «Dicevi, il prezzo di questo alloggio qui vicino?»

«Vediamo...» La sua voce sembra impassibile come prima, ma gli occhi sembrano mascherare un sorriso. «Il prezzo è... una maglietta con gatti e paillettes.»

Mi sfugge una risata sorpresa, che riecheggia nella vasta sala.

«Ma sul serio?» Continuo a ridacchiare, e il divertimento aiuta a scacciare la tensione accumulata durante la giornata. «Te ne prendo anche dieci, se vuoi.»

A quella mia reazione genuina, Em si concede di sorridere. «Me ne basta una.» Mi porge delle chiavi legate a un pupazzetto a forma di mucca. «Lizz*anne*.»

Capitolo Sette

Felix

«Mi sa che hai le allucinazioni.» Jack mi supera ed entra nella suite a cinque stelle fornita dalla produzione, e in cui soggiorno ormai da cinque giorni. «Sei proprio sicuro di aver visto la tua avventura di una notte alla conferenza stampa?»

Per la centesima volta, ripenso alla giornata della conferenza, e ricordo distintamente la coda bionda di Anne, posata sulla spalla di quella maglietta con il gatto glabro. «Sì. Ne sono sicuro.»

Jack indossa calzoncini e maglietta invece del solito completo impeccabile; va a sedere su una delle poltrone nella suite e sospira. «Ho controllato tutti i giornalisti presenti all'evento, ho ripassato i contratti della troupe, *due volte,* e non c'è nessuna Anne.»

Negli ultimi giorni me ne sono rimasto rintanato in hotel, aspettando. Che la foto di Anne finisse sui tabloid. Che Ron annunciasse la scaletta del film in modo da poter iniziare a lavorare. Che Camilla Branson spargesse altri pettegolezzi che non avrei potuto contraddire.

Sono una persona nota per un atteggiamento pratico, e ne ho abbastanza di aspettare.

Prendo la chiave magnetica dal tavolino e mi preparo mentalmente a bruciare la frustrazione alla palestra dell'hotel.

Jack, invece di alzarsi per raggiungermi, si appoggia allo schienale. «Però c'è una Annabelle.»

Mi cade la chiave di mano. «E?»

«E, a meno che ti piacciano le vecchie...» Fa un sorrisetto e assume un'aria molto poco da avvocato di Los Angeles e più da liceale giocatore di lacrosse, come lo conoscevo prima di Hollywood. «Sono abbastanza sicuro che la signora Bell, l'adorabile cuoca settantenne del catering, non sia la fanciulla in questione.»

Recupero la chiave dalla moquette e, con l'altra mano, faccio il dito medio a Jack. Mi torna subito in mente Anne, con il suo vaffanculo mentre si grattava il naso. «Lei era lì. Non me lo sono sognato.»

«Ti credo.» Si sporge in avanti. «E la troveremo, e ce ne occuperemo, proprio come facciamo sempre. Cerca solo di avere pazienza.»

Sbuffo una risata a cui Jack si unisce; sappiamo entrambi che la pazienza non è il mio forte.

Si alza con un gemito. «Oggi vacci piano con me, okay? Devo tornare a Los Angeles tra qualche ora in aereo, e sistemare tutti gli altri problemi.»

Mi infilo la chiave in tasca; quasi vibro di energia accumulata. «Non faccio promesse.»

«Grandioso. Grazie, eh.» Prende due bottigliette d'acqua dal frigo. «Fammi un favore.» Me ne lancia una. «Niente donne mentre sono a Los Angeles.»

Mi premo la mano sul cuore. «Questo invece posso promettertelo.»

Scuote il capo e mi passa accanto per aprire la porta. «Sarà meglio.» Controlla che il corridoio sia sgombro prima di farmi cenno di avanzare. «I tuoi avvocati sono già abbastanza presi.»

Vado verso le scale per evitare possibili interazioni con i fan in ascensore. «Cosa ti hanno detto, comunque?»

Scendiamo i gradini in cupo silenzio, le scarpe da ginnastica che scalpicciano rapide sul cemento.

Jack non apprezzerà l'allenamento che ho preparato mentalmente più degli altri con cui l'ho torturato questa settimana. Con la mia maggior preoccupazione ancora irrisolta, l'imprevista comparsa di Anne mi fa venire voglia di sfogarmi senza freni. Soprattutto perché, a dirla tutta, ogni giorno che passa senza che la foto vada online mi spinge maggiormente a desiderare di parlarle, e non di farle firmare un accordo di riservatezza.

Disgustato da me stesso, decido di buttare fuori la follia con il sudore, grazie all'allenamento che mi ha preparato il coach personale per il film sull'incidente aereo dello scorso anno.

Jack ne andrà matto.

Quando però apriamo la porta della palestra, tutti i miei sadici piani di allenamento evaporano, come vorrei fare io, quando vengo circondato da un gruppo di persone.

«Eccolo!»

«Felix Jones!»

«Mi fai un autografo?»

«Questa è la chiave della mia camera!»

«Hai davvero chiesto a Camilla di sposarla?»

Quest'ultima domanda mi fa ribollire il sangue. Sposto lo sguardo su Jack, che ha già preso il cellulare e sta sbraitando ordini.

Faccio del mio meglio per sorridere mentre le signore mi scattano foto con i cellulari; una fa un video in diretta. Quando la security dell'albergo finalmente interviene, ho firmato un sacco di autografi, posato per svariati selfie ed evitato diverse domande scomode sulla mia presunta fidanzata.

Non mi sarò allenato, ma quando torno in camera sono così sfinito dall'imboscata che crollo di faccia sul letto.

Jack, ancora al telefono, continua a dare ordini e a fare domande per altri venti minuti prima di riagganciare. «Ho buone e cattive notizie.»

In risposta, grugnisco.

«Iniziamo con le cattive. Camilla Branson ha messo in giro la voce che vi siete fidanzati.»

L'avevo già intuito, visto il commento della fan, ma sentirlo confermare da Jack è un pugno nello stomaco. Camilla ha ripreso a parlare di me.

«Non l'ha detto di persona, ma l'ha fatto fare a una sua amica, l'ereditiera della catena di hotel...» Fissa il cellulare, dove legge ciò che è stato scritto su di me. «Che ha riferito di essere alla ricerca di un abito da damigella.» Sbuffa. «E quando uno dei giornalisti le ha chiesto se fosse per il matrimonio di Camilla, lei ha ammiccato.»

Chiudo gli occhi e visualizzo la scena. Probabilmente è successo a una qualche stupida serata tra ricconi, o a un'uscita tra celebrità di serie B, quelle con i soldi ma senza la fama che bramano disperatamente che fanno e dicono di tutto per farsi notare.

«Il che,» prosegue Jack, come se già non lo sapessi, «a Hollywood conta come un annuncio ufficiale.»

Ecco perché i miei legali faticano a emettere un'ordinanza restrittiva contro Camilla. A parte la primissima cosa che ha chiesto, non ha preteso o neanche detto in pubblico nulla per cui possa denunciarla. Sta usando la sua cricca di amiche famose per causare guai, il tutto mentre possiede informazioni personali su di me che sa bene non vorrei divulgare.

Mi costringo a rotolare sulla schiena e non mi scompongo quando il calamo di una piuma del cuscino mi punzecchia il collo. «Hai detto che ci sono anche buone notizie?»

Jack va all'armadio ed estrae la mia valigia vuota, che lancia sul letto accanto a me. «Ti ho trovato un posto migliore dove stare.»

* * *

Liz

Sta per succedere qualcosa di brutto.

Dalla mia postazione, appollaiata sullo sgabello al bancone della cucina, fisso il sole del mattino che, fuori dalla finestra, scintilla sulla vasta distesa d'acqua su cui si affaccia il mio nuovo appartamento, e provo un senso di cupa premonizione.

Negli ultimi giorni, dopo la conferenza stampa, sono capitate troppe cose belle.

Il posto dove Em mi ha detto che mi sarei potuta trasferire? Un ampio appartamento a due passi dalla NASA.

Il mio lavoro come storyboarder? Prevede che me ne stia seduta a disegnare tutto il giorno. Da sola.

Lo stronzo da Oscar che temevo avrei incrociato? Non l'ho visto.

Pare che noi responsabili degli storyboard siamo parte della preproduzione. Il nostro operato viene usato per aiutare il regista e il cast a predisporre le varie scene del film. Di solito viene fatto prima che tutti loro si presentino sul set, ma visto che la NASA ha dato allo studio il permesso di usare la location solo per un periodo limitato di tempo, parte della preproduzione, storyboarding incluso, si svolge in parallelo con le riprese.

Per fortuna le due attività non si sovrappongono. Quindi posso continuare a evitare il protagonista.

Mi limito a disegnare i vari set, per poi inviarli al mio professore in modo che lui e Ron possano pianificare la disposizione delle cineprese e capire come le scenografie interagiranno con la sceneggiatura.

Il mio cellulare vibra per una notifica che mi informa che la spesa ordinata è in arrivo. Non ho l'auto, ma ho un telefono, e pare che in Texas la consegna sia gratuita. Quindi posso migliorare la mia alimentazione a base di cibo del catering senza svenarmi.

Dovrei essere felice, nel mio alloggio al dodicesimo piano e dopo una buona notte di sonno su un letto che si inclina e che modifica la rigidità in base al peso di chi ci dorme, e mentre bevo caffè e mangio una mela invece dei muffin asciutti del catering. Però...

«Sta decisamente per succedere qualcosa,» mormoro, riponendo il telefono sul bancone e guardando attraverso la vetrata barche a vela e gabbiani veleggiare sul lago.

Sono stata chiamata spesso una hippie in passato, soprattutto da quello stronzo del mio non-padre, ma non ho mai creduto nella possibilità di far accadere le cose solo pensandoci intensamente. Se non che, neanche dieci minuti dopo aver espresso la mia certezza che le cose avrebbero preso una brutta piega, il campanello suona.

«Porca di quella merda.»

Fisso la porta con un sospiro; spero che sia il fattorino arrivato in anticipo, ma mentalmente mi preparo alla notifica di sfratto o alla lettera di licenziamento, consegnate da un qualche galoppino di Hollywood inviato da L'Infame Johnny Felix Jones.

Eppure mai, né prima né dopo aver posato sul pavimento le Birkenstock per andare alla porta, ho pensato di far comparire un uomo vestito come se fosse appena uscito dal quartiere newyorkese di Hamptons, con scarpe da barca in cuoio, calzoncini e una camicia di lino bianca. E un gatto infilato in un marsupio sul petto.

«Chase?» Sbatto le palpebre di fronte a mio fratello, confusa dalla sua presenza e dal bozzo beige che gli sbuca sotto il mento. «Mikey?»

«Ciao, Lizzy.» Il suo tono gelido mi fa bloccare.

Solleva gli occhiali da sole sulla fronte ed entra come se volesse andare a chiedere un passaggio a una delle barche a vela fuori dalla finestra.

«Bello vedere che sei viva.» Si tiene Mikey al petto con una mano mentre sgancia il marsupio da neonati, sfilandone il gatto. È una manovra complicata che lui fa apparire semplice, visto che la fa spesso.

«Ah, sì.» Chiudo la porta e mi avvicino, tesa per l'atteggiamento insolito di mio fratello. Chase è sempre stato quello divertente, sempre pronto a ridere e scherzare. Quello sempre dalla mia parte, anche se ho torto.

Di solito è di Thomas che devo preoccuparmi.

«Perché, c'erano dubbi?» gli chiedo.

Chase lascia cadere il marsupio a terra e si toglie qualcosa dalla tasca posteriore, per poi sedersi sulla grande poltrona del salotto. Accavalla le gambe, una caviglia sul ginocchio opposto, e Mike, in tutta la sua gloria nuda, gli si acciambella in grembo.

Avrei dovuto indossare la maglietta con le paillettes.

«Non so, vuoi dirmelo tu?» Solleva la mano in cui regge il foglio.

Mi accosto lentamente alla poltrona e glielo tolgo dalle dita. Le parole *pronto soccorso* attirano la mia attenzione appena vi poso lo sguardo.

Porca di quella porchissima merda.

«Immagina la mia sorpresa quando quello,» e Chase indica il conto dell'ospedale che ho in mano, «è arrivato per posta.»

«Perché hai frugato nella posta di mamma?» Poiché, prima di venire in Texas, vivevo in uno studentato universitario e la mia posta, dall'assicurazione fino a tutto il resto, viene inviata alla residenza di famiglia a Manhattan, quella vicino a Central Park dove sono cresciuta.

«Ma sul serio?» Chase abbassa il viso per guardami male. «Questa sarebbe la tua linea di difesa?»

Con un sospiro mi arrendo. Più o meno. «Io… ho mangiato qualcosa che mi ha fatto male.» Non è del tutto falso. «Ma adesso è tutto a posto, davvero.»

Lui passa una mano sul dorso di Mike, facendo sì che la pelle flaccida scorra sulle ossa. «Avresti potuto chiamare.»

Leggo la ricevuta dell'assicurazione, grata che non specifichi il motivo del mio giro al pronto soccorso. «Come facevi a sapere dov'ero?» Sul foglio c'è l'indirizzo dell'ospedale, ma non quello di casa mia.

«Forse avrei potuto chiamarti,» prosegue Chase ignorando la mia domanda. «Ma mi avresti risposto?»

Decido di ritornare più tardi alla mia domanda, visto che diventa sempre più evidente che non solo Chase era davvero preoccupato, ma ora, dopo avermi vista sana e salva con i suoi occhi, sono decisamente sulla lista dei cattivi di mio fratello.

Cosa mai successa prima.

Anzi, visto quanto è allegro e spensierato di solito, è difficile credere che ne abbia una.

Strofino i sandali sul tappeto. «Avrei risposto.» Probabilmente. Almeno al terzo o quarto tentativo. Ma visto che le rughe da sorriso di mio fratello non sono in vista, non lo specifico.

È il silenzio a colpirmi. Chase e io non stiamo mai in silenzio. Ci punzecchiamo. Ridiamo. Distogliamo l'attenzione dell'altro da ciò che lo preoccupa. Facciamo squadra da sempre, noi contro nostro padre.

«Ehi.» Gli tocco la scarpa da barca con la Birkenstock. «Scusami.»

Il gatto cede per primo.

«Miao.» Mike alza una zampa e reclama le mie attenzioni.

«Oooh, ti è mancata la zia Lizzie, vero?» Mi chino per grattare Mike sotto il mento. «Proprio così. Ti sono mancata, eh, mia piccola patata senza peli?»

«Cristo.» Chase rotea gli occhi, proprio la reazione a cui puntavo. «Non dire così.» Però i suoi occhi si increspano. «E soprattutto non facendo la vocina.»

Con l'altra mano gratto le orecchie di Mike. «Perché?»

«Fa schifo.»

«Anche il tuo gatto.»

Ci scambiamo un sorriso, e so di essere perdonata.

«Ecco.» Prende Mike dal torace e me lo porge, facendogli dondolare zampe e testicoli. «Tutto tuo.»

Come ho fatto mille volte prima, allungo le mani verso Mike e lo prendo. Mi sembra di tenere in mano un tacchino crudo; me lo stringo al petto, e per essere un gatto che sembra pelle e ossa mi dico che è parecchio denso.

«Allora, dimmi del tuo lavoro con lo storyboarding.» Chase si appoggia allo schienale.

«Ah.» Strofino il naso contro Mike prima di sedermi sul divano di fronte a mio fratello. «Il mio professore è stato l'anello debole.»

«Sì, beh, non prendertela con lui.» Chase allarga le braccia per appoggiarle allo schienale. «Non voleva dirmi dove stavi, finché non gli ho parlato del pronto soccorso, e di colpo si è profuso in scuse e spiegazioni.» Chase si acciglia. «Ha menzionato qualcosa su un problema con l'alloggio e il noleggio dell'auto.»

Senza guardarlo negli occhi, liquido la questione. «Sì, un disguido, ma si è risolto.» Per fortuna, aggiungerei, ma non voglio farlo preoccupare. «Come puoi vedere.» Indico le vetrate affacciate su Clear Lake.

Chiacchieriamo per i venti minuti successivi. Io gli parlo del mio stage e del tempo trascorso alla Nasa, lui mi aggiorna su come vanno gli affari da Moore's e racconta storie sul nostro precedentemente burbero fratellone Thomas, ora diventato il burattino di una principessa di nove anni.

«Mi piacerebbe vederlo.»

«Oh, lo farai.»

«Davvero?»

«Sì.» Chase raddrizza le gambe e si alza. «Sono solo l'avanguardia.»

Inclino il capo, e Mike mi imita. «In che senso?»

«Secondo te?»

Seguo i suoi movimenti mentre recupera il marsupio dal pavimento e lo getta sul bracciolo.

Solo quando inarca un sopracciglio con aria molto da Thomas capisco.

Mi giro di scatto verso la porta. «Thomas è qui?»

«No, non ancora.» Chase mi prende Mike dalle braccia; il gatto si fa floscio e non collabora. «Ma lui e il resto della famiglia arriveranno.»

«Perché?»

«Thomas ti ha concesso un anno per *trovare te stessa*.» Tiene Mike in una mano, e con l'altra imita le virgolette. «Mi stupisce che ti abbia permesso di farlo.» Scuote il capo con una risata. «E che te l'abbia permesso io.» Si tiene Mike contro il petto. «So che volevi del tempo per affrontare ciò che è successo, ma quel tempo è *scaduto*, Lizzie.» Enfatizza il concetto agitandomi davanti una zampa di Mike.

Dal gatto proviene un basso rombo minaccioso. Mike

detesta essere usato come burattino. Cosa che Chase sa benissimo ma di cui non si cura.

Ovvio che il gatto preferisca Bell.

Torno a concentrarmi su mio fratello. «Quando arriverà?»

Fa spallucce. «Non lo so.»

«Chase...» Suono tanto come nostra madre.

«Non avrei dovuto anticiparti la sorpresa.» Appoggia un infelice Mike a terra. «E per quanto questo viaggio dell'ultim'ora a Houston sia stato divertente, è meglio che vada.» Mi fa cenno di alzarmi. «Ho una moglie da cui tornare e un'azienda da gestire.»

Una volta in piedi, Chase mi abbraccia forte. «Ma se ti comporti bene,» sussurra, «potrei darti un'anticipazione sulla data d'arrivo della famiglia.»

Fa un passo indietro e mi dà una pacca in testa come se fossi una bimbetta.

Lo schivo con una risata. «Sì, come no.» Il sarcasmo me lo ha insegnato lui.

Solo quando è sulla soglia noto cos'ha lasciato in giro. «Non dimentichi qualcosa?»

Si gira, e io indico Mike.

«No.» Chase si liscia il petto della camicia, scevro di marsupi per felini. «Tutto tuo.»

I buoni sentimenti che provavo per mio fratello evaporano. «Mi prendi in giro, vero?»

Il suo sorriso si allarga.

Corro a prendere in braccio il gatto. «Non puoi lasciare qui Mike. Non è neanche casa mia. Probabilmente gli animali domestici non sono ammessi.»

«In realtà, stando a quel che mi ha detto una donna di nome Eleanor, con cui il tuo professore ha cortesemente parlato per conto mio, purché non si tratti di un'altra mucca o di una capra a lei non importa chi porti nell'appartamento.»

Mi acciglio. Davvero qualcuno ha provato a portare una mucca nell'edificio?

Ma quando Chase si tende verso la maniglia, scaccio in fretta il pensiero.

«Bell ti ammazzerà quando tornerai a casa senza Mike.» Marcio verso di lui e gli punto il gatto alla giugulare. «Lo ama più di quanto ami te.»

So di aver colpito un nervo scoperto, perché la sua palpebra ha un tic.

Invece che abboccare all'amo o prendersi il suo animaletto, Chase infila le mani nelle tasche dei calzoncini. «Ed è proprio questo il motivo per cui lo lascio qui.» Si inclina sui talloni. «Mi ci vuole proprio un po' di tempo in solitudine con mia moglie.»

Lo guardo male, e lui sorride ancora di più.

«Ma se non vuoi che Bell si preoccupi e prenda il primo volo per venire qui, farai meglio a imparare a comunicare.» Sospira. «Perché, se Bell viene qui, allora verrò anche io, e ovviamente Thomas vorrà accompagnarci, e nel giro di un attimo saremo tutti tra i piedi.» Abbassa il viso e mi guarda negli occhi. «A interrompere qualsiasi cosa tu creda di dover fare da sola.»

Apro la bocca per imprecare contro il mio molesto fratello maggiore, ma Mike artiglia l'aria, perché non gli piace essere tenuto a penzoloni. Me lo stringo al petto, e non mi dispiace godermi il calore che emana dalla sua pelle floscia.

«Oh.» Chase ha l'aria tutta soddisfatta per come si è svolta la scena e schiocca le dita. «Quasi mi scordavo.» Torna al marsupio ed estrae qualcosa da una delle tasche. «Ecco qui.»

Appoggio Mike a terra e prendo il foglietto che mio fratello mi porge. E che è un...

«Certificato di animale da supporto emotivo?» Sbatto le palpebre di fronte a quel foglio così professionale, con tanto di carta intestata.

«Esatto. Così puoi portarti Mike al lavoro.»

«Ma cosa...» Guardo Mike, che è tornato a godersi il sole e a leccarsi le palle, poi di nuovo il foglio. «Non posso portarlo sul set.»

«Sì che puoi.» Chase è tutto contento. «Se n'è occupato il tuo prof, sempre per scusarsi del casino con l'alloggio.» Mio fratello sbatte le ciglia, innocente come un bambino colto con le mani nella marmellata. «Sai com'è Mike se lo lasci da solo.»

«Ma io...»

Chase si china per darmi un bacio sulla guancia. «Ti voglio bene, Lizzie.»

E se ne va.

Lasciandomi lì con Mike Hunt.

Capitolo Otto

Felix

«C'è la portineria ventiquattr'ore su ventiquattro e un parcheggio sotterraneo.» Jack preme il pulsante dell'ascensore e guarda l'orologio.

Dopo essere fuggiti dall'uscita di servizio per evitare altri fan che si fossero intrufolati o avessero fatto il check-in in albergo per incontrarmi, Jack ha indicato alla limousine di riportarci alla NASA, dove, tra parcheggi, quartieri e piccoli edifici commerciali, si trova un palazzo a tredici piani sulla riva del Clear Lake. Sembra la risposta a quei quiz da rivista di enigmistica tipo "trova l'elemento sbagliato".

«Tra il fatto che Amanda è ancora all'hotel e la security poco efficace, tutti penseranno che sei ancora a Houston.» Jack strofina a terra le scarpe da ginnastica; non dev'essere abituato a farsi vedere in pubblico in abiti sportivi invece che giacca e cravatta. «È un po' una scommessa, ma sono abbastanza convinto che stampa e fan non ti troveranno qui.» Allunga una mano per abbassarmi la visiera del berretto. «Nel caso, tu tieni la testa bassa.»

Non ci vedo, visto che ho la visiera sugli occhi, così la rialzo. «Perderai il volo.» Non commento la questione della scommessa.

Fino a questo punto della mia carriera mi è andata bene: la sicurezza mi è servita solo per gli eventi o per controllare la folla. Non mi sono mai sentito minacciato o poco al sicuro a casa mia o in un altro posto, purché tenessi un basso profilo. Ma l'imboscata di oggi è stata diversa. Con Camilla che spara le sue cazzate sulla nostra relazione, e il fatto di non poter smentire o confermare pubblicamente le sue affermazioni, i fan e i paparazzi sono più famelici del solito.

Jack estrae il cellulare e controlla il punteggio su Candy Crush. Voleva che almeno prendessi una guardia del corpo, ma ho pensato che sarebbe stato come una freccia al neon puntata su di me.

«Me la caverò.»

La porta dell'ascensore tintinna.

Jack sbuffa, tra il sarcasmo e il rimprovero. In ogni caso, nessuno dei due mi offende, visto come sono andate le cose di recente.

«Dico davvero.» Gli appoggio le mani sulle spalle e mi chino per guardarlo negli occhi. «Vai.»

«E va bene.» Si scrolla via le mie mani. «Lo farò appena sarai in ascensore.»

«Sì, mammina.»

Ci blocchiamo al mio sbadato promemoria sul motivo per cui deve tornare a Los Angeles. Soprattutto ora che le bugie di Camilla si sono ingigantite invece che fermarsi, come speravo e come lei aveva promesso.

Lui sta al gioco e rotea gli occhi, ma aspetta che sia in ascensore e che l'abbia salutato prima di riporre il cellulare, girarsi e andarsene.

I numeri di piani si scandiscono sul display in ascensore, e io controllo la data sul telefono.

Mia madre dovrebbe chiamarmi domani. E quando lo fa, devo assicurarmi che non abbia idea di cosa sta succedendo.

Non so se sia una cosa da portoghese o da donna, ma Sofia Maria Santos-Jones ha una gran quantità di orgoglio e determinazione. La combinazione delle due è tanto la sua forza quanto il suo punto debole. Alla morte di mio padre, queste due caratteristiche l'hanno portata a smentire chi affermava che la figlia di immigrati portoghesi, che non era neanche madrelingua inglese, non sarebbe stata in grado di crescere un figlio da sola. Ma è anche il motivo per cui non ha mai chiesto aiuti o supporto, anche quando ne aveva bisogno.

E poi, dopo anni di sacrifici e di sostegno da parte sua, quando avrei dovuto essere io a occuparmi di lei, ho fallito.

Non accadrà mai più. Mancano tre settimane alla fine del trattamento nella clinica esclusiva a cui le ho fatto ottenere l'accesso. Tre settimane per assicurarmi che mia madre torni a casa e trovi solo relax, invece che melodramma e pettegolezzi.

Calcolo la differenza di fuso orario tra California e Texas e controllo la mia agenda sul cellulare, per assicurarmi di essere libero per la sua chiamata. Soddisfatto da ciò che vedo, prendo la chiave che il nostro astronauta-scorta Vance Bodaway ha lasciato per noi al concierge.

L'ascensore si apre, e io emergo in un delicato corridoio grigio punteggiato ogni sei o sette metri da una porta. Lo seguo fino alla curva e trovo l'appartamento con il numero indicatomi dal mio manager. Jack ha dimostrato una grande prontezza di spirito quando ha chiamato Vance mentre io firmavo autografi per i fan invadenti. Ci è andata bene che Vance avesse una conoscenza in orbita che aveva lasciato libero il suo appartamento vicino alla Nasa.

Apro la porta dell'appartamento e rimango piacevolmente stupito dall'ampio open space. Alla mia sinistra ci sono grandi vetrate, a destra una cucina di buone dimensioni, con stipetti e sgabelli attorno all'isola, e un corridoio che deve condurre alla zona notte.

Ammiro la vista sul lago, lascio la borsa alla porta e vado alle finestre.

Mi concentro sul sole che mi sfiora il viso e non noto l'ostacolo sotto i miei piedi se non all'ultimo momento. Troppo tardi. Mi si incastra il piede sotto un sacchetto beige incredibilmente pesante; barcollo in avanti, e la mia imprecazione viene soffocata da un ululato spaccatimpani, seguito dal tonfo del mio palmo e della mia faccia che sbattono contro il vetro. Segue un secondo di pausa prima che la gravità abbia la meglio e la mia guancia scivoli, cigolando, giù lungo la vetrata, fermandosi solo quando il mio culo atterra sul pavimento.

Caralho.

Non so quanto rimango lì per terra, con gli occhi chiusi, immobile e accartocciato contro il vetro tiepido, ma il tempo che dovrebbe servirmi per capire che diavolo sia successo viene interrotto da qualcosa di morbido, bagnato e ruvido che mi si strofina sulla guancia non offesa.

Quando finalmente apro gli occhi per vedere di cosa diamine si tratti, vengo accolto dal viso rugoso e raggrinzito del demonio in persona.

Qualcuno strilla.

Purtroppo sono io.

* * *

Liz

. . .

Sollevo il braccio carico di borse della spesa e premo di nuovo il pulsante, sperando che ripetere l'azione faccia per magia muovere più in fretta l'ascensore.

Dieci minuti dopo che Chase se n'è andato ero ancora lì, sbalordita dalla piega presa dagli eventi, quando è arrivata la notifica della consegna della spesa, che ho deciso di andare a recuperare di persona per andare a firmare, già che c'ero, il certificato di possesso di animali domestici di cui mi aveva informata il concierge.

Troppo presa dal ragionare su quando il mio solitamente svagato fratello si sia messo a badare ai dettagli, ho fatto qualcosa che chiunque abbia trascorso anche solo un minuto con il suo gatto sa di non dover fare.

L'ho lasciato da solo in casa.

Mi sono resa conto del mio errore solo dopo aver scarabocchiato il mio nome su un documento che mi scarica dalla responsabilità di qualsiasi danno arrecato da suddetto animale domestico.

È passato un anno da quando io e Mike ci frequentavamo regolarmente e passeggiavamo in Central Park, e ho lasciato a New York la tazza con scritto Miglior Zia Felina del Mondo che Chase mi ha regalato per Natale.

E se un gatto normale assocerebbe il mio odore a ricordi felici e sarebbe tutto contento, negli oltre trecentosessanta giorni in cui sono stata lontana dalla serafica vita a base di leccate di scroto di Mike, ho scordato una cosa fondamentale: che quello non è un gatto normale.

L'ascensore si ferma al piano, e quasi mi slogo le spalle per uscirne e percorrere il corridoio fino alla mia porta. Il concierge mi ha proposto di prendere un carrello, ma ero troppo preoccupata per il vendicativo felino lasciato senza supervisione.

E proprio a causa di suddetto vendicativo felino senza supervisione non mi stupisco quando, sforzandomi di aprire la porta, vengo accolta da uno strillo acuto.

Quello che invece mi stupisce è che non proviene da me.

La porta sbatte proprio nell'istante in cui il grido si affievolisce, e io poso gli occhi su un uomo rannicchiato a terra, di fronte alla finestra, che fissa Mike Hunt.

Il berretto da baseball che il tizio indossa gli nasconde gran parte del viso, ma ciò che vedo della sua bocca, spalancata, allentata e che ancora emette quel gemito acuto, mi dice che è più spaventato lui di trovarsi nel mio appartamento che io di averlo beccato lì.

«Chi...» Le sporte cadono a terra con un tonfo. Le mie braccia hanno un istante di sollievo, seguito dal formicolio della circolazione che riparte. Ma tutto svanisce non appena mi rendo conto di chi è l'intruso con il cappellino. «*Tu.*» Tutte le tendenze violente che sono riuscita a reprimere alla conferenza stampa divampano.

L'attore di Hollywood trasalisce quando mi vede, e il terrore lascia il posto al riconoscimento. Quindi i suoi occhi, un attimo prima tondi e sgranati, fissi su Mike, si assottigliano su di me. «*Tu.*»

Nel frattempo, Mikey si posiziona composto davanti al protagonista della mia infelice avventura di una notte. Il gatto si gira per guardare da sopra la spalla nuda, mi osserva, poi torna a guardare l'uomo, come se aspettasse le presentazioni.

Felix lo tiene d'occhio e cerca di alzarsi.

Mi schiarisco la gola e mi sforzo di assumere un tono meno sconvolto e più autoritario. È fastidioso che debba reprimere il pensiero di quanto sia attraente, in calzoncini da palestra e maglietta. *Ricordati il conto del pronto soccorso.* «Cosa ci fai qui?»

Senza guardarmi, Felix si scosta cauto dal gatto. Una volta a ragionevole distanza di sicurezza, si rivolge a me. «Non dovrei chiedertelo io?»

«No.» Abbandono la spesa, vado verso la cucina e recupero il cellulare che ho lasciato sul bancone. «Qui ci abito io.»

Ti prego, vattene. Ti prego, vattene. Ti prego, vattene.

Non so perché sia qui, ma se posso evocare mio fratello e il suo gatto calvo, forse posso anche far sparire Felix Jones per incanto.

«In che senso abiti qui? Ero...» Si blocca e scuote il capo. «Aspetta, lascia stare.» Indica il mio telefono. «Voglio quella foto.»

«Quale foto?»

Il suo sguardo si fa irritato e scettico. «Sai quale foto.»

Sbuffo. «No che non lo so.» Mando al diavolo i miei fallaci poteri magici che funzionano solo quando non dovrebbero e sblocco lo schermo, chiedendomi se il concierge può aiutarmi a gestire lo stronzo di Hollywood, o se dovrò chiamare la polizia. Preferirei non farlo, perché se dovessi coinvolgere le forze dell'ordine...

Oddio. La *polizia*.

Alzo di scatto lo sguardo e capisco di quale foto sta parlando.

Mi rendo conto che anche lui comprende. Incrocia le braccia sul petto, e il sorriso diventa un ghigno cupo. Con i capelli arruffati, i luminosi occhi scuri e i bicipiti che si gonfiano sotto le maniche, ha proprio l'aspetto del protagonista fascinoso che Google sostiene che sia.

Eppure a venirmi in mente è l'immagine di lui, rannicchiato in posizione fetale, con l'aria inorridita e sofferente sul viso barbuto, mentre si regge i gioielli di famiglia contusi. Un ricordo che ho immortalato con il cellulare prima di andarmene dalla sua camera d'albergo, quella sera.

Reprimo una risatina, ma Felix se ne accorge e stringe gli occhi.

Mike, con il suo solito, epico tempismo, sceglie proprio questo momento per mollare una scoreggia. Sonora.

Nel giro di una frazione di secondo, i lineamenti del vincitore del premio per l'uomo più sexy di *People Magazine* si distorcono in un'espressione di tale disgusto e repulsione da essere quasi folle. È quasi identica a quella che fa quando si prende una ginocchiata nelle palle.

Mi arrendo e cedo alla risata.

* * *

Felix

Stringo i pugni mentre il più recente oggetto del mio desiderio e causa del mio tormento ride di me.

In senso letterale. Fragorosamente. La testa gettata indietro, la gola esposta, l'ilarità spontanea che le riecheggia attorno, proprio come aveva fatto al bar.

E proprio come allora, nonostante la mia irritazione, la parte bassa del mio corpo reagisce.

La sua confusione, il cipiglio, il capo inclinato... è stato tutto quasi credibile. L'insieme mi ha fatto dubitare dell'esistenza stessa di una foto. Forse il dolore alle palle mi ha creato falsi ricordi, e dovrei invece soffermarmi sul motivo per cui Anne è nell'appartamento che Jack mi ha reperito. E per giunta con il gatto di suo fratello.

Arriccio il naso al fetore proveniente da suddetto felino. Anne mi ha raccontato aneddoti esilaranti, ma non esiste fantasia abbastanza galoppante, neanche per un attore abituato a improvvisare, per rendere giustizia all'animale che ho davanti.

Non ho detto ad Anne di avere una leggera avversione per i gatti, perché all'epoca non mi sembrava rilevante. Mike Hunt era una figura astratta, un'idea, non qualcosa di tangibile e flatulento che un giorno mi sarei trovato a portata di graffio.

Troppo lentamente, la risata di Anne si spegne. «Sei qui per *quello*? Per la foto?» Scuote il capo. «Ti sei abbassato a fare effrazione per entrare? Pensavo che le star di Hollywood avessero dei galoppini per cose del genere.»

«Non ho fatto effrazione.» Mi infilo la mano in tasca e ne estraggo ciò che il concierge ha dato a Jack e me. «Ho le chiavi.» Le faccio dondolare.

Pessima mossa. Le spalle di Mike si abbassano, come se fosse pronto a balzare. Ricordando ciò che Anne mi ha raccontato sulla sua ossessione per gli oggetti luccicanti, getto il mazzo a distanza di sicurezza, ovvero oltre la cucina e in corridoio.

Mike scatta all'inseguimento.

Anne gli va dietro, poi si volta a guardarmi accigliata. «Perché hai le chiavi?»

«Perché hai scattato quella foto?» ribatto; mi sento più al sicuro ora che il gatto è fuori dalla mia vista.

Lei ridacchia di nuovo. Mi fa piacere riportare la conversazione al mio cruccio principale, ma il suo persistente divertimento non aiuta il mio carattere fumantino da portoghese.

Alimentato più dall'imbarazzo che dal senso di giustizia, indurisco il tono e mi irrigidisco. «Non so che accordo tu sperassi di ottenere, ma te lo dico chiaro e tondo, non basterà a pagare la causa legale, se deciderai di vendere l'immagine.»

Lei si volta di scatto e torna seria. Ho un fugace attimo di soddisfazione, ma poi il disprezzo le tinge i lineamenti.

Marcia verso di me, più minacciosa del gatto. Quando è a un passo di distanza, io abbasso le mani davanti a me pronto all'impatto, e cerco di ignorare la spruzzata di lentiggini sulle sue guance arrossate.

Invece del ginocchio solleva la mano e mi punta contro un dito. «Ascoltami bene, *Johnny.*»

Sussulto quando arriva a un soffio dal pungolarmi con l'indice, e un'ondata di calore mi investe alla menzione del mio pseudonimo improvvisato.

«Se c'è qualcuno che dovrebbe fare causa, quella sono io,» dice indicandosi, per poi tornare ad ammonirmi, «che faccio causa a te.»

Questa volta mi tocca, ma ho troppa paura di spostare i palmi dal loro ruolo di protezione dei genitali. La piccola fitta di dolore dove mi ha colpito mi aiuta a placare il ronzio dell'attrazione causato dal suo tocco.

Cristo, *sou patético.*

Lei rotea gli occhi alla mia espressione, che immagino essere piuttosto buffa, e incrocia le braccia. «L'ho scattata solo come prova, nel caso fossi morta e alla polizia servisse un indizio per capire chi fosse l'assassino.»

Ah. Mi ripeto in testa ciò che ha detto e lascio che quell'informazione si sedimenti.

Per quanto il suo ragionamento suoni un po' eccessivo, è anche sensato. Cosa che detesto. Perché, al cospetto del suo viso intorpidito, fa apparire meschina e patetica la rabbia che ho accumulato.

«Ah.»

«Ecco,» sbuffa. «Ah.»

«Ma...» Ripenso all'ultima volta che l'ho vista. «Perché eri alla NASA? E perché sei scappata?»

«Stavo lavorando.» Carica il peso sul piede più indietro. «Come te.»

«Jack ha controllato i contratti della troupe.» La sua postura rilassata e l'espressione vaga sono più provocanti che convincenti. «Non c'era il tuo nome.»

La sua posa non muta, e neanche il viso. «Non sono nella troupe.»

Mi fa male la testa. E il petto. Nel vedere l'impronta lasciata dalla mia guancia sul vetro, anche il mio orgoglio soffre un po'.

Chiudo gli occhi e cerco di resettare il tutto, come faccio quando qualcuno per sbaglio esce dal personaggio o il regista vuole rifare una scena. O quando una ragazza mi ha fatto impazzire, tra ricerca sui tabloid e acrobazie tra i paparazzi, al punto da sfinirmi.

Purtroppo, quando li riapro, sono confuso quanto prima, di fronte a quella donna incazzata con la passione per l'evirazione.

Rischio suddette palle e mi pinzo la radice del naso. «Puoi spiegarti, per favore?»

Lei inarca le sopracciglia, e lo shock alla mia improvvisa cortesia mi fa sentire lo stronzo che lei deve ritenere che sia.

«D'accordo.» Fa un gran sospiro, va verso la vetrata e prende in braccio Mike Hunt, che è tornato con le chiavi. «Sono una storyboarder.»

Ammiro per un attimo il sole che le dipinge un'aureola attorno ai capelli biondi; la visione è guastata dal felino che stringe al petto. Poi mi riscuoto. «Ma hai detto di non essere...»

Alza una mano e scosta Mike dall'altro lato. «Parte della troupe. Lo so.» Riprende salda il gatto. «Non lo sono. Sono una stagista. Lavoro per il mio professore, David Morales, e non per lo studio.»

Quando il gatto si abbandona alle sue carezze mi lascio distrarre dalle grinze che scorrono sulla sua pelle mentre si rilassa. Sarei geloso se non fossi così inquietato dai suoi occhi, ancora puntati su di me.

Del tutto ignara del mio disagio, Anne continua a spiegare. «E sono scappata dalla conferenza stampa perché il tizio a cui ho tirato una ginocchiata nelle palle si è rivelato essere una star del cinema che potrebbe benissimo rivalersi su di me facendomi licenziare.»

«Io non...»

«Cosa? Non mi faresti licenziare?» Sbuffa una risata e appoggia il gatto sul raggio di sole che illumina la moquette. «E dovrei crederti dopo che sono stata prima vittima di catfishing e poi di avvelenamento, e infine...» Solleva in dito per ciascuno dei miei crimini. «Sono stata bloccata in una camera d'albergo quando volevo cercare l'aiuto di un medico?»

Vorrei ribattere alla questione dell'avvelenamento, ma tengo la bocca saggiamente chiusa.

Lei sbatte le ciglia e fa un sorriso di sufficienza. «Incredibile come tu abbia vinto solo due People's Choice Awards.»

Potrei annegare nel sarcasmo che gronda dal suo tono. E sospetto che non mi tenderebbe la mano, e neanche un dito, per aiutarmi.

«Hai ragione.» Tendo le mani tra noi, come ho visto fare agli addestratori sul set con gli animali. Un gesto rivolto sia ad Anne che al gatto. «Mi dispiace.»

La sua espressione fredda si incrina alla mia sincerità.

«Dico davvero, mi dispiace.» Tutta la tensione che ho accumulato mi abbandona quando pronuncio le parole che avrei dovuto dire fin dall'inizio. E anche se il gatto si avvicina un po' troppo, mi assicuro di continuare a guardarla negli occhi. «Non è una giustificazione, ma sappi che essere...» Le faccio un sorrisetto. «*Felix Jones* può essere difficile.»

Le sue labbra fremono, gli angoli si incurvano un po' verso l'alto e mi spronano a continuare.

«Preferirei mantenere la mia vita privata il più possibile tale. E quando ho pensato che potessi...» Faccio un ampio gesto, non sapendo come articolare il concetto.

«Far sapere a tutti che l'uomo più sexy del mondo soffre di

eiaculazione precoce?» Sbatte innocente gli occhi e sorride di quel presunto suggerimento.

«Io non...» Abbasso le palpebre e respiro a fondo. Non combatterò oggi questa battaglia. «Sì, certo. Proprio quello.»

Gli angoli dei suoi occhi azzurri si increspano. «Sai, mi ero davvero scordata di aver scattato quella foto.» Prende il cellulare e sblocca lo schermo. «Ecco.» Per mostrarmelo, apre l'app delle foto, ne seleziona una, la espande e mi vedo, raggelato dal dolore, sul pavimento dell'hotel. La mia mente si affolla di meme, tutti con la mia faccia contorta come punto di forza.

«Accidenti.» Mi tiro indietro; fa quasi male guardare quella foto. «Mi hai messo al tappeto.»

Ci guardiamo negli occhi e ci scambiamo un sorriso, per una volta genuino. E un po' caloroso.

«Sì, beh...» Anne distoglie gli occhi roteandoli. «Hai fatto proprio lo stronzo.» Tocca di nuovo lo schermo e cancella la foto.

E mi sento uno stronzo, in effetti, ad aver pensato così male di lei, soprattutto vista la sua rapidità nell'eliminare la foto incriminata. Potrei incolpare Camilla Branson per aver distorto il mio giudizio, ma sarebbe una facile scappatoia.

Lascio che sia l'ansia a guidare le mie azioni invece che fare ciò che dovrei, ciò che mia madre mi ha insegnato: *ser um cavalheiro*. Comportarsi da gentiluomo.

Cosa difficile al momento, visto che il mio uccello, forse in un tentativo di salvare la faccia dopo essere stato ingiustamente offeso, ha confuso il nostro battibecco per preliminari e vuole dire la sua.

«Okay.» Anne rimette il telefono sul bancone. «Problema risolto.» Mi indica la porta, ignara dell'altro problema che si sta destando dietro la stoffa sottile dei miei calzoncini. «Ora puoi andare.»

Guardo la porta ma non mi muovo, arrovellandomi su come affrontare la nuova e più complicata questione.

«Ehi.» Anne stringe sospettosa gli occhi. «Perché non te ne vai?»

«Ecco...» Meglio non dire alla donna convinta che io soffra di eiaculazione precoce che il motivo principale per cui non posso andarmene è il principio di indurimento che si sta gonfiando nei miei calzoncini, così mi avvicino all'isola.

«Felix?»

Il suo tono è di ammonimento. Vorrei obbedirle, ma visto che sono senza Jack, senza la security o senza mezzi di trasporto, il mio sorriso si fa teso mentre mi preparo per la sua reazione alla vera ragione per cui sono di fronte al suo Mike Hunt. «Sai, il fatto è che...»

Capitolo Nove

Liz

«E quindi è proprio in quel momento che sei entrata e hai beccato me e Mike Hunt.»

Peccato che mio fratello non sia qui per godere dei frutti del nome scelto per il suo gatto.

Mi tocca chinarmi sul tagliere per nascondere quanto il doppio senso nascosto in quella frase, pronunciata in modo tanto serio da un uomo che ha appena finito di resocontare l'assurda serie di eventi culminati con lui che strillava in faccia a un gatto glabro, mi faccia ridere.

E mi confonda. Tanto per cominciare, quale hotel a cinque stelle ha una sicurezza così scadente? Ne ho frequentati abbastanza da sapere che cose del genere non dovrebbero succedere. Magari un fan o due, ma una folla in attesa nella palestra mi puzza di interferenza esterna.

Poi c'è tutta la questione delle due copie delle chiavi. Forse, essendo cresciuta a New York, sono particolarmente paranoica, ma chi fornisce non una ma due chiavi del proprio appartamento?

Chiamerei Em per chiederglielo, ma temo possa dirmi di andarmene per lasciare spazio alla star di Hollywood, ben più importante di me, che ha bisogno di un posto dove dormire; e poi sono basita dalla seconda sorpresa della giornata, ben più grande, ovvero Felix Jones che cucina la cena.

Certo, so che lo fa solo per distrarmi dal fatto che abbia cercato di cacciarlo da quella che tecnicamente è la sua sistemazione, ma da persona particolarmente inetta in cucina apprezzo il suo sforzo.

Mette il coperchio a una pentola e si gira verso di me, il palmo sul bancone, i muscoli dell'avambraccio che si contraggono sotto il suo peso. «Visto che io non posso tornare in hotel, che ne dici se pagassi una stanza per te e il tuo gatto nell'albergo più di lusso della zona?» I grandi occhi scuri di Felix scrutano i miei come in cerca di una traccia di atteggiamento amichevole a cui aggrapparsi.

Mi schermo dal suo fascino e mi concentro sul compito culinario che mi ha dato; premo il coltello e affondo la lama nel prezzemolo. «Senti...» Non riesco a tagliare le foglie al primo tentativo, così riprovo più forte. «Ma che razza di star dei film d'azione non si sa prenotare una stanza d'albergo?»

«Non è questione di saperlo o non saperlo fare, ma di mantenere un basso profilo e...» Felix si interrompe mentre io continuo a tritare, anche se il prezzemolo appare più che altro malmenato. «Cosa stai facendo?»

«Taglio il prezzemolo?» Mi rendo conto di aver usato un tono interrogativo.

Lui chiude per un attimo gli occhi come per mantenere la calma, poi mi toglie con delicatezza il coltello di mano e lo usa per indicare lo sgabello dall'altro lato dell'isola. «Siediti.»

Obbedisco di buon grado e mi metto a distanza di sicurezza

sia dai suoi muscoli che dagli oggetti affilati; mi godo lo spettacolo del famoso attore che non sono riuscita a scacciare di casa che tritura con precisione il prezzemolo, per poi far saltare in modo scenografico il contenuto della padella.

Se mi aveste detto due ore fa che avrei trovato sexy il tizio precedentemente noto come Johnny Lo Stronzo, mentre si aggira scalzo in cucina, vi avrei preso per matti.

Mi acciglio guardando Mike che fissa Felix con gli occhi a cuore.

Felix ha i capelli tutti arruffati per aver continuato a passarci le mani durante la lunga spiegazione. L'effetto lo fa apparire più come John del pub che come Felix la star.

Mi sorride da sopra la spalla, e quel gesto credo spingerebbe diverse donne molto ragionevoli a lanciargli le mutandine. «Servizio in camera, spa, offro tutto io.»

Per fortuna sono diventata impermeabile al fascino eccessivo e forzato. Un vantaggio di essere cresciuta circondata da gente che non ha nulla ma vuole qualcosa. «No.»

La sua espressione si affloscia, e mi irrita notare che il suo broncio mi colpisce più del suo sorriso smagliante. «Perché no?»

Per distrarmi prendo in braccio Mikey prima che tenda un altro agguato a Felix. Vengo ricompensata con un ringhio fin troppo simile a un sospiro umano. «Perché questo tesorino,» e strofino il naso su Mike, come per scusarmi con lui, «ha ancora la PTSD dopo l'ultima volta che è stato in una camera d'albergo.» Per non parlare dei vari risarcimenti che mio fratello ha dovuto pagare a quei poveri spogliarellisti a Las Vegas. «Ma soprattutto,» e fisso l'uomo protagonista di quel fallimento di sveltina con uno sguardo che spero passi per incorruttibile, «non voglio i tuoi soldi.»

Felix si appoggia al bancone e si sporge in avanti. È un gesto da film, che sono certa abbia interpretato mille volte. Gli fa gonfiare i bicipiti, le spalle appaiono più larghe, e la posa mi porta più vicina a quella faccia che potrebbe vendere biancheria tanto quanto i suoi addominali. «E allora cosa vuoi?»

Mi aspettavo anche questo. È la mossa di qualcuno che vuole ancora qualcosa e sta cercando di capire fin dove può spingersi per ottenerlo. E se di solito funziona, soprattutto quando messa in pratica da qualcuno di attraente come Felix Jones, mi fa capire che ho il coltello dalla parte del manico. Anche senza la foto ormai cancellata.

Mi chino anche io in avanti e mi passo la lingua sulle labbra, sorridendo quando mi accorgo di aver catturato i suoi occhi. «Ti voglio...»

Il suo pomo d'Adamo rimbalza quando deglutisce.

«... fuori dal mio appartamento.»

Ci vuole un attimo, ma poi capisce la battuta.

Il suo corpo si sgonfia in modo vistoso. «Ah ah, molto divertente.»

Non riesco a non ridacchiare.

Mike allunga una zampa verso Felix. «Miao.»

Felix si ritrae di scatto e torna a girarsi verso il fornello.

Il gatto si affloscia in avanti e appoggia la testa alle zampe che ha messo sul bancone.

«Non capisco.» Gli gratto le orecchie appiattite all'indietro.

Felix non smette di spadellare. «Cosa?»

«Mike di solito detesta gli uomini.» Tutta la mia famiglia sa che, sebbene Mike tolleri gli umani maschi (incluso il suo proprietario, mio fratello), ha una netta predilezione per le ragazze. Soprattutto adesso che Bell, Alice e Mary sono nella sua vita.

Felix sistema la padella sul fornello. «Vorrei non piacergli tanto.»

«Non sembravi così avverso ai gatti quando ridevi fino alle lacrime mentre ti raccontavo le avventure di Mike al pub.»

Fissa il felino, che ha raddrizzato curioso la testa. «Se mi racconti storie di gatti o mi fai vedere loro video, certo che mi diverto.» Sostiene per un attimo lo sguardo di Mike, poi rabbrividisce e torna ai fornelli. «Ma stare vicino a uno vero, o partecipare a quelle storie... no, grazie.»

«Allora non dipende dal fatto che Mike è...» Gli copro le orecchie. «Poco attraente? È un problema con tutti i gatti?»

Mike scrolla le spalle e mi guarda male, ordinandomi di fargli altri grattini sulla pancia per evitare rappresaglie.

«Da piccolo sono stato massacrato da un felino.» La sua maglietta si tende, come se il ricordo l'avesse fatto irrigidire. «Non mi sono mai ripreso dal trauma.»

«Massacrato?» Orribili immagini di un documentario visto tempo fa mi passano per la testa. «Sul set di un film? Tipo da una tigre?»

«No. Era prima che iniziassi a recitare, da bambino.»

Mi acciglio e cerco di mettere insieme i pezzi. Dal poco che ho letto, so che è nato e cresciuto in California. «E dove hai incontrato un animale selvatico?»

Mescola il contenuto della pentola con ampi gesti lenti. «Apparteneva ai miei vicini.»

«I tuoi vicini avevano un animale selvatico?» Secondo lo stereotipo, gli abitanti della costa ovest sono eccentrici, ma tenere in casa animali da zoo mi sembra eccessivo.

Lui, chino sul cibo, brontola qualcosa che suona come: «Tigrato.»

Mi avvicino, stringendomi Mike al petto. «Come, scusa?»

Lui sospira, come rassegnato all'inevitabile.

Sto per scusarmi per avergli chiesto di parlarmi di ricordi dolorosi, ma poi dice: «Era un gatto tigrato.»

Con uno sforzo titanico riesco a non ridere nel silenzio che segue.

«Era un gatto tigrato molto grosso, va bene?» Allarga il più possibile le braccia. «Giuro che non era un gatto ma un mutante.»

Tengo a freno l'ilarità. A fatica. Ma quando Mike cerca di nuovo di allungare una zampa verso Felix, e il tosto attore di film d'azione sobbalza, perdo ogni contegno.

Al punto da non accorgermi che Mike mi è sceso dal grembo e punta dritto verso Felix, che caccia un altro di quegli strilli acutissimi.

Incredibile, nessuno dei vicini denuncia l'aggressione ai danni di una donna.

* * *

Felix

Rompo due uova in una ciotolina, prendo una forchetta e la punto contro la bestia ora legata al petto di Anne. «Grazie per aver confinato la belva.»

«Grazie per la cena.» Le labbra di Anne si increspano in un sorriso, quindi lei indica le ciotole sull'isola. «E per aver preparato il dessert.»

Il gatto sospira.

Sbatto le uova, cercando di non pensare a come Mike sia finalmente riuscito a strofinare il suo corpo stranamente morbido e senza peli contro di me, o a come non mi sia sentito offeso quando Anne ha riso del mio conseguente grido acuto.

In qualche modo, tra la sua risata per la foto che mi ha scattato e quella per la mia confessione sulla paura dei gatti, il mio ego ha deciso che gli va bene essere bersagliato, pur di far ridere Anne.

Distogliendo lo sguardo da quello che posso solo descrivere come il Benjamin Button dei felini in un marsupio, verso le uova nella pastella. «Sono un po' goloso di dolci, comunque.»

«Ma non dovresti essere Mister Film d'Azione?» Gli angoli della sua bocca si sollevano. «Non puoi combattere i cattivi e salvare la fanciulla se hai la pancia piena di biscotti.»

So che sta semplicemente aspettando che Jack atterri in modo che possa chiamarlo e levarmi dal suo appartamento, ma non posso fare a meno di godermi il tempo che trascorriamo insieme. Voglio dire, ora che so che non è uno dei paparazzi. «Pensavo che non sapessi nulla di me.»

«In effetti so poco o niente.» Abbassa il mento sulla testa di Mike, ma non abbastanza in fretta da nascondere il rossore delle sue guance che fa guarire il mio ego ferito. «I miei colleghi però sono esperti.»

Ed ecco che tutti i buoni sentimenti svaniscono.

Deve aver letto qualcosa nella mia espressione perché si affretta a proseguire. «Non che io abbia sentito molto.» Alza le spalle, e il movimento fa fremere la pelle rugosa di Mike. «Gli storyboarder lavorano da soli. Quello che so è frutto di una rapida ricerca sui tuoi film e di alcune cose che ho sentito per caso alla conferenza stampa.» Ride, e il suono mi distende i nervi più di tutti gli incontri di Jack con le pubbliche relazioni. «Tutti i tuoi... *fan* stavano impazzendo per il cartellone pubblicitario gigante di biancheria intima a Times Square.»

Argh. Chino la testa sulla ciotola, sapendo di quale immagine sta parlando. «È stata un'idea di Jack.»

È strano quanto mi senta sollevato quando il suo sorriso si riaccende. «Il famigerato manager dipendente da Candy Crush?»

Mi soffermo a raschiare l'impasto dai lati della ciotola con la spatola, sorpreso da quanto ho condiviso con lei nelle ultime ore. Dovrei essere nervoso, ma quando mi guarda con quegli allegri occhi azzurri mi sento felice. «Sì, quel Jack.» Avvicino la teglia per biscotti che ho trovato in un mobile. «Facevo così tanti film d'azione che temeva che mi sarebbe rimasto incastrato addosso un ruolo stile Conan il Barbaro, invece che farmi la nomea dell'attore versatile.» Roteo gli occhi, ricordando il lungo e imbarazzante servizio fotografico in intimo. «Pensava che quella campagna avrebbe aiutato il pubblico a vedermi sotto una luce diversa.»

«Beh, da quello che ho sentito, di sicuro hanno apprezzato, a prescindere dalle luci,» e fa sussultare le sopracciglia.

«Che ridere, eh?» L'impasto è pronto, così ne prelevo con la mano una quantità grande come una pallina da golf e la faccio rotolare tra i palmi fino a formare un salamino lungo una spanna.

«Che tipo di biscotti sono?»

«*Biscoitos*.» Appoggio l'impasto sulla teglia e unisco le estremità a formare un cerchio, pizzicandole per tenerle insieme. «Sono i frollini portoghesi.»

Appoggia entrambi i gomiti sul bancone dell'isola, incorniciando il gatto che mi guarda come se fossi anche io un biscotto. «Fico.»

Ho finito di modellare i primi sei biscotti quando squilla il telefono. «Accidenti.» Lascio cadere l'impasto che ho tra le mani e lo rimetto nella ciotola: «Probabilmente è Jack.» Faccio per recuperare il telefono dalla tasca, ma esito, perché ho le mani unte di burro.

«Non preoccuparti.» Anne salta giù dallo sgabello e gira intorno all'isola. «Faccio io.» Non faccio in tempo a rifletterci che lei mi infila una mano in tasca. Fisso a lungo e con intensità gli occhi di Mike Hunt per evitare che la mia parte inferiore reagisca all'involontario contatto con Anne.

Recuperato il telefono, Anne fa scorrere il dito sullo schermo e tocca il tasto del vivavoce, prima di posarlo sul bancone.

Lo indica e poi si porta il dito sulle labbra, mimando di fare silenzio.

Come se fosse *questo* il motivo per cui sono bloccato, incapace di parlare.

«Felix?»

Schiarendomi la gola, torno a guardare l'impasto in cerca una distrazione e una copertura per l'erezione. «Ehi, amico.» Guardo l'orologio. Tra l'orario e il ronzio della folla in sottofondo, immagino che sia appena sceso dall'aereo.

«Come va con l'appartamento?»

Recupero il salsicciotto di impasto crudo dalla ciotola: «Non credo che andrà bene.» Lo stendo sulla teglia dei biscotti e ne pizzico le estremità. «C'è un problema.»

Le labbra di Anne si arricciano divertite. Probabilmente per il fatto che ho l'appena definita un problema.

«Mi stai prendendo in giro.» Il sospiro di Jack riempie il telefono di elettricità statica. «Cos'ha che non va?»

Apro la bocca per spiegare, ma Jack mi interrompe prima che possa farlo.

«Vance mi ha assicurato che, sebbene la proprietaria non ci stia quasi mai, la casa è sempre tenuta pulita e ben rifornita. Ha detto qualcosa sul fatto che il suo fidanzato cowboy è un maniaco dell'ordine e della cucina.»

Anne e io guardiamo la teglia di biscotti e l'attrezzatura da forno sparsa sull'isola.

Jack borbotta qualcosa a qualcuno e poi parla di nuovo al telefono. «Ho pensato che ti sarebbe piaciuto, visto che ti piace stare ai fornelli.»

«L'appartamento va bene, è solo che non credo che...»

«Sarà molto imbarazzante quando incontreremo Vance e il resto degli astronauti a cena dopo la fine delle riprese, se rifiuteremo la sua gentilezza di offrirti un posto dove stare.»

Anne sembra bloccarsi, forse chiedendosi se mi rimangerò la

promessa di trovare un altro alloggio. Non lo farò, ma non voglio nemmeno rivelare a Jack che è lei il motivo per cui devo andarmene. Sta già affrontando abbastanza problemi al momento. Non voglio che pensi che ci sia un'altra donna che vuole incastrarmi.

Strappo un pezzo di carta dal rotolo e mi strofino in fretta le mani per togliere il vivavoce prima che Anne possa protestare.

«Sei sicuro di non poter rimanere lì?» mi chiede Jack, come se si fosse già rassegnato alla risposta e al chiarimento che dovrà fornire.

Sperando di essermi pulito abbastanza da poter prendere il telefono, getto il pezzo di carta. «Il fatto è che...»

Ma Anne batte sul telefono e chiude la chiamata con un solo tocco.

«Ehi.» Il braccio ancora teso, mi acciglio verso di lei. «Perché hai...»

«Ti propongo un nuovo accordo.» Abbassa la mano e sospira. «Ascolta, non avevo intenzione di cambiare improvvisamente idea e cercare di buttarti fuori. Me ne andrò, te lo prometto. Ho solo bisogno di...»

Il cellulare squilla e io sbuffo, stufo di essere interrotto. Prendo di nuovo il telefono, illuminato con il nome e la foto di Jack.

Anne lo fa scivolare fuori dalla mia portata. «Davvero, ascoltami.» Rifiuta la chiamata premendo il tasto laterale. «Sento che sarebbe sbagliato buttarti fuori di casa dopo che ti sei dato tanto da fare per prepararmi la cena.»

Quel suo improvviso dietrofront mi lascia perplesso; mi sforzo di capire cosa sia cambiato tra la sua minaccia di chiamare la polizia e adesso. «Dici?»

Annuisce solenne. «E visto che non sei una grande minaccia, date le tue...» Agita le mani come se avesse difficoltà a trovare le parole giuste. «*Sfortunate* condizioni fisiche...»

«Le mie cosa, scusa?»

Mi fissa la patta. «Può succedere agli uomini della tua età.» Mi rivolge quello che suppongo pensi sia un sorriso comprensivo.

La comprensione si fa strada e io ingoio la frustrazione. «Ho solo trentadue anni.»

Quando il suo sorriso diventa impietosito, decido di mostrarle quanto io e il mio uccello possiamo essere minacciosi. Ma prima che possa aggirare il bancone, il gatto miagola e allunga una zampa simile ad ala di pollo verso di me.

L'orgoglio cede il passo alla sicurezza e decido che forse è meglio per tutti se io e il mio pene rimaniamo dove siamo, ben lontani dal raggio d'azione degli artigli.

Prendo un'altra pallina di impasto e torno a formare i miei *biscoitos*. «Quale accordo?»

* * *

Liz

«Allora...» Ignoro l'avambraccio che si flette mentre impasta la frolla e mi concentro sul sembrare amichevole nei confronti dell'uomo che ha tentato di corrompermi per farmi rinunciare a un appartamento. «Stavo pensando che potresti stare qui, nella stanza degli ospiti, se vuoi.» Sbatto le ciglia un paio di volte, sperando di riuscire a mascherare il tono e la rigidità del mio sorriso; non vorrei rivelare la verità.

Perché non voglio che rimanga. Non voglio che i suoi capelli sexy e arruffati, la sua esilarante avversione per Mike Hunt o i suoi sorrisi seducenti si avvicinino a me o alla camera degli ospiti.

Però *voglio* andare a quella cena. Nel corso degli ultimi

giorni è diventato evidente che, in quanto storyboarder che lavora già all'alba per abbozzare potenziali set cinematografici prima di consegnarli, non sono nella posizione di incontrare casualmente mia sorella alla NASA.

«Sono confuso.» Felix sembra indeciso tra la risata e la lamentela per il mio accenno alla sua eiaculazione precoce.

E quando il suo sguardo mi si posa sul petto, dove probabilmente Mike sta sbavando, mi sistemo sullo sgabello del bar e mi rannicchio, cercando di nascondere alla vista il gatto mentre cerco di elencare tutti i motivi per cui la mia offerta è così generosa. «Questo posto è vicino al lavoro, è sicuro, ha una cucina completamente attrezzata e, come ha detto Jack, gli astronauti ci tengono.»

«Pensavo che per te valesse la regola che chi prima arriva...»

Non ho mai visto fare le virgolette con le mani tutte sporche di impasto. O in modo così dispregiativo.

Scuote sconcertato il capo e riprende a formare i biscotti. «Hai minacciato di chiamare il responsabile delle pubbliche relazioni della NASA che ti ha dato la chiave, e anche la polizia se non me ne fossi andato.»

«Beh, io...» La mia mente si blocca su come convincerlo a restare quando ho fatto tanta fatica a spingerlo ad andarsene. Trovo l'ispirazione quando il forno va in temperatura e fa *ding*. Sbatto la mano sul bancone. «Ho bisogno di uno chef.» Ignorando la scossa di dolore al palmo, schivo la zampa di Mike rivolta al mio viso.

Felix inarca le sopracciglia. «Uno chef?»

«Sì.» Annuisco con vigore e mi raddrizzo sulla sedia per evitare che Mike si vendichi più tardi in modi ai quali potrei non sopravvivere. «Sono una frana in cucina e averti intorno sarà utile.» Indico la teglia e la ciotola per l'impasto, in modo che Felix non si concentri di nuovo sul gatto.

Seguendo le mie mani, Felix scruta l'isola e poi il resto

dell'appartamento. Quando incontra di nuovo i miei occhi, invece di sembrare convinto, pare dubitare della mia sanità mentale.

Rinunciando alla facciata, abbasso la testa e faccio un grattino di scuse a Mike, troppo imbarazzata per guardare Felix in faccia. «E sarebbe bello se volessi portarmi alla cena degli astronauti.»

C'è una pausa di riflessione dopo che ho ammesso che le carte in tavola sono cambiate.

«Sei molto interessata agli astronauti, eh?» Come previsto, la sua espressione è allo stesso tempo divertita e compiaciuta.

«Forse.» Non è una bugia. Potrei esserlo. Almeno a un'astronauta in particolare. Ma non è necessario che lo sappia. Più informazioni si diffondono, più ne possono essere usate contro di te. L'ho imparato da Stanley Moore.

«Fammi capire bene.» Tiene le mani ai lati della teglia, i muscoli contratti della parte superiore del busto contraddicono la sua autoproclamata golosità. «Mi lascerai restare finché cucinerò per te e ti porterò fuori a cena?»

«Non essere ridicolo,» mi affretto a dire, preoccupata di essermi appena data la zappa sui piedi. «Sto dicendo che voglio che mi porti a *una* cena.» Alzo il dito. «Quella con gli astronauti.» Abbasso il dito e gratto la testa di Mike. «E non è un appuntamento, per la cronaca.» Faccio un cenno con il capo versi i biscotti. «Questo, e la storia dello chef.»

Le sue narici si dilatano e non riesco a capire se è per il fastidio o per il divertimento.

«Che ne dici?» Colgo l'occasione e tendo il braccio sul bancone. «Ci stai?»

Capitolo Dieci

Liz

Quando, alle cinque del mattino, apro la porta della mia camera, non mi aspetto di trovare un profumo così delizioso nell'appartamento.

Eppure è così.

Né mi aspettavo che il mio nuovo coinquilino fosse sveglio, ma visto che la porta della camera degli ospiti/ufficio accanto a quella della mia è aperta, deduco che l'intruso hollywoodiano prenda i suoi doveri di chef molto più sul serio di quanto intendessi.

Oppure il suo letto, ovvero il futon della stanza di riserva, non concilia un sonno da celebrità.

Ma nel caso mi sbagli e Felix stia invece ancora dormendo, mi metto la tracolla della borsa sulla spalla e vado alla porta in punta di piedi, silenziosa come un ninja.

A differenza dei ninja, però, mi faccio sbilanciare dall'infido felino che mi sfreccia accanto. La borsa pesa per via del tablet e dei bocconcini per gatti che contiene, e oscilla in avanti, mandandomi a sbattere contro il muro con un tonfo che fa inclinare il quadro di un vitellino.

Mentre Mikey sgattaiola via, mi preparo a uno strillo. O un gemito. O qualsiasi suono quel tizio con PTSD causato da gatti tigrati possa emettere se come prima cosa al mattino si trova davanti Mike Hunt.

Stranamente però non sento nulla se non un lieve sfrigolare dalla cucina, così mi rimetto in piedi e raddrizzo il quadro.

Sistemo la borsa in spalla e mi affretto a percorrere il resto del corridoio, ma mi blocco di fronte a ciò che vedo.

Il mio coinquilino è nudo. O quasi.

Ignoro la fitta di delusione nel notare i calzoncini che Felix porta bassi sui fianchi e lascio scivolare la borsa lungo il braccio mentre gli fisso la schiena esposta, le spalle e i bicipiti. Punto un dito contro Mike, che è accucciato accanto a me all'imboccatura del corridoio, e la cui espressione temo rifletta la mia. «Comportati bene.»

Il gatto mi guarda male.

Sappiamo entrambi che non parlavo con lui.

Nel sentirmi, Felix si gira, spatola alla mano. «Buongiorno.»

«Ciao.» Fingo di sbadigliare e di controllare di non avere bava sul mento. «Non dovevi svegliarti stamattina. Posso prepararmi da sola la colazione o prendere qualcosa al catering.»

Lui fa spallucce, e il movimento gli enfatizza gli addominali. Sono ipnotici. Voglio toccarli.

Come ho già fatto.

Ignaro dei miei pensieri indecenti, Felix continua a muoversi fluido in cucina. «Sono abituato ad alzarmi presto. Al mattino mi alleno.»

I bicipiti si flettono quando apre il frigo. *Eh, si vede che ti alleni.*

Le labbra del bastardo fremono.

«Ah, certo. Capisco.» In un tentativo di resettarmi il

cervello, prendo in braccio Mikey e lo uso come scudo prima di raggiungere quello che ho deciso essere il mio posto, ovvero lo sgabello all'isola, di fronte ai fornelli, che sono il dominio di Felix. «Anche io mi alleno al mattino.» Quando non devo andare alla NASA prima dell'alba, almeno.

Lo sbadiglio successivo non è una farsa.

Felix prende due piatti dallo stipetto dietro di lui e li mette sul bancone accanto a me, per poi servire il cibo.

Peperoni saltati, uova strapazzate, toast e della frutta.

Tutti ingredienti presi dalla mia spesa e debitamente cucinati.

A molti potrebbe sembrare una cosa da poco, ma visto che avevo in programma di mangiare verdure crude malamente tagliate e pregare gli dèi del pollame di non bruciare le uova sode, mi sento meglio riguardo all'assurdo accordo che ieri sera ho stretto con il Don Giovanni portoghese.

Mi porge una forchetta prima di venire a sedersi con me.

Rimetto Mike sul pavimento tra di noi, come se ciò potesse in qualche modo ridurre la mia consapevolezza della vicinanza con il suo torso nudo e il mio surriscaldato.

Come speravo, Felix tiene gli occhi sul gatto che, per una volta, sta seduto composto a terra. Quando Mikey resta fermo, Felix prende il primo boccone.

Lo imito, e il sapore della colazione basta a distrarmi e a bloccare tutta quella pelle esposta vicino a me. Quella di Felix e quella di Mike. «Dove hai imparato a cucinare?»

«Da mia madre.» Solleva il toast e dà un gran morso.

«Ah sì?» Mi coglie una fitta di gelosia. Io non ho mai cucinato con mia madre. Non perché lei non l'avrebbe fatto, se glielo avessi chiesto, ma perché non l'ho mai proposto, conscia che mio padre era convinto che le principesse dell'alta società di New York non dovessero abbassarsi a stare ai fornelli. Per quello c'era la servitù.

Mando giù un altro boccone e lo guardo masticare. «Cos'altro ti ha insegnato?»

«Praticamente tutto.» Si lecca le briciole dalle labbra. «Mio padre è morto in un incidente d'auto quando ero piccolo, così mi ha cresciuto da sola.»

Lascio la forchetta sul piatto. «Mi dispiace.»

Felix solleva le spalle e risponde a suo agio. «Non me lo ricordo molto.» Corruga le sopracciglia. «Non so neanche se sia una cosa buona o cattiva, visto quanto soffriva mia madre ogni volta che gli chiedevo di lui.» Inforca una fragola e fa una pausa di riflessione.

Prendo anche io una fragola, arrabbiata con me stessa per averglielo chiesto. «Non devi parlarne se non vuoi. Non era mia intenzione immischiarmi.» Mastico forte, ben sapendo cosa significhi avere problemi con la figura paterna, poi prendo il mio toast.

«No.» Felix si raddrizza sullo sgabello. «Non è questo.» Rimette la forchetta sul piatto e mi fa un sorrisetto. «Pensavo che è da tanto che non racconto di me così a qualcuno.» Sbuffa una risata. «Di solito la gente queste cose le sa già prima ancora di incontrarmi.»

«Scusami.» Faccio spallucce, e le uova che ho messo sul pane tostato tremolano. «Non sono un'esperta di cinema.»

«Non scusarti.» Il suo sorrisetto si allarga. «In realtà è grandioso.»

La sua espressione gioiosa è più genuina di tutti i sorrisi raggianti a favor di telecamera alla conferenza stampa. Mi ricorda di Johnny del bar, solo che l'effetto è mille volte più devastante senza quella barba atroce. Abbastanza da farmi agitare sullo sgabello.

Mi ingozzo con il resto del cibo e salto in piedi, per poi portare il piatto al lavandino. Prima ancora di aver finito di deglutire, ho già caricato tutto in lavastoviglie. «Devo andare.»

Lui guarda fuori dalla finestra; è ancora buio. «Di già?»

«Sì.» Trasalisco internamente perché suono troppo vivace. Vado di corsa a lavarmi i denti in modo da levarmi di torno in fretta e furia.

È solo una soluzione temporanea. Devo sopportare il sex symbol di Hollywood il poco che mi serve per trovare mia sorella. Dopo di che potrò capire chi sono. Trovare un approdo dopo una vita alla deriva.

Nonostante il discorso di incoraggiamento mentre mi accanisco con lo spazzolino, finisco comunque per soffermarmi su quanto sia perfetta la parte superiore del corpo di Felix Jones, sensuale, soda, massiccia. E su quanto tutto ciò si applichi anche a quella inferiore.

Non fare la finta tonta.

* * *

Felix

Perché sono così tonto?

Continuo a insultarmi da solo mentre guardo il culo di Anne, avvolto nel denim, sparire in camera sua.

Ho freddo, sono stanco e ho mal di schiena, eppure il mio riflesso nello sportello del microonde rivela che ho perso diversi neuroni da quando sono qui.

Sono tanto disgustato da me stesso quanto stupito dalla situazione quando mi alzo e vado a pulire il bancone.

Strappo un pezzo di carta da cucina e prendo lo sgrassatore da sotto il lavandino; strofino le superfici con più enfasi del necessario mentre contemplo tutte le istanze che mi rendono un idiota.

Non mentivo quando ho detto di essere un tipo mattiniero.

È davvero così. Ma non metto mai la sveglia se ho le riprese solo nel pomeriggio. Ieri sera invece l'ho fatto quando Anne mi ha detto dell'orario a cui sarebbe uscita stamattina.

Mi sono detto che, se Anne mi permette di rimanere solo perché non sa cucinare (e perché ha una strana fissa per gli astronauti), allora avrei fatto bene a mettermi ai fornelli.

E ignorare quanto facilmente mi sono convinto che restare da Anne fosse la mia unica possibilità.

Dopo aver concluso con il bancone, sciacquo e metto in lavastoviglie il tagliere e i vari utensili. La padella è ancora calda quindi dovrà aspettare; aggiro tenendomi a distanza Mike Hunt, che mi fissa dall'angolo dell'isola, e vado in salotto.

La maglietta di ieri è ancora sul divano, dove l'ho lanciata stamattina. È la prima che ho pescato dal borsone quando mi sono svegliato, consapevole, dopo la cena di ieri, che l'aria condizionata punta diretta sulla cucina. E così, invece che infilarmela, sono andato dritto a preparare la colazione.

Mi sono detto che era per non sporcare i vestiti mentre cucinavo, ma sono sicuro che il mio ego non se la sia bevuta.

Coperto di pelle d'oca, recupero la maglietta e me la infilo prima di lasciarmi cadere sul divano. Anche stravaccato come sono, i miei muscoli rifiutano di rilassarsi dopo la notte di sonno disturbato.

Non dormivo su un futon dai giorni dei primi provini, quando io e Jack condividevamo un minuscolo monolocale. Invece che rifiutare l'offerta di condivisione dell'alloggio di Anne e di gravare Jack del compito di trovarmi una guardia del corpo e un comodo letto nell'hotel più vicino, stupidamente ho accettato.

Perché... perché sì.

Perché, se mi concedessi di rifletterci davvero, probabilmente scoprirei che la decisione ha più a che fare con il malizioso senso dell'umorismo di una certa bella ragazza e con la sua risata fragorosa, che con la necessità di tenere un basso profilo ed evitare le attenzioni della stampa e di Camilla. Però non voglio pensarci.

Ribadisco la mia idiozia sorridendo al ricordo di come Anne abbia finto di non guardarmi il petto, le braccia e gli addominali mentre facevamo colazione.

Un sorriso mi si incrina quando Mike salta sul cuscino al mio fianco, facendomi tendere ancor di più la schiena.

Non so perché questo gatto sia così innamorato di me, ma almeno sembra abbastanza sveglio da sapere che non è ricambiato. Lascia qualche centimetro di spazio tra di noi e si stende tutto lungo al mio fianco.

Quello spazio e il fatto che sono perlopiù vestito mi permette di restare fermo e in silenzio mentre Mike si mette comodo. Qualcosa di cui devo apparire molto fiero quando Anne torna in salotto e recupera la borsa. Ha lo stesso aspetto di qualche minuto fa, fresca e spontanea, con jeans, maglietta e Birkenstock. L'icona di una ventenne che va al lavoro o a lezione.

Ha senza dubbio dei lineamenti graziosi. Belli, persino. Ma sono le sue espressioni a colpirmi. Il suo umorismo. Il suo palese disinteresse per la mia fama e il mio cazzo.

Che idiota che sono.

Mi accorgo di quando nota la mia maglietta e trattengo un sorriso di fronte al sollievo che le passa sul viso, prima che inarchi le sopracciglia nel vedere Mike al mio fianco.

Sapendo che la mia confessione sui gatti di ieri mi ha lasciato in una luce poco virile, cerco di liquidare la cosa con un'alzata di spalle. «Dai, lui non è malaccio.» Suonerei più credibile se non spostassi di scatto il braccio quando la coda di Mike lo sfiora.

«Ah-ha.» Raggiunge la sedia di fronte a me, vi appoggia la borsa e prende uno strano assordimento di cinghie dallo schienale. «Adesso sei proprio un gattaro.» Inizia a infilarsi in quell'aggeggio, prima un braccio, poi la testa, quindi l'altro braccio.

È un marsupio per neonati.

«Quello a cosa ti serve?»

Chiude una cinghia, poi indica Mike.

«Aspetta.» Sposto lo sguardo tra lei e il felino. «Intendi portare *Mike* alla NASA?»

«Non posso lasciarlo qui.» Abbassa il viso e rotea gli occhi azzurri. «Non quando il mio raffinato coinquilino di Hollywood soffre di ailurofobia.»

«Ailuroche?»

«Ailurofobia.» Fa un sorrisetto. «La paura dei gatti. O delle patate, nel caso specifico di questo gatto.»

Ho un fremito alle labbra, tra il divertito e l'imbarazzato. «Non puoi tenertelo in camera?»

Anne sospira sconfitta, un gesto che fa oscillare la coda di cavallo. «Purtroppo no.» Indica Mike, che è riuscito a ridurre la distanza tra di noi mentre non guardavo. «Gli sphynx sono creature sociali. Infatti di solito vengono adottati in coppia.» Si cinge con un altro pezzo di fettuccia e lo fissa davanti a sé. «Non so se sia perché è uno sphynx o solo uno stronzo...»

Ridacchio per quell'inattesa volgarità.

«... ma Mikey ne combina di tutti i colori se viene lasciato da solo in un posto sconosciuto.» Dà un'ultima controllata al marsupio.

Poi, inorridito, la guardo preparare il gatto per uscire.

Come prima cosa, estrae dalla borsa della crema solare. Per Mike.

«Senti, lo so che tutti dovremmo indossare sempre la crema solare, ma è davvero necessario per un gatto?»

Anne si siede sul tavolino, di fronte a Mike. «Gli sphynx hanno la pelle sensibile.» Si spruzza la crema sulle mani, poi la spalma sulla testa e sulle orecchie di Mike. «E adesso non c'è tanto sole, ma oggi pomeriggio, quando tornerò a casa, sì.»

«Aspetta.» Mi sposto sul divano, troppo turbato per preoccuparmi di Mike che mi si struscia contro. «Vai a *piedi*?» Guardo il gatto, il marsupio e la borsa dall'aria pesante.

Anne liquida la questione e continua a ungere il gatto. «Sono solo due passi.»

Lungo una strada trafficata a tre corsie.

Dopo aver finito di proteggere Mike dal buco nell'ozono, Anne ripone la crema nella borsa. «Bocconcini, pettorina, guinzaglio, maglione...»

«Maglione?»

Lei annuisce e chiude la borsa. «Per l'aria condizionata glaciale alla Nasa.» Solleva Mike, poi infila il corpo oliato nel marsupio. «Potrebbe prendersi un malanno.»

«Miao.»

«Oh. Scusa, Mike.» Lo gira in modo che sia rivolto in avanti. «Mi dimentico sempre che ti piace vedere dove andiamo.»

È davvero come se il gatto fosse un bambino.

«D'accordo.» Si alza con un grugnito e si infila la borsa a tracolla. «Buon allenamento.»

Non ha mosso che due passi prima che mi alzi dal divano. «Aspetta.» Corro in camera, recupero un paio di calze e torno da lei. «Ti accompagno.»

Sono troppo impegnato a infilarmi le calze e le scarpe per guardarla, ma percepisco il cipiglio nel suo tono. «Non serve, sto bene.»

«Sì, beh, intendevo comunque andare in quella direzione.» Sbatto il piede a terra per far entrare il tallone nella scarpa, poi vado verso Anne e le prendo la borsa. «Consideriamolo parte dell'allenamento aerobico.»

Il suo sguardo è ben poco grato e riflette i miei stessi pensieri.

Tutti ma non la Star del Cinema!

Che razza di idiota che sono.

Capitolo Undici

Felix

«Vuoi dirmi cosa sta succedendo?» La voce di Jack mi erompe negli auricolari mentre finisco gli esercizi agli attrezzi nella palestra del condominio.

«Non so di cosa tu stia parlando.» Tendo le braccia, sistemo i pesi e mi alzo.

L'amministratore aveva ragione, la palestra di solito è deserta tra le dieci e le tre. Sono qui da mezz'ora, e non è entrato nessuno. È più rilassante di quelle degli alberghi, con il loro costante via vai.

«Non sai di cosa sto parlando?»

Sospiro. Jack è insopportabile quando ripete ciò che dico sotto forma di domanda.

«No.» Ma posso fingermi scemo ed esserlo altrettanto.

Cosa che faccio da stamattina.

«Tanto per cominciare, ieri sera mi hai attaccato il telefono in faccia.»

«Te l'ho detto.» Controllo la lista di esercizi che il mio

personal trainer mi ha inviato. «Ho premuto per sbaglio il pulsante.»

Oppure l'ha fatto Anne. Apposta.

Pensare a lei mi ricorda che devo fare una spesa più corposa delle poche cose tristi prese da lei, e le mando un messaggio per chiederle se oggi sarà a casa in modo da sapere quando far consegnare il tutto.

«E adesso cancelli il servizio di consegna pasti?»

Ripongo il telefono e prendo un grosso peso da venticinque chili dalla rastrelliera. «Come hai detto ieri sera, l'appartamento ha una cucina del tutto attrezzata. E a me cucinare piace.» Infilo il disco sul bilanciere e lo fisso in posizione. «Lo trovo rilassante.»

«Cucinare.» Trascina la parola. Me lo vedo nel suo ufficio, che stringe gli occhi nel tentativo di scovare significati nascosti.

Per quanto astuto possa essere il mio amico e manager, non credo gli sia mai passato per la testa che sarei stato così entusiasta di tornare ai fornelli. Soprattutto perché neanche io ci avevo pensato, finché non mi è stato appioppato il ruolo di chef.

Prendo un altro peso e lo infilo al capo opposto del bilanciere, quindi recupero il cellulare per chiedere ad Anne delle sue allergie alimentari.

Una volta inviato il messaggio, mi metto sulla panca e avvolgo le mani guantate attorno alla barra di metallo, stringendo gli occhi contro il sole abbagliante del mattino che filtra dalle vetrate.

Prima, stamattina, appena all'alba, mi sono fatto una gran sudata percorrendo i tre chilometri fino all'ingresso della Nasa, portandomi dietro quasi dieci chili di borsa piena di cose per gatti.

Nel frattempo, Anne non si è mai lamentata nonostante il caldo, massiccio felino fissato al petto. Il che significa che neanche io potevo farlo, a meno di voler apparire ancor meno virile di fronte alla donna che della mia paura dei gatti e pensa che il mio uccello non funzioni.

Ma comunque non significa che non possa fare di tutto per evitare che accada di nuovo. Perché, se stamattina sono riuscito a scortare Anne sana e salva fino al set, avevo ragione nel pensare che la Strada 1 della NASA, quella che porta dall'appartamento all'ingresso di sicurezza su Saturn Lane, è molto trafficata. Anche alle sei del mattino.

Con un grugnito, sollevo il bilanciere.

Mi irrita che mi irriti. Ovviamente, Anne si è fatta lo stesso percorso a piedi da prima che arrivassi, e non ha avuto problemi. Il fatto che abbia deciso di immischiarmi è fastidioso come la mia decisione di oggi di non mettermi la maglietta.

È come se mi fossi dimenticato cos'è successo l'ultima volta che ho permesso a una donna di avvicinarsi a me.

Non che io e Anne siamo vicini.

Jack, apparentemente rassegnato alla mia mancanza di spiegazioni, fa un gran respiro al telefono. «Lo sai che mi stai facendo consumare le mie ore dedicate a Candy Crush, vero?»

Ed è per questo che evito di dirgli della mia idea di noleggiare un'auto invece che utilizzare il servizio di autisti dello studio. Se glielo rivelassi, passerebbe ancora più ore su quel giochino.

«*Soprattutto* ora che sembra dovrò rimanere a Los Angeles più del previsto.»

Mi fermo a metà sollevamento. «Tutto bene?»

«Sì, amico. Niente che non vada, ma i legali sperano di aver trovato un modo per rovinare i piani di Camilla.» Il suo tono calmo mi aiuta a concludere le ripetizioni e a riporre il bilanciere al suo posto.

Se fosse davvero un problema, l'avrebbe detto subito a inizio conversazione.

«Gli avvocati devono solo definire i dettagli e controllare che sia tutto fattibile.»

Torno alla rastrelliera dei pesi. «Sarebbe fantastico.» Decido di sollevare un peso maggiore, così aggiungo due dischi da dieci chili.

Non devo mettere su massa per questo film. Mi piace allenarmi, e mi ha fatto piacere non dovermi sforzare troppo per questo ruolo. Di solito una routine con dei pesi medi abbinata ai piatti pronti forniti dal mio nutrizionista bastano a mantenermi in forma per una pellicola che non richiede di fare free climbing o base jumping da un palazzo.

Ma ora che sto cucinando, preferisco bruciare l'esubero di calorie con più esercizi che privarmi dei pasti che ho programmato da quando ho visto l'espressione di Anne al primo assaggio della mia semplice colazione a base di uova e pane tostato.

Esercizi che non includono svenire e cadere in mezzo al traffico a causa di un colpo di calore.

«Il loro piano prevede che tu dia il tuo supporto a un'azienda che pensava di collaborare con Camilla su una nuova linea di moda; un'azienda con una buona reputazione. Non vedo lati negativi nel lavorare con loro.»

Sbuffo e quasi perdo la presa sul disco. «Solo che non si fanno problemi a farsi collegare a Camilla.»

«A dirla tutta, probabilmente io e te siamo tra i pochi a sapere che razza di brutta persona sia.»

Non ha torto. Fisso il disco al bilanciere. «D'accordo. Tienimi informato.»

«Lo farò.» Fa una pausa. «E visto che ci vorrà un po', vado anche a trovare mamma Jones.»

Il passaggio da manager ad amico è così fluido che mi sento uno stronzo per avergli mentito sulla faccenda della casa. «Grazie.»

Venti minuti dopo ho concluso l'allenamento e sono a bordo

piscina sotto l'ombrellone, con gli occhiali da sole e il berretto calcato sulla fronte.

Ho i muscoli rilassati dopo lo sforzo, e il senso di colpa di essere qui invece che accanto a mia madre è meno intenso ora che so che Jack andrà a trovarla; a parte un signore che fa le vasche, non c'è nessuno che possa riconoscermi o disturbare la mia quiete.

Eppure...

Continuo a pensare ad Anne e al suo tragitto di ritorno verso l'appartamento in quella che, stando al meteo, è l'estate più calda che Houston abbia visto negli ultimi cinque anni.

Per distrarmi scarico un'app che mai pensavo avrei usato, Pinterest, e perdo tempo a cercare ricette paragonabili a quelle di mia madre.

Ci metto venti minuti, tre board e cinquanta pin prima di cambiare app e aprire quella per i pagamenti.

* * *

Liz

Il cellulare vibra per l'ennesima volta.

Lo ignoro e continuo a riposare gli occhi. Ho finito di disegnare i bozzetti per la sala di controllo da ormai un'ora, ma mi concedo ancora un po' di quiete per recuperare l'energia e la determinazione per tornare all'appartamento.

Vorrei dare la colpa di questa stanchezza alla mancanza di sonno causata dal mio inatteso coinquilino, ma sinceramente la camminata fino alla NASA di oggi mi ha distrutta. Sono ancora sudata in punti che preferirei non lo fossero dopo quattro ore sotto l'aria condizionata.

Un'altra vibrazione.

Non mi serve guardare per sapere chi sia.

Neanche la mia famiglia è così insistente.

Dopo essermi svegliata trovando Felix che cucinava la colazione, anche se non doveva alzarsi fino a molto dopo, mi sono sentita già abbastanza in colpa. Ma ora che sta passando la mattinata a chiedermi di eventuali allergie alimentari, tolleranza al piccante e persino a mandarmi ricette per la mia approvazione, sono parecchio turbata.

O almeno lo sarei se i tre chilometri per arrivare qui con sei chili di gatto inerte addosso non mi avessero sfiancata.

Non ho confessato a Felix che, negli ultimi giorni, durante la camminata facevo frequenti pause. O che oggi, in occasione della prima uscita con Mike, avevo intenzione di portare il gatto al guinzaglio quando diventava troppo pesante.

È stato un grande sfoggio di orgoglio e determinazione: non volevo apparire debole davanti a Mister Star dei Film d'Azione, così ho continuato a mettere un piede davanti all'altro e ho tenuto la bocca chiusa. Comunque non credo ce l'avrei fatta se non fosse stato per Felix che mi portava la borsa.

Ma tutto ciò è volato fuori dalla finestra quando siamo arrivati all'ingresso di sicurezza e Felix si è girato, tornando indietro di corsa verso l'appartamento, come se la scarpinata sotto sole e afa non fosse nulla. Ho imprecato e mi sono lamentata tutto il tempo con Mike mentre arrancavo, una sosta in panchina dopo l'altra per asciugarmi sudore e temo anche lacrime, fino a raggiungere l'edificio cinque.

Tanti saluti alla mia convinzione di essere temprata da anni di camminate a New York. L'aggiunta del caldo texano e di una patata glabra è letale.

«Quello cos'è?»

Sussulto, e lo stilo che ancora ho in mano striscia sul tablet. Mi giro dal mio posto nella stanza sul retro della sala di controllo, un ambiente sopraelevato con una parete di vetro affacciata sulla zona comunicazioni. Apro gli occhi e mi trovo davanti una Em inorridita che fissa me e suddetta patata massiccia sulla sedia accanto alla mia; dovrei mettere Mike a dieta.

«Mike Hunt.»

Lei annaspa. «... scusa?»

Mio fratello è davvero un genio perverso.

Cerco di non ridere. «Il gatto su cui sei stata messa in guardia.»

Em stringe gli occhi e si sporge per guardare meglio Mikey, che è steso in diagonale sulla sedia, con la zampa posteriore sinistra che dondola dal bordo. «Questo sarebbe un gatto?»

Il suo tono incredulo spinge Mikey a corrugare la fronte già rugosa.

«Oh. Wow.» Em si avvicina. «Lo è davvero.»

L'unica cosa positiva della scarpinata è che sembra di aver sfiancato anche Mike. La palla di tensione che avevo nel petto al pensiero del caos che avrebbe potuto causare nell'edificio governativo era per fortuna non necessaria, visto che ha passato le ultime ore stravaccato sotto l'aria condizionata mentre lavoravo. Non si è neanche leccato, forse disgustato dal sapore della crema solare per gatti.

«Per la cronaca...» Recupero le energie che avevo tenuto da parte per l'ancora più rovente percorso di ritorno ed estraggo dalla borsa il certificato di animale da supporto emotivo. «Mio fratello non mentiva quando diceva che ha il suo certificato.»

L'ho già mostrato sia all'addetto alla sicurezza all'ingresso della NASA e al giustamente inorridito dipendente delle PR che ha avuto l'ingrato compito di scortarmi stamattina. Ero sicura che, dopo aver fissato la mia faccia sudata e quella altrettanto umida e rugosa di Mike che sbucava dal trasportino come se fossi Sigourney Weaver in Alien, sarebbe corso a dire a Em tutto su di me e su quell'alieno del mio gatto.

Però pare di no.

Visto che Em mi ha accompagnata da un edificio all'altro con maggior frequenza di chiunque altro da quando ho iniziato lo stage, comincio a considerarla più un'amica che parte del protocollo di sicurezza. Ciò però non significa che voglia approfittarmi ulteriormente di lei, dopo il favore che mi ha fatto con l'appartamento.

Comunque, ignorando la mia mano tesa e il certificato, Em aggira la sedia per accomodarsi vicino a Mike. «Buongiorno, signorino.»

Mi preparo alla rappresaglia di Mikey per il precedente scetticismo, ma mi rilasso quando lui le permette di grattargli le orecchie senza fare scene.

O invecchiando si sta rammollendo, oppure la spilla glitterata sulla camicetta di Em basta a ipnotizzarlo.

Scommetterei sulla seconda, con un po' di residuo sfinimento da calore.

«Ho tre gatti.» Em gli massaggia la schiena con la punta delle dita. «Ma non ho mai accarezzato uno sphynx prima.»

Con Mike tutto contento e lo sketch concluso (dopo aver cancellato la rigaccia causata dal sussulto di poco fa), mi appoggio allo schienale e chiudo gli occhi. «Goditelo.»

Un'altra vibrazione.

Sempre dalla superstar, l'uomo con troppo tempo libero.

Se non fosse per la sua estrema antipatia per i gatti, domani gli lascerei Mike solo per tenerlo occupato e lontano dal telefono.

E anche per farmi una camminata meno gravosa.

Il tragitto verso la NASA dei giorni scorsi non è certo stato piacevole, visto il caldo e il peso della borsa del computer, ma almeno non ho mai tremato così tanto all'idea di percorrerlo a ritroso quanto oggi.

Vibrazione. Di nuovo.

«Non rispondi?»

«Eh?» Strappata dai miei pensieri, apro gli occhi.

Em indica il mio telefono, accanto a Mike, con un cenno del capo. «JS sembra molto interessato alle tue opinioni sul *polvo guisado.*»

Avvampo nonostante l'aria fredda. «Ah, sì. Certo.» Prendo il cellulare, grata di aver usato le iniziali di Johnny lo Stronzo invece che il nome reale per registrarlo in rubrica.

Ho accettato di scambiarci i numeri perché lui mi ha convinto del fatto che fosse utile in caso di emergenza. Ma quando sblocco il telefono e leggo gli undici nuovi messaggi, penso che forse dovremmo chiarire cosa consideriamo emergenze.

Per il momento mi limito a rispondergli che il *polvo guisado* mi va benissimo, poi spengo le notifiche.

Non so neanche cosa sia, il *polvo guisado,* ma visto che non dovrò cucinarlo io sono sicura che sarà buonissimo.

Vorrei poter dire che, dopo un anno che vivo da sola, sono diventata autosufficiente in tutte le aree, ma dopo diversi tentativi, incendi, tagli da coltello e mal di stomaco sento che cucinare proprio non è il mio forte.

Così mi sono adatta a consumare noiosi pasti pronti, frutta, verdura, hummus eccetera.

Essere la figlia di Stanley Winston Morre aveva dei vantaggi, quando ero piccola. Accesso illimitato al negozio di famiglia, autista sempre disponibile, palestra in casa e le migliori attrezzature per dipingere.

Eppure, a parte mia madre e i miei fratelli, la cosa che mi manca di più, anche considerando i vestiti gratis e il conto in banca senza fine, è il nostro chef personale.

Prima che possa spegnere il telefono, Felix mi invia una ricetta. La apro e mi trovo davanti un sito in cui una donna con un grembiule blu tutto svolazzi regge una ciotola e una frusta.

Sbuffo una risata nell'immaginarmi Felix con quel grembiule. Una risata che dura poco, perché subito la fantasia si trasforma in lui con quel grembiule *e nient'altro*.

«Tutto bene?»

«Eh?» Premo il pulsante laterale del telefono e spengo lo schermo, oltre a tutte le immagini sconce che ho in testa. «Ah, sì.» È ora di sfidare il caldo, così raccolgo le mie cose.

Em mi osserva affascinata rimettere la crema solare a Mike, poi mi accompagna fuori dalla sala di controllo e nell'atrio.

Ci salutiamo prima che io tragga un profondo respiro e mi prepari all'assalto del rovente pomeriggio texano.

Non è il sole però ad abbagliarmi.

Lì, appoggiato a un Land Rover nero nuovo di zecca, c'è il motivo per cui sono grata del piano tariffario con messaggi infiniti: Felix Jones.

Purtroppo, niente grembiule blu e svolazzante.

Capitolo Dodici

Liz

«La cena è andata a rotoli.»

Mi si blocca la mano sullo sketch che sto facendo quando mi volto verso il mio incupito coinquilino famoso in cucina. Qualcosa che ho attivamente cercato di non fare quando mi sono seduta sul divano per ritrarre Mike Hunt.

Due giorni fa, dopo che Felix ha salvato me e Mike dallo sciogliercì lungo il tragitto verso casa, e dopo che l'ho abbracciato di scatto (schiacciando tra di noi suddetto povero gatto), mi sono ritirata nella mia camera, pensando che fosse meglio tenerci a distanza. Avevo in programma di starmene rintanata e perdermi nell'arte.

E soprattutto di evitare pensieri inappropriati sul mio coinquilino.

Ho fallito.

Tali pensieri sono diventati sconci quando, con un sussulto per essere stata strappata dalla mia foschia creativa dal bussare di Felix alla porta per informarmi che la cena era pronta, mi sono sconvolta ancor di più nello scoprire cosa avessi disegnato.

Felix.

Nudo, se non per il grembiulino azzurro.

L'improvvisa ispirazione è frustrante sotto diversi punti di vista. Dalla mia partenza da New York, non ho mai avuto voglia di disegnare. Mio padre si irritava molto quando ero sempre con la matita in mano, ma ritraevo sempre nature morte o panorami.

Da ragazzina, dopo la merenda, mi rintanavo in camera, sedevo sul davanzale e creavo mondi immaginari. Le persone che camminavano in Central Park si trasformavano in personaggi, i protagonisti del mio improvvisato libro illustrato che narrava storie fantastiche. Felici.

Non riesco a farlo da molto tempo.

Così, se da un lato è un sollievo sapere che so ancora creare, la mia attuale musa mi sta distruggendo il buon senso.

Buon senso che mi dice che non dovrei farmi prendere così dal mio celebre collega e inquilino. Soprattutto perché ho altro su cui concentrarmi che non siano i suoi bicipiti. Come una sorellastra da trovare.

Mi sfugge un sospiro affranto mentre sposto dal blocco degli schizzi al modello reale. Non avrei mai pensato di essere grata per i problemi di eiaculazione precoce, eppure eccomi qui, delusa ma lieta di non poter dar seguito alle mie fantasie, anche volendolo.

Il pover'uomo vittima di problemi ai piani bassi getta le mani in aria come una casalinga disperata. «Gli avocado sono acerbi.» Fa una smorfia da bambino offeso.

Devo sforzarmi di non ridere.

Felix si muove nella piccola cucina con movimenti inutilmente aggressivi.

Quasi senza pensarci, cambio pagina del blocco e muovo rapida la matita in linee decise.

Le sue mani mentre afferra una mela.

Le spalle mentre strappa una banana dal casco.

L'espressione mentre le getta in un sacchetto di carta insieme agli avocado incriminati.

La linea della colonna vertebrale quando, in piedi con le mani sui fianchi, fissa il bancone.

«Miao.» Mike, probabilmente infastidito dal mio ignorare il suo lavoro di modello, allarga le zampe: il suo modo preferito per scaldare le parti basse alla luce del sole.

Le mie dita, interrotte dal lamento di Mike, si flettono intorno alla matita, desiderose di tornare all'opera. Alla faccia di chi pensava che sarei stato troppo consapevole di Felix per disegnarlo se fossimo stati insieme nella stessa stanza.

Che il Felix reale sarebbe stato più sicuro di quello immaginario.

Perché, se devo essere onesta con me stessa, e non lo sono stata molto spesso nell'ultimo anno, la mia opinione sul vero Felix Jones è cambiata notevolmente da quando l'ho visto strillare di fronte a Mike Hunt.

E il suo atteggiamento, dopo aver capito che *non avevo intenzione* di vendere foto di lui nudo, è diventato... affascinante.

Chiudo gli occhi, bandendo dalla vista la mia musa inopportuna, e gli ultimi due giorni si ripetono nella mia testa.

Ha cucinato per me. Mi ha accompagnata al lavoro. E poi è arrivato come un cavaliere in armatura scintillante a bordo di un SUV nero, salvando me e Mike da una potenziale insolazione.

Rabbia e orgoglio si sono chetati, abbastanza da permettermi di ripensare alla nostra sfortunata notte insieme e interpretare la reazione di Felix alla mia richiesta di cure mediche per quello che era in realtà: panico.

Inoltre, non mi ha mai chiesto di scusarmi per la ginocchiata nei gioielli di famiglia.

Tutto questo porta a una possibilità difficile da accettare, soprattutto perché, se vera, non mi aiuterà con le mie nuove fantasie artistiche ed erotiche.

Felix Jones potrebbe essere un bravo ragazzo.

«Come posso creare una salsa a base di avocado e coriandolo senza avocado maturi?» mormora tra sé e sé il neoeletto bravo ragazzo mentre riempie il lavello di piatti, coltelli e utensili. «Ecco perché non ci si può fidare dei servizi di spesa a domicilio. L'avocado lo devi *palpare*,» e prende il melone consegnato ieri dal bancone dell'isola. «I meloni devi *annusarli*.»

A questo punto perdo il controllo e scoppio a ridere.

Lui alza lo sguardo, e la sua espressione infastidita si trasforma in divertimento quando si rende conto di quello che ha detto. «Beh?» Scrolla le spalle, con il sorriso ancora stampato in viso. «Mi piacciono i meloni maturi.»

Faccio finta di alzare gli occhi al cielo prima di chiudere l'album da disegno. «Forse non sei ancora pronto per interpretare Casanova, ma credo che saresti un buon candidato se Hollywood facesse un film biografico su Gordon Ramsay.»

Sbuffa. «Già, hai già menzionato le mie scarse abilità nel rimorchio.»

I nostri occhi si incrociano e una scarica di calore mi fa ricordare la sera in cui ci siamo conosciuti. E non solo la parte della camera da letto prima dell'incidente. La conversazione. Le risate condivise. La chimica che c'era tra noi quando pensavo che fosse solo un normale cowboy.

Un normale cowboy.

Quando la mia idea prende piede, butto da parte il blocco e mi alzo in piedi, battendo le mani per attirare l'attenzione. «Vuoi dei meloni maturi?»

Roteo di nuovo gli occhi quando quelli di Felix mi si puntano sul petto.

Mike si lecca.

Ignorando i due maschi pervertiti e la segreta soddisfazione che mi procurano, tiro fuori il telefono dalla tasca e apro il navigatore. «E allora meloni maturi avrai.»

* * *

«Jack mi ucciderà.»

Prendo il cappello da cowboy dal manichino vicino e lo metto sulla testa di Felix. «Non doveva già farlo per aver noleggiato un'auto?»

I suoi occhi incontrano i miei sotto il grande cappello color crema.

Quasi come se fosse imbarazzato, Felix si volta verso il vicino specchio a figura intera. «Sì, ma se mi beccassero con *questo* aspetto,» dice indicando la sua immagine riflessa, «gli verrebbe ancora più voglia di farmi la pelle.»

Ignorando quanto sia sottile il suo girovita dopo che ha infilato la maglietta nera nei pantaloni, decido che il contrasto del feltro color crema è troppo evidente. «Morto e basta, JS.»

Lui rotea gli occhi con un sorriso. «Perché continui a chiamarmi così?»

Do un'occhiata al negozio. «Preferisci che usi il tuo vero nome?» Anche se non è particolarmente affollato, non è vuoto.

«Diavolo, no.» Il suo sguardo si posa sulla persona più vicina, la cassiera al bancone che è intenta a riordinare le fibbie delle cinture nella vetrina. «Ma sono curioso della tua scelta.»

Afferro un cappello nero e lo scambio con quello color crema. «Non è una scelta.» Faccio un passo indietro e valuto l'abbinamento. «Sei *tu* che ti sei presentato come John quando ci siamo conosciuti.»

Sebbene sia il color crema che il nero gli donino, il colore più scuro e la tesa leggermente più piccola gli stano meglio. «E la S?»

Afferro una cintura dalla rastrelliera vicina mentre lui si aggiusta il cappello. «Stronzo.»

La sua espressione divertita si blocca. «Molto carina.»

«Già.» Faccio spallucce e gli porgo la cintura. «Lo immaginavo.»

Lui fissa la fibbia, due volte più grande di una carta di credito, e non la prende.

Con un sospiro, mi avvicino e infilo la cintura nei passanti.

Mi accorgo dell'errore a metà strada, quando la mia fronte si accosta alla sua. Sono abbastanza vicina da sentirlo deglutire forte prima che entrambi facciamo un passo indietro, schiarendoci la gola.

Non mi sentivo così a disagio da quando, in terza media, ho tagliato il labbro di Brandon Harrison III con l'apparecchio per i denti, durante una scandalosa partita al gioco della bottiglia alla festa di anniversario dei suoi genitori negli Hamptons.

Felix abbassa la testa; il cappello maschera la sua espressione mentre afferra le estremità della cintura. «Posso... pensarci io.»

Anche se non può vedermi, annuisco, ancora troppo agitata per parlare.

Chiude la fibbia, poi si guarda allo specchio.

E alla mia lussuriosa pulsione artistica piace molto il fatto che la mia musa assomigli al figlio portoghese di James Dean e Scott Eastwood.

Ammiro il suo riflesso: non c'è da stupirsi che sia una stella del cinema.

Felix ha in sé qualcosa di speciale. Qualcosa di intangibile. Un fascino che ribolle e che sottolinea gli zigomi, i muscoli definiti e il sorriso accecante.

Lo odio.

Con questa bugia ben radicata nella mente, distolgo lo sguardo. «Tu torna pure in auto mentre prendo questi.» Mi avvicino e strappo il cartellino del prezzo dal cappello nero, poi prendo quello dalla cintura.

«Wow. Ho il portafogli nella tasca posteriore, prendilo pure.»

Trattenendo l'impulso di strappare dal suo corpo qualcosa di più di una semplice etichetta, mi allontano. «Visto che hai insistito per pagare tutta la spesa, è giusto che usi il mio budget alimentare, ormai inutilizzato, per comprare un travestimento che ti assicuri dei meloni maturi.»

Il sorriso che mi rivolge mi rende lieta della distanza.

«Senza contare che abbiamo già perso quaranta minuti.» Mi volto verso il bancone e pronuncio l'ultima frase senza girarmi. «Chissà cosa avrà ormai fatto Mike al concierge...»

* * *

Felix

I miei occhi sono grandi come i meloni di Anne. «Cos'è questo posto?»

«Una catena di supermercati che si chiama H-E-B.» Come un'adolescente immatura, Anne agita le sopracciglia mentre soppesa due meloni con le mani, all'altezza del petto.

È sconcertante.

Non i meloni, ma il fatto che, pur contando il gatto senza pelo, mi sto divertendo. In effetti, mi sono divertito di più negli scorsi giorni che in tutte le mie apparizioni sul red carpet degli ultimi anni.

Dopo aver concluso con la valutazione dei meloni, Anne ne ripone uno sulla pila. «Mia cognata dice che l'H-E-B è l'unica cosa che porterebbe con sé a New York se potesse. Anche più degli inverni senza neve.» Mi porge l'altro. «Lei *odia* il freddo.»

C'è un attimo di silenzio mentre archivio il commento della cognata texana tra le *cose che so di Anne*.

Quando sono andato a prenderla al lavoro, aprendole la portiera del passeggero come mi ha insegnato mia madre, l'ho osservata incuriosito salire in macchina: ha più grazia con un gatto senza pelo legato al petto che le star ben allenate che saltano in limousine durante la stagione dei premi.

Tuttavia, tra messaggi, pasti e spostamenti, ho scoperto una differenza fondamentale che distingue Anne dalla tipica folla di Hollywood a cui sono abituato. Qualcosa che va oltre la sua frugalità e il suo disinteresse nel contare le calorie prima di mangiare.

Anne *odia* parlare di sé.

«Allora?» Indica il melone. «È abbastanza maturo?»

Sorridendo per il suo interesse, mi porto il frutto al naso e lo annuso. «No.»

È adorabile vederla mettere il broncio.

Le faccio cenno di avvicinarsi e sollevo il melone verso di lei. «Cosa senti?»

Anne annusa, accigliata. «Niente.»

«Esatto.» Rimetto a posto il melone e ne prendo un altro, che sembra meno verde. «E questo?»

Le braccia di Anne sfiorano le mie mentre si avvicina. «Oh.» Si raddrizza e mi fa un sorriso. «È dolce.»

Sento quel sorriso trafiggermi sotto l'enorme fibbia della cintura.

Una donna si ferma a spingere il carrello per prendere un melone. «Mi scusi.»

Mi scosto dalla sua strada. «Prego, signora.» Abbassando la testa, la tesa del cappello mi maschera il viso.

La donna non alza nemmeno lo sguardo. Si limita ad annuire e a prendere un frutto prima di proseguire.

Anne mi toglie il melone maturo dalle mani con un sorriso

soddisfatto. «Visto? Te l'avevo detto che nessuno ti avrebbe riconosciuto.» Mette il melone nel carrello e lo spinge verso il bancone degli avocado. «Andiamo, JS.» Ancheggia un po', i fianchi che si muovono al ritmo della coda di cavallo. «Non solo ho fame, ma abbiamo anche una patata da recuperare.»

Tutti gli acquirenti si voltano verso Anne che, apparentemente ignara, si ferma a prendere qualche mela.

Stupito da quanto sono rilassato in pubblico, anche con Anne che attira l'attenzione, faccio come mi ha ordinato e mi avvicino. «Sì, signora.»

* * *

«Mi sembra di aver appena comprato a Mike Hunt l'equivalente felino di una bambola gonfiabile.»

Anne, seduta accanto a me all'isola della cucina, contrae le labbra e dilata le narici.

Sta cercando di non ridere. Come ha fatto, senza riuscirci, per tutta la cena.

Potrei ridere anch'io, se non fossi così impegnato a capire come Mike sia riuscito ad aprire uno zaino con la cerniera, a tirare fuori un'action figure in edizione limitata che a me sembrava più una versione porno e giapponese di Barbie, e a ingropparla fino a farle saltare la testa.

Una risatina sfugge dalla bocca di Anne mentre infilza con la forchetta un altro boccone di petto di pollo ricoperto di avocado.

Una delle tante che non riesce a trattenere da quando siamo tornati a casa e abbiamo trovato il nostro cat-sitter improvvisato in lacrime di disperazione, che si dondolava sulla poltrona del soggiorno mentre guardava Mike profanare quello che sembrava essere un bene prezioso, apparentemente troppo spaventato per strapparlo al felino innamorato dopo che il suo primo tentativo era stato accolto con un'artigliata e un "ringhio da tigre".

Con la forchetta, raduno l'insalata rimasta nel piatto e la ammucchio. «Perché qualcuno dovrebbe pagare così tanto per una bambola?» Mentre Anne calmava il ragazzo con fazzoletti e pacche sulle spalle, io cercavo il costo della bambola sul telefono, scioccato dai prezzi indicati per le cosiddette action figure.

Il Ken in edizione limitata realizzato a mia immagine e somiglianza non si avvicina neanche lontanamente al valore della statuetta di quel misterioso personaggio dei manga.

Alla fine ho dato al portiere sconvolto tutto quello che avevo nel portafoglio solo per coprire la bambola rovinata e la sua parcella da cat-sitter. Inoltre, gli ho promesso una foto autografata una volta terminate le riprese per alleviare il suo trauma emotivo.

Tiro su l'insalata con una tortilla chip e mastico forte.

«Sai, è un oggetto da collezione.» Anne si pulisce la bocca con un tovagliolo prima di scendere dallo sgabello.

Mi lacrimano gli occhi quando un pezzo di patatina frastagliata mi si incastra in gola. «Che c'è?» rantolo.

Scuotendo la testa con un'altra risatina, Anne prende il piatto e si sposta intorno all'isola per raggiungere il lavandino. «Si chiamano oggetti da collezione.»

Mi schiarisco la gola con un colpo di tosse. «È una bambola.» Mi alzo e anche io porto il piatto al lavandino. «Una minuscola bambola *porno*.»

Anne sbuffa. «I collezionisti si arrabbiano molto se li chiami bambole o giocattoli.»

«Come fai a saperlo?»

«Il preside della scuola media dei miei fratelli collezionava action figure di *Star Wars*.» Sciacqua il piatto nel lavandino prima di aprire la lavastoviglie.

I miei capelli, senza dubbio scompigliati per aver indossato prima un cappello da cowboy, cadono di lato mentre inclino la testa verso Anne. «Che cosa?»

«Un collezionista di *Star Wars*.» Deve aver creduto che mi interessasse l'hobby del preside, quando in realtà sono attirato dal fatto che i suoi fratelli *hanno* un preside e non un capo del personale; mi prende il piatto e lo sciacqua. «Il crollo emotivo del concierge Steve non è niente rispetto alla sua reazione quando, anni fa, trovò mio fratello Chase che giocava con le sue action figure di Darth Vader e Luke Skywalker nel suo ufficio.»

La osservo mentre carica goffa la lavastoviglie e mi chiedo se la stranezza dell'aneddoto non dipenda dal fatto che i suoi fratelli frequentavano una scuola privata.

Ma prima che possa sfidare la sorte e provare ad approfondire, il responsabile del trauma del giorno si alza.

«Miao.»

Io e Anne volgiamo gli occhi verso il soggiorno dove Mike è raggomitolato intorno all'oggetto da collezione decapitato, con l'aria del gatto che ha conquistato la panna.

O, nel suo caso, di una costosa bambola gonfiabile.

Capitolo Tredici

Felix

Sono successe troppe cose in quest'ultima settimana per una persona che dovrebbe tenere un basso profilo. Troppi modi in cui le cose sarebbero potute andare terribilmente male o causare ulteriori problemi alla mia carriera.

Tuttavia, mentre appoggio la testa allo schienale della poltrona e aspetto che mia madre mi chiami, ascolto il suono lontano della doccia in cui si trova Anne, e non riesco a rimpiangere niente.

Anche quando non ho ordini precisi da parte di Jack di non farmi vedere, sono solito dare grande valore al mio tempo libero. Probabilmente perché i momenti di solitudine sono rari quando si è al top della carriera a Hollywood.

Il bisogno costante di fingere di essere qualcun altro, sia davanti alla telecamera che in pubblico, è abbastanza estenuante da bramare la pace.

Ma stasera, come durante le ultime sere, anche dopo l'inizio delle riprese, ho condiviso il mio prezioso tempo privato con una simpatica e bellissima donna che mi ha quasi ignorato mentre faceva uno schizzo a pochi metri da dove stavo cucinando.

E invece di mangiare in silenzio, ho chiesto informazioni sulla protezione solare per gatti e sui requisiti sorprendentemente dettagliati della toelettatura degli sphynx.

Lo sphynx in questione russa piano dal suo posto sullo schienale del divano di fronte a me. La sua amata bambolina da collezione, che mi è costata una fortuna solo pochi giorni fa, giace dimenticata sul cuscino sotto di lui.

Bastardo senza cuore.

Il mio telefono, appoggiato sul tavolino, si illumina con una foto di me e mia madre quando ero al liceo, in piedi sulla sabbia della costa della California.

Lo prendo e un'ondata di sollievo mi colpisce quando la chiamata si apre sul volto sorridente di mia madre.

«*Mãe*.» Mi si gonfia il cuore nel vedere la pettinatura ordinata di mia madre, le labbra rosse e la camicetta senza grinze sotto il cardigan di cachemire rosa chiaro che le ho comprato per la Festa della Mamma. Sofia Maria Santos-Jones ha l'aspetto di sempre, al contrario della versione smunta e poco curata che ho tenuto tra le braccia quando l'ho fatta ricoverare nella modernissima struttura di riabilitazione di Rancho Mirage. «Come stai?»

«Sto bene, *coração*.» Credo stia usando l'iPad che le ho regalato, il cui schermo ampio mi permette di vedere la sua stanza, semplice ma elegante. «È passato Jack.» Il suo sorriso felice mi fa sentire in colpa per non essere stato io a farle visita. «Ha detto che finalmente hai smesso con quei pasti di cartone.»

Ridacchio alla sua descrizione del costoso servizio di consegna di pasti progettati da un nutrizionista che è stata la mia abitudine negli ultimi anni. «Sì, sto cucinando, ultimamente.»

Il suo sorriso si allarga, facendomi sentire più orgoglioso di quando mi è stato offerto un contratto multimilionario per un brand di lusso, sulla scia del mio primo successo al cinema.

All'inizio dell'anno, mentre io ero in giro a godermi la vita da celebrità, mia madre cedeva a una grave dipendenza da oppioidi dovuta a un recente intervento alla spalla.

Si era strappata la cuffia dei rotatori cadendo dopo essere inciampata su un marciapiede di un parcheggio. Io e Jack abbiamo mobilitato un chirurgo di chiara fama, un assistente post-operatorio a domicilio e un fisioterapista di alto livello per la convalescenza.

Tutto il meglio che i miei soldi potessero permettersi.

Ma niente di tutto ciò ha avuto importanza, perché non ho notato i segni rivelatori della dipendenza.

Dopo aver girato il più prestigioso dei miei film, sono andato a trovare mia madre e ho trovato quella donna da sempre tanto fiera della cura sia del suo aspetto che della casa spettinata e con lo sguardo assente sulla sua poltrona, circondata da disordine e sporcizia.

A quanto pare, era riuscita a nascondere la dipendenza abbastanza a lungo da concludere il periodo di riabilitazione, ma il medico ha continuato a prescriverle i farmaci, cosa di cui si stanno occupando i miei legali.

La teoria degli avvocati è che, essendo mia madre, il dottore probabilmente pensava che le pillole fossero per me, cosa non rara per le celebrità di Hollywood.

In breve, sono *io* il motivo per cui mia madre è diventata dipendente dagli oppioidi.

Ignorando il mio turbamento emotivo, aggiungo: «Ho anche fatto i *biscoitos* l'altra sera.»

«*Bom*.» Lei tira su con il naso; ha l'aspetto della donna latina forte e orgogliosa che mi ha cresciuto. «Forse metterai su qualche chilo, e quelle svampite smetteranno di chiederti di spogliarti.»

Con la cena appena preparata che mi pesa sullo stomaco, è più che probabile che il suo desiderio venga esaudito. «Sì, *Mãe.*»

«*Deixa eu te falar, coração.*» Agita la mano a labbra strette. «Non ti *conoscono* nemmeno.»

«Lo so, *Mãe.*» La mia risposta è la stessa delle altre volte che abbiamo avuto questa conversazione.

Sebbene non abbia mai avuto da ridire sulla mia carriera, mia madre non ha mai fatto mistero di non approvare i tentativi di approccio piuttosto palesi a cui ha assistito ogni volta che l'ho portata con me agli eventi. Per non parlare dei commenti lussuriosi dei fan che legge online e sotto i miei post sui social media.

Probabilmente è per questo che, con tutto quello che sta succedendo a Camilla, sono contento del divieto di utilizzo dei social imposto dalla struttura di riabilitazione presso cui è in cura.

Meglio tornare a ciò che so che la renderà felice, così sollevo il telefono e mi appoggio allo schienale della poltrona. «Finalmente sto mettendo a frutto tutte le tue lezioni di cucina.»

«Ah.» Un altro sorriso. «Cos'altro hai preparato?»

Chiacchieriamo per un po', e la telefonata sembra più naturale da quando ha finito la parte più difficile del trattamento: la disintossicazione. Discutiamo di ricette e ricordiamo i miei primi anni in cucina, quando ero una schiappa come Anne adesso.

E a proposito di Anne...

«Ti piacerebbero i negozi di alimentari qui.» Ridacchio, ricordando i meloni di Anne. «I texani non scherzano quando si tratta di cibo.»

«Sei andato in un negozio di alimentari? Da solo?» Si acciglia. «Mi pare che Jack abbia detto che non hai un servizio di sicurezza.»

Dannazione, Jack.

Scaccio le sue preoccupazioni. «Non ero solo, quindi non

preoccuparti.» Continuo a parlare prima che possa fare altre domande. «Il negozio si chiama H-E-B.»

«Heb?» scandisce, come se fosse una parola.

«No, non stavo facendo lo spelling.» Qualcosa di caldo e solido mi sfiora il polpaccio, facendomi sobbalzare e sbattere forte lo stinco contro la parte inferiore del tavolino. «*Merda*!» Il telefono mi cade dalle mani mentre mi afferro la gamba; il dolore rende quasi impossibile accorgermi che Mike si è alzato dalla sua postazione e mi ha raggiunto all'altro capo della stanza.

«*Coração*.» La voce di mia madre dal telefono, ormai caduto sul pavimento. «Stai bene? Devo... *oh*...»

Mike incombe sul cellulare rovesciato a schermo in su, e il muso rugoso occupa l'intero schermo.

«È un oggetto di scena?» La voce di mia madre è lenta, come se cercasse di elaborare ciò che sta vedendo. «Non avevo capito che stessi girando un film di fantascienza.»

Temo che il gatto possa capire di essere appena stato scambiato per il pupazzo di un alieno, così mi avvicino con cautela per togliere il cellulare dalla portata di Mike. «No,» rispondo una volta che ho ripreso a guardare la telecamera. «Era un gatto.»

Mia madre sembra più scioccata di quando ha visto per la prima volta il mio cartellone pubblicitario di biancheria intima. «Un *gato*?»

Prima che io possa spiegarle, Anne, agitata, bagnata e quasi nuda, entra di corsa nella stanza. La sua mano destra tiene le estremità di quello che immagino sia un asciugamano, ma che sembra più uno strofinaccio un po' più grande della norma, unite in un pugno sopra il seno destro.

La mia risposta alle domande di mia madre evapora quando una goccia d'acqua scivola dalle punte dei capelli bagnati e scende lungo la valle dei suoi seni.

«Felix?» Scambiando il mio silenzio per paura, Anne si avvicina e usa la mano che non tiene l'asciugamano per afferrarmi la spalla. «Stai bene?»

Un'altra goccia segue la prima, ma riesco ad annuire.

Qualcuno si schiarisce la voce.

Anne mi stringe la spalla prima di voltarsi lentamente verso il mio telefono.

Riconosco esattamente il momento in cui vede mia madre sullo schermo, perché la pelle sotto le gocce d'acqua si tinge di rosa per l'imbarazzo.

«Ehm, salve...»

«E tu chi sei?» La voce di mia madre ha un tono che le ho sentito usare solo quando, nella mia stupidità adolescenziale, pensavo di avere diritto a dire la mia sulla mia educazione.

È sufficiente a spezzare la mia improvvisa attrazione per le gocce d'acqua. «*Mãe*, lei è la mia coinquilina, Anne Moore.» Rivolgendomi ad Anne, indico il telefono. «Anne, questa è mia madre, Sofia Maria Santos-Jones.»

La mano di Anne, probabilmente a causa dello shock, si allenta e l'asciugamano scivola giù di un centimetro.

«Hai una coinquilina, *coração*?» Gli occhi di mia madre si abbassano all'angolo dello schermo come se cercasse di vedere Mike. «Con un *gato*?» Sembra sempre più incredula: non ho mai condiviso l'alloggio con nessuno durante le riprese. Persino Jack ha un posto tutto suo quando viene a trovarci.

«*Sim*.» Annuisco, deciso a dare un taglio alle bugie di omissione delle ultime settimane.

«Jack non ha parlato di coinquilini,» mormora mia madre, gli occhi fissi sul viso di Anne come i miei sul suo asciugamano. «O di un gatto.»

«Non si preoccupi.» Anne lascia ricadere la mano e si avvicina al telefono. «Di solito sono brava a tenerlo lontano da suo figlio, conoscendo la sua paura dei gatti.»

Mia madre emette uno sbuffo sonoro. «Ti ha parlato di Fluffy?»

Anne si morde forte il labbro inferiore.

Voglio morire.

«Mi ha parlato di...» Evita con cura i miei occhi. «Del gatto che lo ha graffiato, sì.»

Per accrescere il mio imbarazzo, Mike decide di leccarsi e fare fusa clamorose ai miei piedi.

Posso solo sperare che l'audio del telefono non sia in grado di captarle.

Anne tira su l'asciugamano. «A proposito, si chiama Mike. Il gatto.» Fa una smorfia, guardandosi nello schermo. «E... mi scuso per l'asciugamano.»

Mia madre sorride e annuisce, affascinata da Anne.

Una sensazione che conosco bene.

C'è un momento di imbarazzo che mi affretto a colmare. «Anne è quella che mi ha fatto tornare a cucinare.»

«Davvero?» L'espressione di *Mãe* si illumina.

Mike smette di leccare. Non ho il tempo di ringraziarlo, perché lo fa solo per saltare sul bracciolo della poltrona.

Anne sorride e scuote la testa. «Il nostro accordo prevede che suo figlio possa rimanere qui, purché prepari da mangiare.» Vedendo Mike allungare la zampa verso di me, lo prende con la mano che non tiene l'asciugamano. «E sono fortunata che sia un ottimo cuoco. Mi è proprio andata bene.»

Non posso fare a meno di sorridere per il complimento.

Vedendo la mia espressione soddisfatta, Anne rotea gli occhi. «In effetti, gli ho detto che sarebbe stato un cuoco migliore di un attore.»

Mia madre ridacchia, un suono che non ho sentito abbastanza ultimamente. «E tu, Anne? Cosa fai?»

Anne aggiusta la presa su Mike, le cui zampe posteriori

penzolano inerti. «Sto facendo uno stage come storyboarder per la magistrale in arte digitale.»

«Magistrale? Complimenti!»

Anne arrossisce.

«*Mãe*...» Devo disperatamente porre fine al palese interesse di mia madre per Anne. Se Sofia Maria Santos-Jones vuole immaginarsi Anne come potenziale futura nuora, non posso fermarla. Il meglio che posso fare è pregare di essere sottile.

«È così che vi siete conosciuti?» Mia madre si sporge verso la telecamera. «Sul set?»

Io e Anne ci scambiamo uno sguardo pieno di ricordi della nostra conversazione al bar e della successiva serata in albergo. Ricordi che preferirei che mia madre non scoprisse, anche se questo significa un'altra bugia di omissione.

Ci sono cose che una madre non dovrebbe sapere.

Schiarendosi la gola, Anne si volta verso la telecamera. «In realtà ho scoperto di avere un coinquilino solo quando ho sentito lo strillo spaccatimpani di suo figlio, al mio rientro.»

Mãe ride. Ride davvero.

È un momento fantastico. E strano. Io sono seduto in poltrona, Anne è in piedi con solo un asciugamano e un demone glabro in braccio; entrambi sorridiamo mentre mia madre, che osserva avidamente da centinaia di chilometri di distanza, ride.

Ovviamente Mike Hunt deve rovinare tutto.

Senza dubbio a disagio per la posizione scomoda, il gatto piega le zampe posteriori in avanti, e lo slancio allenta la presa di Anne. La gravità prende il sopravvento, facendo oscillare il corpo spelacchiato come un pendolo finché lui e i suoi artigli non si impigliano nell'asciugamano umido.

Segue un coro misto, Anne esclama qualcosa di volgare, Mike soffia, io trattengo il fiato, quando l'asciugamano le si strappa di dosso, lasciandola nuda e bagnata, mentre Mike atterra con precisione sul bracciolo.

Dura solo un secondo. Forse anche meno, prima che Anne si tuffi sul pavimento, ma abbastanza perché il pene che Anne considera poco funzionale si erga forte e fiero sotto i miei pantaloncini da ginnastica.

Fortunatamente, grazie al fatto che Anne si è sottratta dalla vista della telecamera e alla posizione sollevata del telefono, la reazione del mio corpo rimane nascosta.

Anne si rimette l'asciugamano e rimane accucciata sul pavimento, da cui striscia via verso il corridoio piuttosto che rialzarsi. «Mi dispiace!»

Non so se stia parlando a me o a mia madre, ma nessuno dei due dice alcunché; mamma fissa il sedere di Anne che fa capolino dall'asciugamano mentre sgattaiola fuori dalla stanza a quattro zampe.

«Mi piace,» afferma quindi con un sorriso.

«Sì.» Stordito, distolgo lo sguardo dal punto in cui Anne è appena scomparsa e fisso il sorriso, fin troppo consapevole di mia madre. «Anche a me.»

Solo quando guardo il piccolo quadrato di me stesso sullo schermo del telefono mi rendo conto che non solo sto sorridendo, ma sto anche grattando Mike dietro le orecchie.

Capitolo Quattordici

Liz

«Tutti ai vostri posti.» Ron, il regista, batte le mani; il suono riecheggia nell'enorme edificio. È seduto dietro la cinepresa puntata su Felix, che è attraente come sempre con la sua camicia a scacchi, i jeans e gli stivali.

Il personaggio di Felix, Holden, è un cowboy che si innamora di un'astronauta. E se l'ho già visto abbigliato in quel modo quando siamo andati a fare compere, il modo in cui il reparto guardaroba ha tagliato su misura la camicia e fuso i jeans alla curva del suo culo mi fa apprezzare il Texas come mai prima d'ora.

Se Thomas fosse qui, saccheggerebbe il team dei costumisti per il dipartimento di sartoria di Moore's.

«Dov'è Amanda?» chiede David, guardandosi in giro alla ricerca della co-star di Felix.

Il tempo approvato dalla NASA per le riprese è poco, quindi Ron si affida al mio professore per un contributo alla preproduzione che va al di là dello storyboarding.

Un membro della troupe indica la porta laterale. «L'ho vista andare di lì.»

L'espressione di Ron si fa piatta. Presto la NASA caccerà via gli intrusi di Hollywood. Non c'è tempo per rigirare le scene, e tantomeno per riorganizzare tutta la scaletta del film.

La scena di oggi, ambientata a bordo piscina nel LAN, il laboratorio ad assetto neutrale, dove la NASA addestra gli astronauti al movimento in quanto di più simile alla microgravità si possa ottenere: l'acqua.

Un sacco di acqua.

Il LAN contiene una delle piscine al coperto più grandi del mondo, con tanto di modello a scala reale della stazione spaziale e di veicoli come il Dragon di SpaceX e l'ATV dell'ESA.

Il tutto condito da un intenso odore di cloro nell'aria umida.

Il muso già rugoso di Mike si raggrinzisce ancor di più per un gran numero di starnuti. Al quarto, si dà una zampata in faccia per cercare di scacciare l'aria clorata dal naso.

Oggi è il mio ultimo giorno come storyboarder; il set che utilizzeremo è quello per cui la NASA ci ha messo a disposizione il numero minore di giorni. Di solito, quando consegno uno storyboard, passano un paio di giorni in cui Ron può rivedere i set attraverso i miei bozzetti prima di partire con le riprese. Sistemare le luci, le inquadrature, le posizioni degli attori. Ma con l'assicurazione aggiuntiva necessaria per girare così vicini all'acqua, e con la fitta agenda di addestramento degli astronauti, abbiamo un solo giorno per finire tutto.

Mike starnutisce di nuovo e io resisto all'impulso di prenderlo in braccio e coccolarlo. Meno attiro l'attenzione e meglio è.

«Ehm...» Il manager di Amanda fissa la porta indicata dal membro della troupe, e si agita quando la sua cliente non compare. «Vado a prenderla.»

Con un gran sospiro, Ron scende dalla sua sedia e raggiunge Felix. «Approfittiamone per rivedere la scena.»

Felix annuisce, più con l'aria da studente diligente che da protagonista focoso.

È attraente in modo insopportabile.

«In questa scena, vieni spinto a superare le tue paure.» Ron fa una pausa e fissa Felix, ma in realtà vede il suo personaggio. «La paura è diventata la tua stampella dopo aver perso tuo padre in un incidente d'auto.» Gli appoggia le mani sulle spalle. «E ora quella paura ti impedisce di ottenere ciò che davvero vuoi. Di cui hai bisogno.»

Una sfilza di espressioni si sussegue sul viso di Felix, come se le stesse provando e scartando per decidere quale gli calzi meglio.

Sono rapita.

«Jennifer ti spingerà,» continua Ron, riferendosi al personaggio di Amanda. «E tu vorrai opporti, litigare. Ma la ami. E l'amore ti permette di essere impavido.»

Qualcuno dei presenti sospira.

Io evito, ma annuisco. Senza amore, sono sicura che Chase starebbe ancora giocando la carta di erede di riserva con relazioni mordi e fuggi, rifiutandosi di rendere onore al suo potenziale, mentre il mio altro fratello Thomas sarebbe ancora uno stakanovista con l'anima vuota come il mio conto in banca dopo che ci ha messo mano Stanley Moore.

Del resto, però, l'amore è anche il motivo per cui mia madre ha sposato Stanley Winston Moore. Una decisione che sono certa abbia rimpianto.

Immagino ciò significhi che l'amore può portare le persone stupide a fare cose intelligenti, ma anche viceversa.

Come, ad esempio, accettare l'invito del mio professore a rimanere e assistere alle riprese quando invece potrei essere a casa, da sola, libera di disegnare tutto ciò che mi va.

Non che io e Felix siamo innamorati. O neanche in una relazione. Magari siamo amici, ecco. Ma non amanti.

Scuoto il capo come per enfatizzare il fatto, e per sbaglio scarabocchio sull'ultimo schizzo che ho fatto. Mi muove solo la curiosità di vedere se tutto il clamore sulla recitazione di Felix è giustificato.

«Sai che è vietato portare device elettronici sul set, vero?» Top Corallo, ovvero Sylvie, quella della conferenza stampa, pesta il piede davanti a me. Ma invece che un top color corallo, oggi ne indossa uno bianco e attillato, senza reggiseno, cosa impossibile da non notare visto che le sbucano i capezzoli attraverso la stoffa.

«Ho l'approvazione dello studio. Sono una storyboarder.» Inclino il tablet verso il petto per non farle vedere il disegno poco legato al lavoro di Mike che cavalca un razzo spaziale mentre insegue un topo che mangia una luna di formaggio.

«Ah.» Incrocia le braccia con un sorrisetto sulle labbra lucide. «Giusto, sei la *stagista.*» Lo dice come se fosse un insulto.

«Esatto.» Mi si contraggono le guance in un sorriso forzato. «Proprio io. La stagista.»

Scuote il capo, e il fermaglio luccicante nei capelli brilla alla luce.

Mike balza, ma riesco a trattenerlo per il guinzaglio.

Sylvie fa un passo indietro che le fa dondolare le tette e indica Mike. «E quello cos'è?» Come al solito, la presenza di Mike sconvolge gli ignari.

«Oh, questo?» Infilo il tablet nella borsa e sollevo Mike. «Il mio sphynx da supporto emotivo.»

Gli occhi di Mike non lasciano i capelli della donna.

Sylvie fa una smorfia in pieno stile *Mean Girls.* «Che schifo.» Si ritrae ulteriormente quando Mike allunga una zampa verso di lei. «Tienimi lontano quel ratto.»

Mi sento molto sorella maggiore protettiva. Mi avvicino a

lei. Io potrò anche chiamare Mike in tutti i modi peggiori, ma è perché gli voglio bene. Non permetterò a una tettona arrivista di insultare la patata di mio fratello. «Non è un ratto.»

Lei spalanca gli occhi per lo stupore. Immagino non sia abituata a chi le tiene testa. I bulli non lo sono mai. L'ho imparato in collegio.

«E se non vuoi le sue attenzioni, nascondi quel fermaglio per capelli.» Sorrido quando si porta entrambe le mani alla testa. «Adora agguantare le cose scintillanti.»

Con un'ultima occhiataccia, lei gira sui tacchi e torna dalla troupe.

Che provi così tanta soddisfazione nel vederla infilare il fermaglio in tasca è deprimente.

Mike miagola la sua delusione.

«Chiediamo a qualcuno della troupe di prendere il posto di Amanda.» Ron, apparentemente stufo di aspettare la protagonista, attira la mia attenzione e indica la gru a braccio a bordo piscina.

«Non so se è il caso,» commenta David concentrato.

Come a ricompensarmi per la mia lealtà, Mike struscia il naso contro il mio e fa le fusa.

«Ti voglio bene anche io, piccoletto.» È stato particolarmente affettuoso da quando ha causato la mia scenetta di nudità davanti alla madre di Felix.

E Felix e io siamo stati particolarmente in imbarazzo da allora.

Riapro il disegno sul tablet e modifico le pupille di Mike trasformandole in cuoricini.

«Lo faccio io!» Sylvie quasi si sfila dal top da tanto è frenetica nel tirare su il braccio. «Mi offro volontaria.»

«Mi dispiace,» David scuote il capo. «Non possiamo usare un membro della troupe.»

Quasi tutto in Sylvie si sgonfia.

«Potremmo avere problemi con il sindacato,» spiega David.

Ron si pizzica il naso. «E allora chi diamine...»

«Ce l'ho.» David scruta la folla e si ferma quando mi vede. «Anne!»

Porca merda.

David punta verso di me le mani giunte come in preghiera e sorride. «Puoi venire qui un attimo?»

La riluttanza si fa strada in me. Mi sforzo di sorridere e rimetto Mike sul pavimento di cemento. «Certo.»

«Ottimo.» Se David nota il mio scarso entusiasmo, non lo dà a vedere.

Felix, di fianco al mio professore, si copre la bocca con una mano; le spalle che sussultano rivelano che a lui la riluttanza non è sfuggita affatto.

«Anne non lavora per lo studio, è la mia assistente,» spiega David a Ron.

Sylvie non ha più l'aria di superiorità quando sente il mio titolo. Mi guarda male e io la ignoro, trascinandomi verso David.

La troupe si schiude come il Mar Rosso per lasciare che Mosè Mike e io passiamo; i mormorii di shock e meraviglia spingono Mike a dare il meglio nella sua sfilata.

Ron mi guarda e fa spallucce. «Può andare.» Quindi torna a guardare la sua cartelletta. Non so se non abbia notato Mike o se non gli importi.

Mikey, aggirandosi al guinzaglio, si mette di fronte a me, la coda alta, e dà a Ron una perfetta panoramica del suo glabro buco del culo. Per fortuna, Ron non guarda.

Mi mordo il labbro e tossisco per mascherare una risata quando colgo Felix, le labbra che si torcono di lato. Il nostro condiviso divertimento per le assurdità di Mike mi fa stranamente sentire meno nervosa per tutta l'attenzione imprevista.

Appoggio a terra la borsa e fingo di non notare Sylvie che mi affetta con lo sguardo; lego l'estremità del guinzaglio di Mike alla base della gru fissata a terra. Soddisfatta di aver neutralizzato a dovere le doti da Houdini del gatto, lo gratto tra le orecchie. «Fai il bravo, okay?»

Finora Mike mi ha sorpresa non causando alcun incidente a livello federale qui alla NASA. Un miracolo che potrebbe dipendere dal guinzaglio sempre in posizione e dal marsupio dove lo tengo confinato. O più probabilmente il suo comportamento impeccabile deriva dall'ininterrotto flusso di biscottini.

Gli do una pacca sul fianco, che è decisamente più rotondo da quando Chase me l'ha lasciato.

«Da questa parte.» David mi fa un cenno.

Per sicurezza, prima di alzarmi do un altro biscottino a Mikey.

«Allora, Anne,» dice David quando raggiungo lui e Felix alla gru, «dobbiamo solo capire le postazioni per gli attori e assicurarci che le inquadrature vadano bene prima di iniziare a girare.» Il mio professore solleva lo storyboard che ho realizzato, e quando lo riguardo mi sovvengono i dettagli della sceneggiatura.

Oh, merda.

Sposto lo sguardo su Felix; a giudicare dal suo sorrisetto, sa benissimo cosa è previsto che facciano i due personaggi in questa scena.

«Stai qui.» Ron indica la X di nastro adesivo blu sul pavimento.

Come un soldato che obbedisce agli ordini mi metto lì, trascinando le Birkenstock sul cemento ruvido a bordo piscina.

«In questa scena, i due protagonisti parlano,» spiega il regista. «Poi Jennifer, il personaggio di Amanda, si avvicina a Holden, quello di Felix.» Ron mi guarda, e la mia espressione lo spinge ad aggiungere: «Tu interpreterai il personaggio di Amanda.»

Gli occhi di Felix scintillano come l'acqua della piscina sotto le luci fluorescenti.

«Capito.» Annuisco e guardo ovunque tranne che l'uomo di fronte a me, sull'altra X blu a pochi metri di distanza.

Sono convinta ritenga che mi stia bene. Ho passato i giorni dopo l'incidente di nudità con sua madre a evitarlo il più possibile. Difficile da fare quando si vive insieme, ma ci ho almeno provato.

E ora eccoci qui, scaraventati insieme in pubblico, sul punto di essere più vicini di quanto ci sia accaduto da quella sera al bar.

Perché ciò che Ron non ha detto, ma che io e Felix sappiamo, è che la scena non finisce con Julia che si avvicina a Holden.

Finisce con loro che si baciano.

* * *

Felix

Le preghiere di mia madre devono essere state ascoltate.

«D'accordo, gente, tutti in postazione!» grida Ron, facendo cenno a tutti di sistemarsi dietro le linee di nastro blu posizionate in precedenza.

Perché sono sicuro che mamma abbia passato i giorni dal suo incontro telefonico con Anne a pregare non so quale santo degli inciuci di intervenire per farci finire insieme. Lo ha detto in termini poco fraintendibili prima di riattaccare, l'altra sera.

E se per tutta la settimana Anne si è impegnata a limitare le nostre interazioni, vanificando così il poco segreto piano di mia madre, pare che oggi i santi incriminati si siano finalmente dati da fare.

Non che io lo voglia.

Strattono il colletto della camicia, troppo attillata nella sala umida.

È solo che sono un po' stufo del goffo trattamento del silenzio (o quasi) di Anne.

Cioè, mi manda un messaggio per ringraziarmi ogni volta che mando l'autista a prenderla per andare al lavoro quando i nostri orari non si allineano. E lei continua a disegnare quando cucino, e mangiamo insieme se sono a casa, anche se non è accaduto spesso da quando sono iniziate le riprese.

Ma è ovvio che sia ancora in imbarazzo per quando le è caduto l'asciugamano davanti a mia madre, anche se le ho detto di non preoccuparsi. Comunque probabilmente non ha aiutato che, al momento del fattaccio, io sia scoppiato a ridere.

Anne stringe gli occhi e mi rendo conto di stare ridacchiando al ricordo del suo culo di pesca che sbucava da sotto il bordo dell'asciugamano mentre sgattaiolava via carponi dal salotto.

Almeno però mi sta guardando.

«Quando senti *azione,* iniziate a camminare,» istruisce Ron.

Se possibile, Anne si irrigidisce ancora di più, e provo un lampo di compassione per lei. Davvero non le piace essere al centro della scena.

«Azione.»

Non arriva neanche a metà dei tre metri che ci dividono quando Ron grida: «Taglia,» bloccando così i suoi movimenti robotici.

Prima che il regista possa sbraitare ancora, David le mette un braccio sulle spalle e la riporta al punto di partenza. Le sussurra qualcosa all'orecchio, e lei si volta di scatto a fissarlo. Poi però annuisce, si toglie i sandali e si sistema di fronte a me in postazione.

«Ora ha capito,» dice il mio professore a Ron.

L'espressione del regista resta scettica, ma fa cenno alla troupe di stare in silenzio.

E nei pochi secondi che occorrono al personale per concentrarsi su Anne, prima ancora che Ron dia il via, succede qualcosa.

Anne rotea le spalle, si alza in punta di piedi come se avesse i tacchi e inclina il fianco di lato. Sembra più alta, più sicura di sé, e ha proprio l'aspetto della protagonista.

«Azione.»

È il mio turno di irrigidirmi *dappertutto* quando Anne non cammina ma ancheggia verso di me, i fianchi che oscillano insieme alla coda di cavallo, e mi si ferma a un soffio.

Afferra il davanti della mia camicia con entrambe le mani e torce la stoffa, attirandomi a sé finché i nostri petti sono a contatto e il suo respiro mi sfiora le labbra.

«Ehi, cowboy.» Il suo sospiro ruvido rimbomba nella sala; nella battuta ha infuso una sensualità bollente che quasi mi fa scordare la mia risposta.

«Ehi, cadetta dello spazio.» Parlo più piano di quanto dovrei.

Ma proprio quando Ron sta per dare lo stop e indicarci di tornare alle posizioni iniziali per ripetere la scena da diversi angoli, Anne preme le labbra sulle mie.

Dovrei fermarla. Dirle quello che sembra non sapere, ovvero che quel tipo di prove sono solo per capire bene i gesti da fare, e non occorre recitare l'intera scena.

Non lo faccio. Invece faccio ciò che l'autrice di romance Audrey Cole pensa che ogni focoso cowboy farebbe con una bollente astronauta tra le braccia: ricambio il bacio.

Ma non è un bacio cinematografico, e quella che ho tra le braccia non è un'astronauta. È Anne, la donna che non ha esitato a darmi una ginocchiata nelle palle ma che si è anche assicurata che io non rimanga traumatizzato da quel cesso del gatto di suo fratello. Anne, che non sa cucinare ma che fa di tutto per mascherarmi in modo da permettermi di fare la spesa in sicurezza e anonimato. Anne, che non si è lasciata impressionare dal mio status di celebrità ma che è quasi implosa dall'imbarazzo quando per sbaglio ha fatto vedere le tette a mia madre.

La cingo con le braccia e la stringo; lei mi lascia la camicia e mi tuffa le mani tra i capelli. E quando le sfioro la lingua con la mia, mi tira le ciocche.

Qualcuno grida *Taglia.* Qualcun altro fischia, e un altro fa un commento sboccato.

Non ci stacchiamo, i respiri fusi come le labbra.

Non penso alla troupe, alla mia immagine pubblica, o a come farmi cogliere da una simile follia possa scatenare una tempesta mediatica. Penso solo ad Anne, a quanto sta bene tra le mie braccia. Al fatto che non voglio mai smettere di baciarla. Averla. Di stare con lei.

In effetti, non so neanche se avremmo smesso se non fosse stato per lo strillo spaccatimpani.

Capitolo Quindici

Felix

«Cristo santo!» tuona Ron. «Levatemelo di dosso!»

Anne e io ci scostiamo di scatto, lei deliziosamente confusa, io sicuro al cento per cento di cosa sia ciò a cui Ron si riferisce.

E infatti, quando riesco a concentrarmi su altro che non siano le labbra di Anne, vedo Mike nei panni di uno scoiattolo volante obeso e glabro che attacca il posteriore di Ron.

Come abbia fatto ad aggrapparsi al retro dei calzoncini di un uomo di mezza età rimane un mistero, ma eccolo lì, che artiglia il sedere di Ron con il frenetico entusiasmo di un cane che cerca un osso.

Anne mi afferra forte il braccio quando nota il caos. «Mike Hunt!»

Se c'era qualcosa in grado di attirare maggiormente l'attenzione sul gatto pelato che aggredisce il più famoso attore di Hollywood, è urlare il nome del felino in un edificio governativo.

Soprattutto se il grido risuona tra le imprecazioni sconvolte di Ron.

Metà della troupe si gira verso Anne.

«Cos'ha appena detto?»

«Non può voler dire...»

«Pensavo che fosse una cosa da inglesi, quel termine.»

«Ma cosa... cazzo!» Ron sbianca e David allunga una mano per sorreggerlo.

Indifferente a tutto tranne Mike e Ron, Anne corre avanti e tende le braccia. «Mikey, lascialo!»

«Gli artigli...» Ron abbassa le mani sul davanti dei calzoncini, e ogni maschio presente rabbrividisce per solidarietà quando Mike affonda le unghie. David lo prende per le spalle rigide di dolore, mentre Anne agguanta Mike dal torace. Segue un violento tira e molla per staccare il gatto.

La stoffa si lacera.

I piedi scalzi di Anne fanno attrito sul cemento umido mentre a fatica trattiene Mike.

Le suole delle scarpe da ginnastica di Ron sono meno efficaci. Caracolla addosso a David, ed entrambi scivolano pericolosamente vicino al pelo dell'acqua.

Mi riscuoto appena in tempo per evitare loro un tuffo, afferro la maglietta di Ron e li tiro indietro.

Altra stoffa si strappa.

«Cosa...» ansima Ron di fronte alla troupe sconvolta e silenziosa. «... cazzo era?»

Le mutande bianche del regista sono in bella vista sotto i calzoncini lacerati.

Mutande e... mi acciglio, tendo la mano e sgancio qualcosa di scintillante dal passante dei suoi pantaloni. «Questo è un fermacapelli?»

«Ma cosa importa cosa sia!» Ron mi strappa di mano il fermaglio e indica Mike. «La vera domanda è cosa diavolo è quello, e chi cazzo ha permesso che mettesse piede sul mio set!» L'oggetto coperto di brillantini risplende sotto le luci fluorescenti.

Le spalle di Mike hanno un fremito, gli occhi si stringono sulla mano di Ron.

«No, amico.» Anne riesce a trattenerlo, ma il guinzaglio di Mikey è sparito. «Non farlo.» Ma è troppo tardi. Anne perde la presa e Mikey balza.

Ron, di nuovo colpito dall'orrore, fa un passo indietro, getta in alto le mani lancia via il fermaglio nel tentativo di distogliere l'attacco.

Anne fa un passo avanti, le braccia tese. «Mikey!»

Troppo tardi.

Il fermaglio gli vola sopra la testa. E come un acrobata Mike scala il corpo del regista, usando le spalle di Ron come trampolino per lanciarsi dietro lo splendente accessorio.

E si tuffa. Dritto nella piscina della NASA.

C'è un tonfo, uno schizzo, poi il silenzio. Tutti fissano i cerchi in acqua al di sopra del modello della stazione spaziale.

«Mikey?» La voce di Anne, sconvolta e preoccupata, mi riscuote dalla trance.

Mi tolgo gli stivali.

«Non pensarci neanche, Jones.» Ron si porta una mano alla chiappa, l'altra al colletto lacerato della maglietta. La voce non ammette repliche.

Così non protesto.

Perché io ascolto sempre il mio regista. Lo sanno tutti. E, se dopo dovessero chiedermelo, insisterò che l'ho ascoltato. Perché, se stessi *pensando* con razionalità, non farei mai ciò che sto facendo.

Mi butto in piscina.

«Accidenti, Jones!» Sento la voce di Ron da sott'acqua.

Solo per dimostrare quanto poco ci abbia riflettuto, appena

infrango l'acqua mi rendo conto che un tuffo a bomba non è stato la migliore delle idee.

Per un sacco di motivi.

Tanto per cominciare, avendo gli occhi chiusi, mi ribalto nella piscina sconosciuta. Che è profonda, quindi non posso neanche spingermi su dal fondo; quindi sguazzo in superficie, lento e goffo per via dei jeans fradici.

Ma il motivo principale per cui buttarmi in acqua per salvare Mike è che l'ondata provocata dai miei novanta e passa chili di muscoli spinge il bagnante nudista con la coda lontano da me.

«Mikey!»

Ignoro il bruciore agli occhi causato dal cloro e guardo Anne, che ha i piedi nudi sul bordo della piscina, e sembra sul punto di tuffarsi anche lei.

«Lo prendo io.» O almeno spero. «Tu rimani lì.»

Mi lancia una rapida occhiata e annuisce tremante, poi indica il centro della piscina.

Inizio a nuotare in quella direzione, respirando pari quantità di aria e acqua.

«Cazzo!»

Credo sia Ron, ma sono troppo concentrato sulla mia missione per controllare.

«Mike.» Colgo uno scorcio delle sue orecchie, spingo fuori le mani e di nuovo dentro, nuotando a farfalla. Il peso dei jeans bagnati rende quasi inutili le gambe. «Vieni qui, amico.»

Le onde che ho causato spingono via Mike, ma il suo intenso nuotare a cagnolino (o a gattino, nel suo caso) lo allontana ulteriormente verso il centro della piscina lunga sessanta metri. E continua a nuotare, confermando il mio astio verso i gatti.

Sento un altro tonfo, ma sono troppo concentrato nel recuperare il distacco che non controllo chi altri sia abbastanza folle da unirsi alla mia crociata felina.

Spero non sia Anne.

Finalmente riesco a gettare un braccio su Mike. Deve aver trovato il fermaglio appena prima che lo afferrassi, perché ce l'ha tra le zampe anteriori, ma lo agita avanti e indietro rendendo difficile tenerlo fermo.

«Dai, piantala.»

Lottando per restare entrambi a galla, mi rendo conto che sono ormai a trenta metri dal bordo della piscina, e non c'è una parte meno profonda. Ora, con Mike tra le braccia, dovrò andare fin lì nuotando con un braccio solo.

Mi metto Mike sul petto in modo da potermi riposare un attimo sul dorso, ma il denim zuppo non mi concede che pochi secondi prima di dovermi muovere per non affondare.

«Giuro...» La mia implorazione è spezzata dallo sforzo per rimanere sopra al pelo dell'acqua. «Ti compro... una palla... strobo da discoteca... ma stai fermo...»

Mike, il fermaglio bene al sicuro tra le fauci, ascolta.

Ma ascolta alla moda di Mike, quindi affondando gli artigli nella mia camicia bagnata, sul petto, in modo da usarmi come materassino gonfiabile.

Mi riprendo per un istante, chiudo gli occhi per bandire le luci accecanti sopra la piscina e mi impegno a non andare sott'acqua.

Mi interrogo anche sulla professionalità del mio personal trainer.

Sono in forma. Lo può confermare l'intera nazione. O almeno chi guarda i miei film. Faccio i miei stunt e mi alleno quasi tutti i giorni. Sono persino scolpito.

L'atto di nuotare, del tutto vestito, per catturare un gatto nudo è peggio che scalare l'Everest, e io mi ritrovo su per la salita di una montagna senza sherpa.

Sono sfinito.

«Eccomi, ti aiuto io.»

O ho le orecchie piene d'acqua e la voce di Anne risuona più profonda, oppure c'è qualcun altro pronto a saltare in acqua per salvare Mike Hunt.

Qualcuno con braccia muscolose e spalle robuste.

Inclino il capo contro suddetta spalla a cui sono appoggiato e guardo un paio di occhi castani, sfumati di verde brillante ai margini. «Tu... ehm, reggi il gatto, e rilassati mentre ti porto fuori.»

Forse sono in preda all'anossia. O allo sfinimento muscolare. Oppure il mio cervello non si è ancora ripreso dal bacio di Anne. In ogni caso, mentre l'uomo muscoloso con gli occhi belli mi porta in salvo, ho lo strano pensiero che vorrei dedicarmi a qualche ruolo da donzella in difficoltà.

Perché farsi salvare non è affatto male.

Mike si agita e mi artiglia un capezzolo.

Farei a meno del gatto, però. Diciamocelo.

* * *

Liz

«Ma che stracazzo è appena successo?» La pazienza di Ron, tenuta sotto controllo quando il suo protagonista si è tuffato in piscina per salvare un gatto glabro attentatore di culi, si esaurisce di nuovo.

Felix fa una smorfia prima di porgergli uno dei due asciugamani che qualcuno ha dato a lui e al tizio al suo fianco. Quello che ha aiutato a salvarlo, e a salvare Mike.

Troppo sopraffatta dal sollievo per preoccuparmi della sfuriata di Ron, coccolo un Mike umido e sfiancato mentre il resto della troupe va a cercare altri asciugamani.

Mike mi si rannicchia contro, e qualcosa di duro e appuntito mi pungola la maglietta. Mi scosto e osservo il fermaglio che tiene tra i denti.

In preda all'istinto omicida, scruto la troupe in cerca di un top bianco.

«Qualcuno porti altri teli.»

«Chiamate il guardaroba per cambiare il costume.»

«E dove diamine è Amanda?»

La troupe, precedentemente raggelata dallo shock, scatta in azione. Non vedo Sylvie tra di loro. Se è scappata, ha fatto bene. Perché se la beccassi, visto come mi sento adesso, finirei per combinare qualcosa di tremendo.

Peggio che tirare un pugno alle sue tette finte. O a un improvvisato water boarding di fronte alla sua cotta famosa.

No, farei qualcosa che la segnerebbe per la vita, sia a livello fisico che mentale.

Qualcosa di demoniaco, come spruzzarla di glitter e chiuderla in una stanza con una palla stroboscopica e un Mike Hunt sotto erba gatta, mentre *What's New Pussycat?* di Tom Jones suona in loop.

Vengo distolta dal mio progetto di vendetta quando il tizio che ha aiutato Felix e Mike attira la mia attenzione. Ero così preoccupata per il gatto da non notare quanto sia attraente. E a torso nudo. Indossa calzoncini da bagno e sembra una specie di Ken in versione K-pop in carne e ossa.

«Tutto a posto?»

Ci metto un attimo per registrare le sue parole. Strano, è lo stesso tempo che mi serve per smettere di fissargli gli addominali.

«Ehm, sì. Sì, grazie.» Mi stringo Mike al petto. «Non so come ringraziarti.»

«Già.» Felix sventola il nuovo telo che qualcuno gli ha portato e me lo avvolge attorno, impedendomi di vedere Ken K-

Pop. «Grazie per l'aiuto.» Mi attira a sé e sbircia da sopra la mia spalla per controllare Mike. «Come sta il piccoletto?»

Mike sbatte lentamente le palpebre e mi fa le paste su una tetta; il folle felino si sta già abbioccando. Cosa non sorprendente, visto che ha fatto più attività fisica negli ultimi cinque minuti che in tutto l'anno.

Con il popputo oggetto della mia rabbia non nei paraggi per sfogarmici, le lacrime di sollievo che hanno minacciato di cadere da quando Felix è riuscito a raggiungere Mike in mezzo alla piscina sono più difficili da trattenere. «Bene, io...» Mi schiarisco la gola. «Bene, credo.»

Felix mi guarda negli occhi.

Una goccia d'acqua gli scivola dalla tempia e accanto alla bocca. Il suo respiro si mozza.

E anche il mio.

«Felix, io...»

«Scusate tanto.» Le New Balance di Ron si fermano vicino a noi. «Qualcuno può spiegarmi come diavolo dovremmo girare la prossima scena, con una protagonista mancante e l'altro bagnato fradicio?»

Per essere uno con le mutande bianche bene in vista, Ron è parecchio spaventoso.

«Scusami, Ron.» Felix si sposta, e quello strano momento si interrompe. «Vado al guardaroba e...»

«E tu chi saresti?» Ron indica Ken K-Pop, che fa un passo avanti al mio fianco, gli addominali che scintillano alla luce della vicina cinepresa.

Felix mi tira indietro.

«Park In-Su.» Tende la mano a Ron.

Per abitudine, il regista la stringe.

Park sorride.

Ron sbatte le palpebre, abbagliato quanto me. «Sei un attore?» Suona speranzoso.

«No,» ridacchia Park. «Sono un astronauta.»

Nel sentire quel termine, mi giro a guardare il punto da cui Park si è tuffato in piscina, e dove si sono radunati alcuni dipendenti della NASA per controllare il pasticcio in svolgimento.

Per fortuna non vedo una bionda con gli occhiali. Per quanto voglia conoscere mia sorella, non ci tengo che accada mentre ho in braccio Mike Hunt e sto per essere licenziata.

Park fa un cenno ai colleghi. «Sono capitato qui mentre uscivo dallo spogliatoio.» Ridacchia rivolto a Mike. «Gli altri non mi crederanno quando gli racconterò cos'è successo.»

Spero che con *altri* non intenda mia sorella.

Il sorriso di Park si illumina. «Devo controllare se posso farmi mandare una copia dei filmati.»

«Quali filmati?» La mia voce si incrina sul finale.

Mike mi si struscia su una tetta.

Park indica la piscina. «Ci sono telecamere tutte attorno alla piscina.» Incrocia le dita. «Speriamo fossero accese.»

Ron chiude gli occhi e trae un profondo espiro, come per bandire un crollo mentale. «David?» La sua voce è molto più bassa e calma di prima.

Il mio professore gli compare subito accanto. «Sì, Ron?»

«Perché la tua assistente ha un gatto?» Il sottotesto è molto più minaccioso delle sue precedenti urlate. «E perché è sul set?»

David si volta di scatto verso di me, poi torna a rivolgersi a Ron. «Ecco, vedi...»

«Mike è un animale da supporto emotivo,» spiego, la voce più acuta di quanto vorrei. Gocce che non sono certo di acqua clorata mi scivolano dalle tempie.

Come se sapesse di essere l'argomento della conversazione, Mike getta indietro la testa per lanciare un'occhiataccia ribaltata a Ron. Io me lo sistemo tra le braccia per mostrarlo al meglio. Sempre che sia possibile. «Dopo aver avuto il via libera dalla NASA, ho pensato...»

«Perché non è stato chiesto a me, il via libera?» Ron, ben poco colpito da Mike e dalle credenziali probabilmente false, incrocia le braccia.

La troupe si blocca di nuovo e tutti mi fissano, giudicanti.

Il calore mi invade le guance. Mi sembra di avere di nuovo diciassette anni, di essere di fronte al mio cosiddetto padre, furioso con me perché ho osato chiedere di andare alla scuola d'arte invece che a un'università della Ivy League.

David, percependo il mio disagio come ha fatto prima delle prove, apre la bocca.

Lo interrompo con un'occhiata; non voglio rovinare il suo ritorno al cinema o la sua amicizia con Ron per qualcosa che è decisamente colpa mia. Sarei dovuta tornare a casa. O dire di no alla proposta di fare da sostituta. E di sicuro non avrei dovuto avere Mike con me sul set, circondato da tutte quelle persone e tentazioni.

Mi consolo con il pensiero che avrò ancora l'opportunità di incontrare mia sorella alla cena degli astronauti; respiro a fondo e mi preparo al licenziamento. «Sono...»

«Perché non le ho detto che era necessario.» Felix fa un passo avanti e attira l'attenzione di Ron.

Il regista trasalisce. «E perché avresti dovuto dirglielo tu?» Si acciglia, e se possibile stringe ancor di più gli occhi. «Lei è solo una stagista.»

Accidenti, a Hollywood proprio non piacciono gli stagisti.

«Perché l'ho assunta.» Felix indica Mike con il pollice, da sopra la spalla. Il gatto russa come una caffettiera tra le mie braccia. «Affinché badi al mio animale da supporto emotivo.»

Io e tutti i presenti spalanchiamo la bocca.

«Quello sarebbe il *tuo animale*?» La voce di Ron si alza di nuovo, acuta.

Con la coda dell'occhio vedo le spalle di Park tremare.

«Sì.» Felix incrocia le braccia; ha l'aria dell'eroe cazzuto da film d'azione che è. «Perché, è un problema prendersi cura della propria salute mentale?»

Una vena pulsa sulla tempia di Ron.

«Scusate tanto.» Amanda, con l'aria da dura nella sua tuta blu della Nasa, si fa strada tra la folla. Il suo sorriso smagliante si spegne quando si ferma di fianco a David e fa rimbalzare lo sguardo tra la sua co-star inzuppata, l'astronauta seminudo e l'espressione apocalittica del regista. «Ehm...» Si gira verso di me e inarca un sopracciglio verso Mike. «Cosa mi sono persa?»

Capitolo Sedici

Liz

Sto uno schifo.

Appoggio la fronte al volante davanti a me e fallisco nel tentativo di trovare il coraggio di uscire dal SUV di Felix e di salire nell'appartamento. Il tragitto in auto fino al garage l'ho fatto quasi con il pilota automatico e mi ha prosciugato di tutte le energie che mi erano rimaste dopo aver visto il gatto di mio fratello quasi annegare, il mio coinquilino andare in modalità Tom Hanks in *Castaway,* per non parlare della mia incapacità di prendermi la responsabilità del casino combinato da Mike Hunt.

Per non parlare del *bacio.*

Suddetto gatto casinista gratta la portiera del SUV; sembra essersi ripreso del tutto dalla sua ordalia a mollo.

Sono io quella ancora traumatizzata.

Persino Felix è tornato alla normalità una volta che tutti si sono rimessi a lavorare al film. Mi ha chiesto se stavo bene mentre mi conduceva all'uscita del LAN. E quando ho annuito in risposta, peraltro in modo poco convinto, mi ha sorriso, per poi porgermi le chiavi dell'auto a noleggio.

Come se non fosse arrabbiato, o turbato, o neanche irritato dal pasticcio che ho combinato tra lui e Ron, il regista che gli ha dato la sua prima grande occasione in un ruolo non d'azione. Felix ha menzionato il suo desiderio di cambiar genere di recitazione, e a giudicare da quanto l'ho visto impegnarsi con la lettura del copione, la ricerca sulla NASA e le prove, so che prende la questione molto sul serio.

E dopo che io ho rovinato tutto, Felix sembrava comunque più preoccupato dal mio stato mentale che dalla sua carriera.

Forse è un attore eccezionale. Eppure, se anche fosse vero, credo che ci sia sotto dell'altro. Qualcosa che ho sospettato quando l'ho visto tritare il prezzemolo in cucina.

Felix Jones è un bravo ragazzo. Che ha fatto una pessima prima impressione, ma che da allora si è dimostrato un uomo capace di darsi da fare. Anche quando non gli conviene. E anche quando, come oggi, la cosa lo danneggia.

E io cos'ho fatto per meritarmelo, se non cancellare una foto che non avevo comunque intenzione di vendere?

Mi sono fatta vedere nuda da sua madre, l'ho ritratto in pose sconce e ho piazzato un trigger per il suo PTSD felino nel suo appartamento come se fosse una bandiera a stelle e strisce per il quattro luglio. E ora, con l'aiuto di Mike Hunt, ho danneggiato la sua reputazione professionale e forse le sue future prospettive cinematografiche.

Mi appoggio allo schienale di pelle e chiudo gli occhi. «Dio, sono un disastro.»

Mike mi dà una testata alla spalla come per confermare.

Dovrei essere stata io quella che si tuffava per salvare il gatto. Ma ero troppo... troppo... *qualcosa* dopo quel bacio e non ero lucida.

Ovviamente Felix non aveva tali problemi. È abituato a

baciare donne sul set. È il suo lavoro. Anzi, in questo preciso momento credo stia baciando Amanda proprio dove ha baciato me.

Stupida Amanda.

Argh. No. Amanda è grandiosa, sono io a essere un disastro.

Continuerei a crogiolarmi nella mortificazione al sicuro nel SUV di lusso di Felix se non fosse che mi squilla il telefono. A chiamare è un familiare numero di New York.

Mia cognata vuole fare una videochiamata.

«Miao.» Mikey agita la zampa davanti al telefono.

«D'accordo, d'accordo.» Faccio scorrere il dito sullo schermo per rispondere e lo inclino verso Mike. «Ciao, Bell.»

Ignorando il mio saluto, Bell va in piena modalità mamma gatto. «Oh, eccolo il mio tesorino! Il mio dolce cucciolotto.» La vocina di Bell mi fa roteare gli occhi. «Ti manca la tua mamma? Perché alla mamma manchi tanto.»

Mike si gira sulla schiena e mette in bella mostra i gioielli di famiglia.

«Wow.» Mi sento sul set di un porno per gatti, così giro l'obiettivo verso di me. «Credo sia furioso perché lo hai scaricato.»

Bell fa il broncio. «Non l'ho scaricato. Ho permesso a mio fratello di offrire a Mike una vacanza temporalmente strategica con la sua zietta Lizzie.» Si inclina all'indietro, mostrando ciò che la circonda.

«Sei da Moore's?» Riconosco la scrivania di Chase e il panorama dietro di lei. Dopo che Stanley Winston Moore è stato spodestato dal suo trono del commercio di lusso di Manhattan e mandato in prigione, ho aiutato Bell e Alice a ridecorare il suo ufficio, dividendolo in due, una metà per ogni fratello.

Nessuno ha proposto di dividerlo in tre. Non che volessi un ufficio. O neanche lavorare lì. Ma ricordo di essermi chiesta se la mancata proposta avesse meno a che fare con i miei obiettivi di carriera e più con il fatto che non sono più una Moore legittima.

«Sì, è l'unico posto in cui Chase mi lascia lavorare.»

Sbatto le palpebre e mi riscuoto. «Davvero?»

«Sì, visto che gli ho detto che oggi avrei lavorato da casa.» Fa un sorrisetto. «Moore's è l'ultimo posto dove mi cercherebbe.»

Annuisco, sempre colpita dall'astuzia di mia cognata sia sul lavoro che nel matrimonio. «Mossa saggia.»

Lei si sistema la chioma rossa dietro la spalla. «Lo so.»

«Mio fratello e Moore's sarebbero persi senza di te.»

Le labbra scarlatte si inclinano da un lato. «So anche quello.»

Con una risatina, decido di cogliere l'occasione per distrarmi con qualcosa che non sia collegato a Felix o al gatto. «Allora, su cosa stai lavorando?»

«Moore's ha contattato la mia azienda per gestire il nuovo materiale di marketing per una collaborazione interna di moda che hanno in programma.» Rimescola alcuni fogli che ha davanti a sé. «Con una certa Camilla Branson.»

Mi acciglio. Il nome mi dice qualcosa. Sarà un'altra attrice. Immagino dovrei guardare più film mainstream se mai dovessi decidere di lavorare da Moore's. «Chi è?»

Quando i miei fratelli hanno preso le redini di Moore's, hanno rimodernato gli antiquati piani di vendita e rinfrescato le offerte con collezioni capsule progettato da personaggi famosi e che Moore's ha realizzato. È una direzione eccitante per una catena di negozi che finora ha solo venduto altri marchi.

«Un'influencer di Hollywood. Ha fatto un reality show di recente ed è diventata piuttosto nota per il suo stile.»

Sbuffo; conosco bene il tipo di persone che si ritiene famosa solo perché ricca. «E basta questo per farle ottenere una collaborazione con Moore's?» Anche se spiega perché il nome mi sia familiare. Probabilmente era su una delle varie liste di invitati che ho aiutato mia madre a compilare durante gli anni, quando lei era la regina della beneficenza di New York.

Bell ci pensa su. «Beh, normalmente no, ma negli ultimi tempi è collegata a...»

«Ehi, amico.» Mike, che non apprezza di essere ignorato, soprattutto dalla sua mamma, mi sale in braccio e si intrufola tra me e il telefono.

«Oh, piccolino.» Bell giunge le mani sotto il mento. «Allora ti manco davvero.»

Ignorando i versetti amorosi di mia cognata, torno a valutare la situazione di Felix. Tra i musi lunghi, il bacio e la pazzia di Mike di oggi, devo contenere i danni.

Ma se rivelassi a Ron che Mike è in realtà il mio gatto, ciò potrebbe complicare le cose per Felix. Non potermi assumere la responsabilità significa dover preparare delle scuse come si deve. Le parole non basteranno.

Ma non so cosa fare per lui. Anche se dessi fondo al mio conto in banca non utilizzato, Felix è come i miei fratelli: è impossibile comprargli qualcosa. Cosa regalare a qualcuno che ha i soldi per acquistare quel che vuole?

«Perché quell'aria cupa?»

«Eh?» Sbatto le palpebre e torno a concentrarmi sul cellulare.

«Sembri triste.» Bell si acciglia. «Cosa succede, e chi devo malmenare?»

Ridacchio per quel testacoda emotivo che l'ha fatta passare da coccolosa a omicida, e faccio qualcosa che non ho fatto molto nell'ultimo anno. Mi apro. «Sto cercando un modo per scusarmi con una persona.»

Sebbene ancora accigliata, Bell non ha più quell'aria assassina. «Vuoi che faccia mandare qualcosa da Moore's?»

«No.» Fisso il borsone sportivo di Gucci che Felix ha lasciato per terra, davanti al sedile del passeggero. «Questa persona è un po' come Chase e Thomas. Ha tutto ciò che vuole, e quel che non ha può ottenerlo facilmente.» Scuoto il capo. «E proprio come i miei fratelli, ho l'impressione che qualsiasi cosa possa prendere non sarebbe abbastanza significativo.»

«Mi prendi in giro?» Bell sbuffa.

«Cosa?»

«Vorrei averla io la tua abilità nel fare i regali.»

Scosto la testa di Mike e mi sposto verso la console centrale in modo da condividere lo schermo con lui. «Ma cosa dici?»

«Vediamo...» Bell spalanca gli occhi come se stesse per dire un'ovvietà. «Le calze eleganti con stampato Mike Hunt che hai regalato a Chase per il suo compleanno lo scorso anno? E che dire del calendario di famiglia per Thomas, con Re Richard in diverse pose per ogni mese?»

Sbuffo una risata, ripensando alla faccia di Thomas quando Alice gli ha appeso il calendario in ufficio.

«O il puzzle da dipingere per Mary, con la foto del suo primo giorno di scuola?» Bell torna seria. «Alice ha pianto.»

Il mio viso si scalda al ricordo di quanto facilmente si sia commossa la mia altra cognata quando la figlia adottiva sua e di mio fratello ha aperto il regalo. «Ma non costano quasi nulla.» Alzo l'aria condizionata del SUV. «Sono cose semplici.»

Bell sembra volermi schiaffeggiare. «Non so cosa ci sia di semplice nel trasformare una foto in un puzzle, numerare ogni sezione collegato a un colore, ma...» Rotea gli occhi. «Fai come ti pare.»

Giocherello con il collare di Mike.

«E visto come sei cresciuta, dovresti sapere che i regali migliori non sono necessariamente grandi o costosi. Sono significativi.» Inarca un sopracciglio. «Come tutte le cene di famiglia che hai organizzato nella speranza di avvicinare la tua famiglia.» Un piccolo sorriso le si posa sulle labbra. «Thomas e Chase concordano che una parte importante del fatto che abbiano seppellito l'ascia di guerra e fatto ammenda è stata merito *tuo*. Tu hai organizzato le cene. Li hai chiamati, li hai tenuti d'occhio. Li hai invitati a uscire *insieme*.»

Improvvisamente, tutte le telefonate di mio fratello nell'ultimo anno non sembrano più così fastidiose.

Bell sbuffa di fronte a qualsiasi espressione io abbia in faccia. «Di cosa devi scusarti?»

L'ultima settimana mi passa per la testa. «Un sacco di cose.»

«È sorprendente.» Le sopracciglia color nocciola si aggrottano. «Voglio dire, so di essere di parte, ma onestamente, Lizzie, sei una delle persone più premurose che conosca.» Mi manda un bacio. «Ti voglio bene, lo sai.»

«Ti voglio bene anch'io, Bell.» Mi volto verso la ventola dell'aria condizionata per asciugare gli occhi che mi lacrimano. «Io... uff!»

Mike mi dà una testata.

«Cristo, Mikey.» Rimproverata a dovere per aver osato distogliere la fotocamera da lui, rimetto a fuoco il telefono sul rugoso signore del male.

Distratta ancora una volta dal suo cucciolo felino, Bell descrive in tono ridicolo tutti i vari modi in cui ama Mike Hunt, mentre io contemplo il motivo per cui, se sono una persona così premurosa, sono tutt'altro con Felix Jones.

«Oh, cavolo. Devo andare.» Bell, la voce tornata normale, si appoggia alla sedia della scrivania di mio fratello. «Ho una riunione online da organizzare per la nuova campagna.»

«Va bene...» Abbraccio Mike di fronte allo schermo; la pelle scivola sulla cassa toracica. «Ci sentiamo presto.»

Solo dopo aver riattaccato mi colpisce l'espressione stupita di Bell quando ho detto che avremmo parlato presto.

Forse non è solo con Felix che devo scusarmi. Forse pensavo di aver bisogno di quest'ultimo anno per "ritrovare me stessa" dopo aver scoperto la verità sulla mia famiglia, ma oggi mi sono resa conto che l'unica cosa che sembravo fare era evitare le persone che già mi conoscevano. Quelle che si preoccupano per me.

Devo organizzare più cene in famiglia quando torno a casa.

Cena.

L'idea prende piede.

A differenza dell'organizzazione della cena di famiglia di Moore, che prevedono di chiedere allo chef di cucinare, questa dovrei prepararla io. Il che renderebbe molto imprevedibile l'esito delle scuse che speravo di porgere a Felix. Però sarebbe a costo zero, visto che lui ha già fatto la spesa.

Ma sarebbe un gesto significativo, visto che gli ho imposto di diventare il mio cuoco se voleva tenersi un tetto sulla testa.

È solo che, con le mie capacità culinarie sotto la media, potrei finire per dovermi scusare per il mio regalo di scuse.

Ancora indecisa, spengo l'auto e raccolgo le mie cose.

Ma mentre io e Mike stiamo per scendere, squilla il telefono.

E questa volta non è il mio.

* * *

Felix

Ding.

A testa bassa entro nell'ascensore del condominio, ringraziando che sia vuoto.

Merda, che giornata.

Dopo aver accompagnato Anne e Mike fuori dal set e dalla porta, tutti si sono rimessi al lavoro. La troupe ha ripristinato il set, mentre io ho indossato un'altra versione del mio abito di scena, e il team di trucco e parrucco ha rifatto il lavoro che avevo lavato via nella piscina della NASA.

Nel mentre, Ron brontolava sugli attori pretenziosi e sui loro animali da supporto emotivo, fermandosi ogni pochi secondi per palpare il retro dei pantaloncini strappati come per assicurarsi che non ci fossero gatti. Voleva palesemente farmela pagare. Ma con i tempi stretti e gli spettatori della NASA, si è controllato.

È stato un bene che Anne non abbia discusso quando le ho dato le chiavi dell'appartamento.

Primo, perché non era il caso che Mike causasse altri problemi; secondo, Anne avrebbe probabilmente cercato di confessare a chi apparteneva il felino, il che avrebbe comportato che io spiegassi perché avevo mentito, dando una risposta che non ho.

E tre, sarei stato troppo distratto per girare la scena se Anne mi avesse guardato.

L'ultimo punto è stupido. Nei film bacio sempre le mie colleghe. La maggior parte degli attori lo fa. Anche quelli sposati. Eppure, per qualche motivo, il pensiero che Anne mi guardi mentre bacio un'altra mi infastidisce.

Probabilmente perché non appena le labbra di Amanda hanno incontrato le mie, ho smesso di immaginare che fosse il suo personaggio, Julia, e ho iniziato a fingere che fosse Anne.

Tuttavia, è stato probabilmente grazie a questa fantasia inappropriata che io e Amanda siamo riusciti a girare la scena al primo colpo, rispettando la tabella di marcia e dando alla troupe il tempo di sbaraccare per restituire la piscina a Park In-Su e ai suoi colleghi astronauti.

Il che, grazie a Dio, ha reso Ron di nuovo felice. O quasi.

Lo era davvero dopo che Park e la sua schiera di dipendenti della NASA lo hanno invitato a guardare il filmato di Mike Hunt che galleggiava sopra al modello della Stazione Spaziale

Internazionale. Non c'è niente di meglio delle fluttuanti parti basse di un felino per salvare la carriera.

Ding.

Uscendo dall'ascensore, abbasso la testa per nascondere il viso a un passante, poi mi dirigo verso la porta dell'appartamento. Ho dimenticato la borsa con il telefono e il cappellino da baseball in macchina. Senza un travestimento o un Uber da chiamare, ho dovuto chiedere ad Amanda un passaggio a casa.

Sono stati dieci minuti di viaggio imbarazzanti. Lei ha cercato di non essere invadente ma voleva i dettagli sul famigerato gatto glabro di supporto emotivo e sull'astronauta sexy, e io ho fatto finta di non sapere molto del primo e niente del secondo. Peccato fossi ben consapevole di quest'ultimo aspetto e di come Anne sia stata una delle tante a guardare l'astronauta Park In-Su come se fosse lui il protagonista di una commedia romantica.

Sono patetico.

Scuoto la testa e busso alla porta, dato che le chiavi dell'appartamento sono sullo stesso portachiavi di quelle dell'auto a noleggio. Sono pronto ad aspettare i pochi istanti che Anne impiegherà per arrivare dalla sua camera alla porta. Soprattutto ora che il bacio e il *gattastrofico* pasticcio di Mike l'hanno messa al centro della scena, cosa che Anne *odia*, scommetto che è oltre l'imbarazzo e si è direttamente rintanata in camera sua.

Sono quindi sorpreso quando, prima ancora di poter abbassare il braccio, i miei capelli vengono spinti indietro da una folata di aria condizionata mentre la porta si spalanca.

«Ciao.» Anne mi saluta con un sorriso brillante, anche se un po' folle, prima di allontanarsi e precipitarsi in cucina.

La porta torna a chiudersi e, di riflesso, allungo il braccio per bloccarla.

«Entra pure,» mi invita Anne da sopra la spalla; io rimango

bloccato all'ingresso, troppo scioccato da ciò che sto vedendo per muovermi.

Le ante degli armadietti sono spalancate. Il frigorifero socchiuso. Volute di vapore e borbottio di qualcosa che ribolle provengono dal piano cottura.

E Anne, con la chioma scomposta, la fronte imperlata di sudore e schizzi d'olio sulla maglietta, fa avanti e indietro tra il fornello e l'isola.

«Ho preparato la cena.» Rompe un uovo sul lato della padella, lasciando una scia di albume sul lato.

«Capisco.» Vedo anche quelle che sembrano essere tutte le pentole, le padelle, le ciotole e gli utensili dell'appartamento sparsi sul bancone, in vari stati d'utilizzo.

Asciugandosi la fronte con l'avambraccio, Anne pulisce una mano coperta di uova sullo strofinaccio prima di afferrare una delle due spatole. «Credo sia pronta.»

A giudicare da quanto è carbonizzata la carne che si trova sul piatto accanto ai fornelli, direi che è un po' più che pronta.

«Non guardare lì.» Anne indica il piatto. «Quello è stato il mio primo tentativo.»

Inarco le sopracciglia. *Il primo?* Quanti ce ne sono stati?

«*Miao.*» Il suono disperato proviene dal lato opposto della stanza, dove Mike, come se fosse consapevole del nostro imminente destino, affonda la testa nel divano fino a quando solo il suo sedere nudo e rugoso è visibile tra i cuscini.

Scrutando il barattolo di salsa di pomodoro vuoto sul bancone, lo scalogno ancora con la buccia sul tagliere e la bottiglia aperta di aceto bianco vicino ai fornelli, combatto l'impulso di farmi il segno della croce.

Con la mano libera, Anne prende dall'armadietto uno dei pochi piatti rimasti, poi indica gli sgabelli con la spatola che ha nell'altra mano. «Siediti.» Dei granelli di riso si staccano dall'utensile e finiscono sul pavimento.

Lei non se ne accorge.

Un po' intimidito mi chiudo la porta alle spalle mentre Anne torna ai fornelli e gira le uova.

Mi sento come un passante che assiste a un incidente d'auto, ma non riesco a distogliere lo sguardo mentre il tuorlo si rompe e i frammenti di guscio galleggiano nel bianco.

Lei non deve accorgersi nemmeno di questo perché raschia le uova dalla padella e le mette sul piatto pieno di riso. Riso *rosa*.

Anne mette il piatto di fronte a me e fa un passo indietro con uno svolazzo delle mani. «Ta-da!»

Ignoro il brivido che mi attanaglia lo stomaco.

«È riso al pomodoro.» Il sorriso di Anne vacilla. «Ti piace il riso al pomodoro, vero?»

«Sì, mi piace.» Non che io classifichi quello che ho davanti come riso al pomodoro, che di solito è rosso, o l'uovo come fritto. Più che altro è appena strapazzato.

«Bene.» Anne tira un sospiro di sollievo. «Tua madre ha detto che dovrebbe essere servito con il pollo, ma...» Sposta lo sguardo verso il piatto di carne carbonizzata vicino ai fornelli. «Ho pensato che le uova sarebbero state un buon sostituto proteico.»

«Le uova sono... aspetta.» Le mie spalle si irrigidiscono quando mi rendo conto di quello che ha detto. «Mia madre?» Il terrore per il pasto che mi aspetta mi attanaglia.

«Sì, hai lasciato il telefono nella borsa in macchina.» Anne gira intorno all'isola per sedersi accanto a me. «Lei ha chiamato, e dato che volevo scusarmi con lei per l'incidente delle tette, ho pensato che fosse giusto rispondere.» Mi guarda, e quel che resta del suo sorriso svanisce. «Ho sbagliato?»

Evitando il suo sguardo, prendo la forchetta. «Di cosa avete parlato?»

Con la coda dell'occhio, la vedo alzare le spalle. «Non di molto. Mi sono scusata e poi le ho chiesto spudoratamente di dirmi cosa ti piaceva mangiare per poterti preparare la cena.» Abbassa la testa e sistema gli utensili sul bancone. «Le ho detto che volevo ringraziarti per avermi aiutato oggi. E che ha cresciuto un figlio di cui dovrebbe essere orgogliosa.»

Lo stomaco mi si stringe, ma non per la prospettiva della cena che mi aspetta. Piuttosto, per l'inattesa ondata di emozioni che faccio fatica a controllare.

Le labbra di Anne si sollevano da un lato. «Ha risposto che è sempre orgogliosa di te, ma che lo sarebbe ancora di più se smettessi di spogliarti per soldi.»

Rido, soffocato dal groppo che mi si è formato in gola. «Sì, non è una fan della mia recente campagna di intimo.»

Ci sorridiamo a vicenda e il calore mi riempie il petto, soppiantando l'angoscia.

Anne armeggia con le posate. «Il mio primo tentativo è stato il piri-piri, ma visto che non sono riuscita a prepararlo, mi ha suggerito il riso al pomodoro.»

È il primo piatto che mamma ha insegnato anche a me a cucinare.

«Il riso al pomodoro è ottimo. Grazie.» Do un'occhiata al disordine. «Ma non dovevi disturbarti così tanto.»

«Invece sì.» Anne mi guarda negli occhi. «Io...» Torna a giocherellare con la forchetta. «Beh, volevo solo dirti che mi dispiace e che... non hai bisogno di essere il mio chef o altro per stare qui. Siamo amici, e gli amici si aiutano a vicenda.»

«Amici?» Il mio sguardo cade sulle sue labbra; ricordo il nostro bacio.

Quando sollevo di nuovo gli occhi verso i suoi, Anne distoglie lo sguardo, le guance arrossate. «Ma sai, mi piacerebbe comunque andare alla cena degli astronauti.»

Con una risata, ritorno a concentrarmi sul cibo. «Non c'è problema.» Prendo una forchettata di riso e tuorlo cotto e la porto alla bocca. «Ho già detto a Vance che porterò un accompagnatore.»

Con gli occhi puntati sulla forchetta, Anne mi guarda mentre mastico.

Gli eroi d'azione vengono criticati perché sono zucconi che non sanno recitare. Siamo più noti per i nostri addominali che per l'espressività. E anche se ho abbastanza fiducia in me stesso da sapere che sono un buon attore, perché Ron non mi avrebbe assunto come protagonista della sua commedia romantica altrimenti, tutti i dubbi che potevo avere sulle mie capacità recitative vengono messi a tacere quando riesco a masticare, deglutire e sorridere, senza nemmeno battere ciglio per il guscio d'uovo che mi scricchiola sotto i denti. «È buonissimo.»

«Davvero?» Solleva sorpresa le sopracciglia. «Voglio dire, non mi aspettavo molto, visti i miei precedenti tentativi in cucina,» e ride nervosa. «Ma speravo che fosse almeno commestibile.»

È carina, cerca di apparire disinvolta, ma dal modo in cui non incrocia il mio sguardo e dal rossore che le si sta espandendo sulla pelle capisco che si è impegnata davvero a cucinare.

Mi viene voglia di abbracciarla. Baciarla. Mangiare altro guscio d'uovo.

Invece, aspetto che alzi gli occhi verso i miei. «Davvero.»

Il suo sorriso di risposta, spontaneo e luminoso, è quasi sufficiente a non farmi notare che il riso è scotto.

Quasi.

Anne si muove tra il lavandino e i fornelli per riempirsi il piatto, e io vedo il mio riflesso nello sportello del microonde, il sorriso ebete che ho in faccia.

Tra il viso intorpidito di Anne e il mio inaspettato salvataggio in acqua, questa ragazza mi ha fatto provare qualcosa che non avrei mai pensato di poter sentire di nuovo, soprattutto non mentre sto ancora affrontando le conseguenze dell'ultima donna con cui ho avuto una relazione.

Sono contento. Felice, addirittura.

Anche se mia madre è ancora in cura. Anche con le minacce di Camilla che non sono ancora state smentite. Anche se vivo con il felino più irascibile e diabolico che l'uomo conosca.

Sono felice grazie a una donna che non conosco abbastanza ma che non posso fare a meno di desiderare.

Come non posso fare a meno di guardare il disordine che mi circonda come prova di quanto si sia sforzata di ringraziarmi, e penso che forse, solo forse, Anne prova lo stesso.

Dopo aver ripreso il suo posto e assaggiato la cena, Anne fatica a masticare e le lacrimano gli occhi.

Preoccupato, mi alzo e sto per darle una botta sulla schiena. Non mi rendo conto, finché non riesce a deglutire, che non sta soffocando ma ridendo.

«Felix Jones.» Afferra un tovagliolo e si tampona gli occhi. «Sei *proprio* un bugiardo.»

Ma forse non lo pensa davvero.

«Non posso credere che tu l'abbia mangiato.» Fa un'altra smorfia. «Ci manca solo questo: Ron che mi perseguita per aver causato un'intossicazione alimentare al suo attore protagonista.»

«Non è *così* male.»

Abbassa le mani e mi fissa, la fronte aggrottata e le labbra che si storcono. Come se non riuscisse a decidere se ridere o sgridarmi. «Ma sul serio?» Si avvicina e prende un grosso pezzo di guscio d'uovo dal mio piatto, poi lo fa cadere di nuovo.

Mi mordo il labbro per non ridere.

Sbuffando, si pulisce le mani sul tovagliolo. «Perché mai dovresti mangiarlo?»

La risposta è la stessa alla domanda sul perché, settimane fa, nonostante gli avvertimenti logici di Jack, ho seguito Anne da un bar a un hotel. La stessa risposta al motivo per cui volevo stare in questo appartamento, con lei, piuttosto che in un hotel a cinque stelle. E il motivo per cui oggi non potevo stare a guardare mentre Anne veniva sgridata, nonostante le ripercussioni che ciò avrebbe potuto avere sulla mia carriera.

E anche se sono molto esperto di improvvisazione e probabilmente potrei recitare un soliloquio che farebbe piangere uomini e donne come nei miei film a lieto fine, un buon attore sa quando parlare e quando agire.

Mi sporgo verso di lei, le afferro il mento e ripeto ciò che ho fatto questo pomeriggio in piscina, quello che morivo dalla voglia di fare da quando ha riso della mia barba al bar.

La bacio.

Capitolo Diciassette

Liz

Sa di pomodoro.

E se quel sapore fino a un attimo fa mi ha fatto schifo, lo trovo delizioso sulle labbra di Felix. «Mmh.»

Ma proprio quando mi abbandono al bacio, lui si ritrae, spostando lo sguardo tra i miei occhi. «*Mmh* nel senso di vai avanti o di smetti?»

Finora sono riuscita a usare gli schizzi un po' pornografici che ho fatto di lui come materiale per la mia crescente attrazione. Ma dopo il bacio da copione di oggi a bordo piscina, e quest'ultimo improvvisato, non intendo trattenermi. Non dopo che lui ha accettato di rischiare l'intossicazione alimentare per non ferire i miei sentimenti.

Scendo dallo sgabello, quindi afferro Felix per la maglietta e lo tiro in piedi. «Nel senso di facciamolo, Hollywood.»

Lui spalanca gli occhi e ride. «Hollywood?»

Gli liscio la maglietta e gli accarezzo il petto. «Preferisci Johnny Lo Stronzo?»

La sua espressione torna neutra. «Decisamente no.»

«Bene, allora.» Gli prendo le spalle come avvertimento e gli salto in braccio, e non mi stupisco quando d'istinto Felix mi afferra il culo per tenermi ferma. «Facciamolo.»

Riesce a farci alzare entrambi dallo sgabello e a percorrere il corridoio, con me che gli assalto collo, orecchie e viso come un polpo famelico.

E lo sono.

Non un polpo, ma famelica.

Non ho mai negato di essere attratta da lui, ma mi sono solo impedita di agire. Ci sono riuscita solo perché ho tenuto fin troppo a lungo il broncio per la vicenda della crema anestetica.

Ci sono voluti Mike Hunt e dei gusci d'uovo per abbattere le barriere costruite intorno alla mia libido.

In pochi lunghi passi raggiungiamo la mia camera, e mi ritrovo sul letto. Ora che la diga è aperta, non perdo tempo e gli slaccio la cintura prima ancora di aver finito di rimbalzare sul materasso.

Felix ridacchia. «Hai fretta?»

In risposta quasi mi schiaffeggio con la cintura mentre la scosto per sbottonargli i jeans. «Beh...» Indico con un cenno del capo il rigonfiamento sotto le mie mani. «Ce l'hai già duro.» Apro il bottone e abbasso la cerniera. Gli faccio scendere i jeans lungo le gambe e mi dedico ai boxer. Sono rossi.

«Ehm, sì.» Felix sbuffa una risata. «Perché non dovrebbe esserlo?»

Fisso rapita i suoi addominali che si contraggono quando infilo il dito indice sotto l'elastico delle mutande.

Si sa che le donne hanno un debole per il colore grigio, ma credo sia solo perché la maggior parte non ha visto Felix Jones in rosso. Prendo un appunto mentale di scrivere alla gente del marketing di Calvin Klein in modo che rettifichino i cartelloni pubblicitari.

Felix tende la mano e mi passa un dito sulla guancia, strappandomi dai miei pensieri.

Fisso a occhi stretti il suo viso compiaciuto, poi tiro l'elastico dei suoi boxer e lo lascio andare di colpo con uno scatto che lo fa trasalire. «Beh, viste le tue *condizioni,* è meglio approfittarne prima che...»

Come a smentire le mie illazioni su eventuali problemi erettili, il suo cazzo, lungo e duro, riesce laddove la cintura ha fallito: mi schiaffeggia in faccia.

Mi ritraggo e sbatto le palpebre. «Oh.»

Felix inarca soddisfatto un sopracciglio. «Prima che cosa?»

Con il viso rosso, torno a concentrarmi sul suo uccello spettacolare. «Sta' zitto.»

Lui ridacchia e incrocia le braccia, a suo agio anche con l'erezione a tanto così dal cavarmi un occhio. «No, dico davvero.»

E davvero, io sono eccitata. Però lui *davvero* deve stare zitto.

Il suo sorriso assume una piega divertita. «Non vedo l'ora di sentire cosa stavi dicendo sulle mie condi...»

Per chiudergli la bocca, riempio la mia e glielo prendo in bocca il più a fondo possibile.

«Ahhh.» Scioglie le braccia e mi afferra la testa.

Il mio piano funziona.

«*Caramba, isso è bom.*»

Pi o meno. Ma almeno ora sta dicendo quel che voglio sentire, e nella lingua che voglio che usi.

Le sue dita si serrano, poi si sciolgono, come se temesse di farmi male. Gli afferro le natiche e lo attiro a me, per fargli capire che va tutto bene.

Lui scivola appena in avanti, ma so che si sta dando un contegno.

Gli lascio andare una chiappa e uso la mano per afferrargli la base del cazzo; faccio scorrere il pugno su e giù, e così la testa, tenendo la bocca abbastanza rilassata da poterlo leccare ma impegnandomi per succhiarglielo tanto forte da farlo gemere.

«*Adoro a tua boca.*»

Non ho molto tempo per godermi il mio successo, perché lui mi prende l'orlo della maglietta e lo solleva; la mia bocca schiocca quando mi stacco per lasciare che me la tolga.

Per aiutarlo, mi slaccio il reggiseno prima che Felix mi cinga il petto e mi lanci indietro sul letto.

«Ora chi è che ha fretta?» La mia provocazione causa un ringhio mentre Felix si dedica al goffo processo di togliersi le scarpe da sotto i pantaloni già calati alle caviglie.

È adorabile.

La goffaggine, non il ringhio.

Il ringhio è erotismo puro e mi fa bagnare ulteriormente le mutandine che mi sto togliendo.

Finalmente libero dai pantaloni, Felix getta sul letto un preservativo che deve aver preso dalla tasca.

Senza esitazione lo afferro e leggo la scritta in piccolo sulla confezione.

«È normale.» Felix si porta una mano al cuore. «Giuro.»

Trovo esilarante che ritenga *normale* la taglia magnum. Ma ce l'ha già duro, è tutto contento, quindi meglio non parlarne.

Lieta della conferma che non ci sia lidocaina sul preservativo, lo rimetto giù e chiamo Felix con un cenno del dito. «Hai bisogno che gridi *azione*?»

Felix ridacchia, si appoggia al materasso e mi scivola sopra. «Puoi dirigermi quando vuoi.»

Forse perché non è la nostra prima volta, oppure dipende da tutto il tempo trascorso insieme. O ancora è parte dell'attrazione istantanea che ho provato da quando ho posato gli occhi sulla sua barba irregolare. Ma di colpo mi rendo conto di quanto io mi senta a mio agio con Felix.

Per qualcuno potrebbe essere sinonimo di assenza di passione. Non per me.

Sono a mio agio nel senso che non mi preoccupo di poter fare qualcosa che a Felix non piace. Né temo di non essere all'altezza delle sue aspettative, o lui delle mie. E questa sensazione, l'interessarmi al suo piacere e sapere che io otterrò il mio, è incredibilmente eccitante.

Soprattutto quando capisco che è la prima volta che provo qualcosa del genere.

Ci penserò un'altra volta. Scruto l'espressione accalorata di Felix, gli prendo la mano e me la poso sul clitoride.

«Quanto sei bagnata.» Si appoggia con una mano al di sopra della mia spalla, e con l'altra inizia a massaggiarmi il clitoride, per poi infilarmi dentro le dita. «*Tão quente.*»

Il pollice continua a premermi il clitoride, quindi un dito, poi due, mi penetrano.

Inarco la schiena. «Oh, sì.»

La pressione cambia, si fa più lieve quando prende a far scorrere il pollice avanti e indietro in gesti brevi e rapidi, quasi una vibrazione.

«Oddio, quanto mi piace.» Allargo ulteriormente le gambe, i muscoli delle cosce si contraggono, il clitoride pulsa. «Fallo. Fallo ancora.»

E lui lo fa. La capacità di restare in equilibrio su un braccio mentre io gli cingo la vita con le gambe la dice lunga sul suo allenamento.

Ma è quando piega il dito che davvero succede la magia.

«Sto per venire.» Mi tendo e gli pianto i talloni nel culo.

Continua a toccarmi, a massaggiare, e ondate di piacere mi investono.

«Cazzo, sto per venire.» L'orgasmo è uno tsunami che mi causa spasmi e mi fa inarcare follemente sul letto.

Felix continua a reggersi su un braccio mentre torno in me, aggrappata a lui come una scimmietta in calore.

Solo con lo spegnersi delle ultime contrazioni, quando mi accascio sul materasso, lui sposta la mano dalle mie gambe e si raddrizza per prendere il preservativo.

Con occhi socchiusi lo guardo lacerare la confezione con i denti.

Preservativo in una mano, con l'altra si tiene la base dell'uccello e se lo strofina mentre mi fissa tra le cosce. Quella sua attenzione mi fa bagnare ancora di più, ma proprio quando sto per allungare la mano verso di lui, mi viene in mente una cosa.

Forse, a parte farmi eccitare, c'è un altro motivo per cui si masturba.

Per essere premurosa con lui quanto lo è stato con me, mi puntello sui gomiti e lo guardo negli occhi per dare a lui, e non solo al suo cazzo, tutte le attenzioni che merita.

Felix si ferma e si acciglia.

«Sai...» Traggo un respiro e cerco di scacciare il desiderio impaziente che Felix mi ha acceso dentro. «Se in qualsiasi momento hai bisogno di fermarti, o se c'è qualcosa che posso fare per...» Sposto lo sguardo sulla sua erezione ancora dura come il marmo. «Per far funzionare il tutto, fammelo sapere.» Annuisco, soddisfatta di essere riuscita ad avere questa conversazione anche in un momento di passione. «Ti aiuterò in qualsiasi modo.»

Sorrido. È bello essere così a proprio agio reciprocamente.

Ma Felix non sembra esserlo. Stringe le labbra e gli occhi. Pare... seccato. «Ma fai sul serio?»

Molto arrapato, ma seccato.

«Ehm...» Mi sa che sono l'unica a suo agio, allora.

I maschi sono stranamente sensibili quando si parla dell'efficienza dei loro uccelli.

«Scusa.» Cerco di apparire comprensiva, ma visto che non comprendo affatto non sono sicura che funzioni.

Felix mi guarda negli occhi e si infila il preservativo.

«Non volevo rovinare il momento.» Cerco di sorridere, perché sono in imbarazzo. «Solo rassicurarti che non devi fare niente che non ti vada.»

Dilata due volte le narici, poi, senza tante cerimonie, mi gira prona. Faccio appena in tempo a mettermi carponi che lui spinge dentro di me.

Mi metto a cantare.

Non proprio. Forse. Non saprei.

Ma la pressione, calda e intensa e profonda, mi dà alla testa.

* * *

Felix

«Dici che me la sento, allora?»

«Alla grande.» Lei ansima quando spingo i fianchi in avanti. «Continua così.»

La sua voce è acuta e stranamente cantilenante. Ma le parole sono ciò che mi ci vuole per non fermarmi.

Voglio dimostrarle che non c'è bisogno di preservativi ritardanti. Che le sue preoccupazioni sulla mia erezione, per quanto gentili, sono infondate.

E che non c'è niente che non va nel mio cazzo.

Le agguanto i fianchi, mi sfilo e mi abbatto di nuovo su di lei, fluido grazie alla sua umida eccitazione.

«Ah!» Abbassa la testa sul materasso, e il culo a forma di cuore mi si solleva tra le mani.

I suoi gemiti sono una melodia che si fonde nella canzone

più dolce che abbia mai udito. A ogni spinta sento il suo desiderio trascinarmi dentro.

«Feliz...»

No, rimangio tutto. È il mio nome sulle sue labbra la cosa più dolce.

Faccio una pausa, mi chino su di lei e le afferro i seni per stuzzicarle i capezzoli fino a farli inturgidire. «*Sim, gatinha?*»

«Ancora.»

Sorrido contro la sua schiena a quel suo sussurro intenso.

Sposto le mani verso l'alto, le prendo le spalle e la tiro indietro finché non siamo entrambi in posizione verticale, la sua schiena contro il mio petto.

«*Cazzo.*» L'imprecazione strascicata che pronunciamo all'unisono riecheggia nella stanza quando il mio uccello sprofonda in lei ancor di più.

Piego il capo contro il suo collo, inalo il suo profumo, scendo con i baci fino alla spalla. La ammiro nello specchio dietro il letto, i capelli biondi drappeggiati su di me, i capezzoli eretti, le gambe snelle e forti che si tendono mentre il mio cazzo le affonda dentro.

«Miao.»

Sia io che Anne ci irrigidiamo nel momento in cui Mike salta sul letto con noi.

Non mi scompongo quando il gatto tende una zampa verso la mia coscia. «No.» Invece attingo alla mia esperienza nei film d'azione e affronto il cattivo di fronte a me in un'epica gara di sguardi. «Assolutamente no.»

Lui abbassa la zampa sul letto. «Miao.» In qualche modo, il suo verso è intriso di offesa e minaccia.

Indico deciso la porta e mi appunto mentalmente di chiuderla a chiave prima di andare a dormire, se voglio evitare rappresaglie. «Fuori.»

Mike si volta, ma invece che tornare da dove è venuto balza

sul comodino di Anne, da cui fa cadere il suo blocco da disegno prima di saltare a terra.

«Wow.» Anne si dimena in modo suggestivo, mandandomi scintille su per la spina dorsale. «Molto eccitante vederti così autoritario.»

In qualsiasi altro momento, mi scioglierei a quell'affermazione, ma ora sono troppo interessato al blocco aperto sul pavimento.

«Quello sono io?»

Anne segue il mio sguardo. «Cosa stai...» Mi copre gli occhi con la mano. «Oh, merda.»

Io trasalisco sotto il suo palmo. «Lo prendo per un sì.»

«Non è come sembra.»

Le scosto la mano e gliela appoggio sul copriletto, poi faccio lo stesso con l'altra e gliele blocco. Le passo un braccio sul petto, l'altro attorno alla vita, e mi sporgo per guardare bene la prova che non le ero poi così indifferente come diceva. «Sembra proprio che dovrò dire alla mia stilista di investire in completi con ruches blu.»

La sua pelle, già calda di desiderio, avvampa. «Io...»

Spingo. Lei geme.

Sollevo il culo dai talloni e la tengo stretta tra brevi, rapidi affondi. Con le gambe larghe sopra le mie cosce e le braccia bloccate ai fianchi, lei non può che prendere il mio uccello. «E sembra che tu abbia avuto pensieri piuttosto perversi.»

Spingo. Ancora e ancora.

E ogni volta le strappo un gemito, la mia nuova forma preferita di punizione in camera da letto. Non ho mai voluto così tanto avere il comando. Il dominio. Ma del resto neanche mi sono mai sentito tanto fuori controllo con una donna. Dal primo istante in cui ci siamo incontrati, lei mi ha fatto rompere le regole. Mi ha fatto sentire come un gatto al guinzaglio.

Spingo. Spingo.

Mi merito che lei mi dia almeno questo.

«Oddio.» Le sue mani, ancora lungo i fianchi, afferrano i miei. «Sto per venire, sto per…»

Ammiro il suo riflesso, la bocca che si spalanca, il corpo che sussulta inerme nella mia presa. Non emette alcun suono, solo uno splendido grido muto mentre io continuo a muovermi.

Prende un respiro spezzato e inizia a gridare. «Aspetta, Felix, io… cazzo!»

Abbiamo aspettato più che abbastanza.

«Qualcosa… io… Oddio!» L'unica parte che può muovere, la testa, si gira, e i capelli svolazzano. Mi investono con il loro profumo. Agrumi. Dolce ma con una nota aspra. Come lei.

«*Apanhei-te.*» Ma in realtà non sono padrone di me stesso. La consapevolezza mi sprona a penetrarla più forte, più in fretta, come per punirla di non darmi tutto ciò che voglio e che finora neanche sapevo di volere. «*Deixar ir, gatinha,*» le sussurro. «Lasciati andare.»

«Sto venendo…» Le sue unghie affondano. «Dio!» Si contorce di nuovo, la testa rivolta allo specchio. I nostri occhi si incontrano. «Felix…»

Spingo.

Quest'altro orgasmo non è silenzioso, e non è solitario. Veniamo entrambi, sudati, chiassosi, tremanti.

Lei ha gli occhi chiusi, una lacrima che le solca la guancia e va a fondersi con il sudore che le imperla il corpo.

Io ho il petto che si affanna dopo il miglior allenamento della mia vita, e lo sguardo fisso sul blocco da disegno.

I secondi passano mentre ci plachiamo e i respiri tornano regolari. Solo allora trovo la forza di scostarmela di dosso e stenderla con dolcezza sul letto.

Vado in bagno mentre lei si gode i postumi, con un leggero sorriso enigmatico sulle labbra.

Quando torno sorride ancora, ma ha gli occhi chiusi.

Convinto stia dormendo, faccio per prendere il blocco. Ma nel momento in cui mi chino accanto al letto, Mike sfreccia da sotto e piazza il culo nudo sulla mia faccia, quella ritratta da Anne.

L'espressione del felino è sfida allo stato puro. So riconoscere una vendetta quando la vedo.

«Touché, Mike.» Annuisco. «Touché.»

Lascio Mike alla sua ripicca e torno a letto, dove abbraccio Anne da dietro.

Un'immagine vale mille parole.

E se davvero è così, il pensiero di ciò che darei per sentire alcune di quelle parole da Anne quasi basta a impedirmi di dormire.

Quasi.

Capitolo Diciotto

Liz

«Dobbiamo davvero smetterla di incontrarci così.»

Seduta a gambe incrociate ai piedi del letto, con il blocco in grembo, osservo Felix svegliarsi allo spettacolo glorioso di Mike Hunt a un soffio dalla faccia.

«Miao.» Il muso rugoso di Mike si scosta appena. «*Miao.*» Si accuccia, come deluso dalla reazione di Felix.

Lui si stiracchia, gli occhi ancora chiusi. «Sii grato che non abbia urlato.»

Mike inclina il capo come per valutare ciò che Felix gli ha appena detto.

Questo è seguito da un ringhio/borbottio che potrebbe provenire da entrambi. Credo però sia il lamento di uno stomaco umano.

In effetti ieri sera abbiamo saltato la cena.

Sempre senza aprire gli occhi, Felix allunga una mano verso Mike, e ci resto di sasso quando il gatto si avvicina per toccargli le dita con il naso; Felix non si scompone.

Volto la pagina e mi metto a disegnare.

«Anne?» La voce sonnolenta di Felix mi fa fermare la matita.

Il mio secondo nome, ormai familiare da quando, lo scorso anno, ho iniziato a usarlo, ha un suono diverso dopo la nostra notte insieme,

È solo un nome.

Scaccio il senso di colpa e riprendo l'opera; voglio catturare la luce soffusa dell'alba che avvolge Felix, e forse Mike. «Non muoverti.»

«Vuoi approfittarti di nuovo del mio corpo?» C'è un sorriso nel suo tono.

Senza alzare lo sguardo dallo schizzo, ricambio quel sorriso. «Già che ci siamo, voglio sfruttare l'occasione di ritrarre un modello dal vivo.»

«Mi duole deluderti, ma questo modello non sarà vivo molto a lungo se non mangia qualcosa.» Come per sottolineare il concetto, il suo stomaco emette un altro ringhio sonoro.

Mi acciglio al pensiero di perdere il mio modello e penso a ciò che ho visto in dispensa. «Potrei preparare dei pancake.»

«No.» la sua risposta è così secca che Mike si offende e salta via dal letto.

«Oh, bene, allora.» Mi fingo ferita. «Non cucinerò mai più per te.»

La serie di emozioni che gli si sussegue sul viso è così lampante che non riesco a non ridere. «Non preoccuparti, *prometto* di non cucinare più per te. Meglio?»

Lui sorride con me e si mette a sedere, gettando indietro le coperte. «Li faccio io, i pancake.»

Tendo la matita per misurare le sue proporzioni.

Ha un corpo stupendo. Anche senza il grembiulino blu della mia fantasia.

Anzi, soprattutto senza di esso.

«Stai qui un attimo,» dice, uscendo dalla stanza, i muscoli definiti che guizzano a ogni passo.

Immagino sia andato a vestirsi, ma quando torna ha in mano un vasetto di yogurt e una mela.

«Pensavo volessi dei pancake.»

Lui manda giù un boccone. «Sì, ma dovremo aspettare che la tua musa sia sazia.» Flette i pettorali. «E poi dovrò andare a fare la spesa.» Mi guarda storto. «Visto che *qualcuno* ieri ha usato tutte le uova.»

Mi si scaldano le guance e torno a concentrarmi sul disegno. Non lo rimprovero neanche per essersi definito la mia musa. Perché è vero.

Il tempo scorre, abbastanza da permettergli di finire la mela; la matita vola sul foglio, il suo sospiro familiare e rilassante.

La cosa poco rilassante è l'uomo alto e muscoloso di fronte a me, ma mi ritrovo a mio agio nel mostrargli il lato di me che mio "padre" riteneva inutile quando lo eravamo a letto.

Continuo a lanciargli rapide occhiate per assicurarmi che le linee siano corrette; i miei occhi indugiano sul suo corpo, perché voglio fare altro che valutare le proporzioni e le ombre. Soprattutto quando una certa sua parte anatomica si muove.

Si sveglia, ecco.

Ho fatto diversi corsi d'arte. Perlopiù in segreto, per impedire a Stanley Moore di darmi il tormento. E ho ritratto tanti modelli di nudo. Anche uomini i cui corpi hanno inavvertitamente iniziato a reagire mentre li dipingevo. Sono sempre stata professionale, mai irrispettosa.

Oggi invece mi agito; vorrei sciogliere le gambe incrociate e premerle insieme per placare l'umida urgenza che mi si sta accendendo dentro.

Quando mi ritrovo a ricalcare più del necessario il profilo della sua erezione, decido di piantarla e portare al poveraccio qualcosa da mangiare.

Chiudo il blocco. «Vado a vestirmi, poi vengo con te.» Scivolo verso il bordo letto ma non posso alzarmi, perché Felix si china per baciarmi la fronte.

«No, resta qui.» Si raddrizza e il suo uccello sobbalza. «Gli artisti non devono sprecare l'ispirazione.» Ha un tono più compiaciuto di quanto apprezzi, ma visto che dovrò cambiarmi le mutandine prima di andare a vestirmi, non dico niente.

Va in bagno a buttare il torsolo, e rientra in camera, preceduto dal cazzo.

«Sicuro?» Riesco a guardarlo in faccia. Ha lineamenti molto noti. «E se qualcuno ti riconoscesse?» Anche con i capelli arruffati e un'ombra di barba, ha proprio l'aria da attore famoso da capo a piedi.

E a metà strada c'è qualcosa che non riesco a non guardare. Siamo praticamente nella stessa posizione di ieri sera, quando gliel'ho preso in bocca.

Mi lecco le labbra.

«Ah.» Felix non sembra voglioso quanto me; solleva un dito prima di uscire di nuovo.

Quell'uomo ha fame, Liz. Lascialo mangiare prima di saltargli addosso.

Ritorna a metà del mio discorso d'incoraggiamento, e stavolta ha in mano un cappello da cowboy. «Ho questo come travestimento, ricordi?» Felix indossa lo Stetson che gli ho comprato.

Mi spiace, ma Felix dovrà tollerare la fame.

Mi alzo, mi tiro giù le mutande e sfilo la maglietta. «Sono molto felice che tu abbia finito la mela.»

Il pomo d'Adamo di Felix sussulta. «E perché?»

Gli tolgo il cappello e me lo metto io.

«Perché ti serviranno energie.»

Un lento, delizioso sorriso gli si allarga sulle labbra, gli occhi scuri scintillano.

Tocco la tesa del cappello. «Questa cowgirl vuole farsi una cavalcata.»

La sua erezione si alza ancor di più.

E poi, con un solo gesto fluido, mi supera con un balzo e atterra di schiena sul materasso, nudo se non per quel sorriso sfacciato. Fa sussultare ammiccante le sopracciglia. «Monta in sella, cowgirl.»

Gli salgo a cavalcioni e gli afferro il cazzo con entrambe le mani.

Lui geme. «Sei la mia cavallerizza preferita.»

Rido e continuo a stuzzicarlo con una mano, mentre mi premo l'altra tra le cosce. Sono bagnata e molto pronta. «Preservativo?»

Si blocca. «Merda.»

Smetto di toccarlo e gli appoggio le mani sugli addominali. «Sul serio?»

Chiude gli occhi e torce deluso la bocca. «Avevo solo quello di ieri. È il preservativo d'emergenza da portafogli.» Mi sbircia con un occhio. «Ho solo gli altri, quelli...»

«No.» Incrocio le braccia sotto il seno. «Non pensarci neanche.» Non ci tengo a patire altri incidenti anestetizzanti proprio nel giorno in cui finalmente incontrerò mia sorella.

«Già.» Felix sospira affranto. «Non è il caso.»

Sospiro anche io e faccio per scendere da lui, che però mi afferra le cosce.

«Oh, non credo proprio.»

«Ehi.» Gli torno sopra. «Mi spiace per te, ma non cavalco a pelo. Neanche se ci dichiariamo entrambi testati e puliti.» Faccio una pausa e ci penso su. «Cosa che io sono, comunque.»

Felix solleva le mani. «Anche io, stando alle analisi del sangue dello studio.»

«Bene.» Annuisco, compiaciuta dalla risposta alla domanda

che ci saremmo dovuti porre ieri. «In ogni caso,» e mi metto una mano sul petto, «non prendo la pillola.»

Apre bocca, ma lo interrompo con un gesto brusco. «E il coito interrotto non è una forma valida di anticoncezionale.»

Felix rotea gli occhi. «Lo so.» Con la sua forza considerevole mi solleva e mi struscia oltre il suo uccello, fermandosi solo quando gli sono seduta sul petto, con il suo mento a pochi centimetri dal clitoride. «Prima che mi interrompessi, stavo dicendo che ci sono altri modi per montare un cavallo.»

Tira fuori la lingua e la agita in modo così comico e perverso che dovrebbe rovinare l'atmosfera, ma riesce invece a farmi ridere.

Non sono vergine o inibita. Ma non mi sono mai seduta sulla faccia di un uomo. Mi è sempre sembrato... poco educato. E io lo ero fin troppo, nelle mie precedenti relazioni.

«Per favore?» mi implora Felix con il tono da bambino in un negozio di caramelle, facendo così evaporare ogni possibile mia protesta. Ma diciamocelo, quando un uomo come Felix Jones ti chiede di cavalcargli la faccia... tu gli cavalchi la faccia.

Lui legge la risposta nella mia espressione, mi fa un sorriso malizioso e mi dà una sculacciata. «In sella, allora.»

Mi mordo il labbro e cerco di muovermi nel modo meno goffo possibile, quando Felix, ormai spazientito, mi sposta. Mi solleva, scivola in basso e la sua bocca ottiene proprio dove ciò che vuole.

Me.

Fa scorrere la lingua intorno e sul mio clitoride, e il calore della sua bocca mi fa divampare di desiderio.

Mentre la lingua è all'opera, passa le mani sul mio corpo, mi accarezza il seno, mi titilla i capezzoli.

Mi piace. Un sacco. Ma nonostante questo, e nonostante quanto mi senta a mio agio con Felix, non riesco a non caricare il peso sulle ginocchia per non rischiare di schiacciarlo. Lo sforzo richiede una concentrazione che allontana ogni possibile orgasmo.

Poi però la sua lingua si tende e mi penetra. L'ombra di barba mi solletica la pelle sensibile quando inizia a muovere la testa avanti e indietro.

Dovrei cavalcarlo, ma mi sembra che mi stia divorando.

Lo adoro.

Chiude le labbra sul clitoride e lo succhia.

«Wow.» Vacillo in avanti e gli afferro i capelli.

La risata di Felix è soffocata, e quando capisco che sta ridendo perché sto usando le sue ciocche come redini, ormai sono così presa dalla sua bocca da non curarmene neanche.

Smetto di tenermi in equilibrio. Di mordere il freno. Mi lascio andare.

* * *

Felix

«Nel nome di Marlon Brando, che diavolo sta succedendo?»

La mia beatitudine post sesso evapora quando, nel reparto latticini di H.E.B., la voce di Jack tuona dal mio cellulare.

Lo sposto verso l'orecchio di cui ancora possiedo un timpano e sussurro: «Smettila di urlare.» Guarda da sotto la tesa del cappello, sollevato nel vedere che gli altri clienti sono già tornati alle loro compere. «Sono in pubblico.»

Metto un cartone di uova nel carrello e mi annoto di dire al mio assistente responsabile alla spesa di passare all'acquisto di quelle biologiche, al mio ritorno a Los Angeles. Costano di più, ma ne vale la pena.

Perso nei miei pensieri da supermercato, ci metto un attimo

per registrare la predica che Jack sta continuando a farmi a volume più basso.

«... animale da supporto emotivo? Ma a che cazzo ti serve un animale da supporto emotivo, e perché cazzo è un *gatto*? Tu odi i gatti.»

Con un sospiro, prendo un cartone di latte dallo scaffale accanto. «Chi ti ha chiamato?»

Il silenzio in risposta mi spinge a controllare che non sia caduta la linea.

«Chi?» La voce di Jack non è forte, ma non è neanche calma come prima. «Il chi dovresti essere tu.»

Ho già visto Jack perdere le staffe, cosa che in genere accade dopo che ha assunto il tono basso e cupo che ha adesso. Ma non l'ha mai fatto con me. Neanche quando Camilla ha rivelato la sua vera natura.

«*Soprattutto* visto che sono qui a Los Angeles, a passare le mie giornate a combattere con una squadra di legali, collaborare con un'altra e cercare di gestire contratti e sceneggiature da parte di vari produttori. E tu neanche mi chiami per dirmi che hai un gatto e una cazzo di coinquilina!»

L'ultima parte mi fa impallidire.

Come fa Jack a sapere di Anne? Una sensazione sgradevole mi fa contorcere lo stomaco quando, come prima risposta, mi dico che è stata lei a vendere l'informazione alla stampa.

No. No, lei non lo farebbe. Non è Camilla.

Premo il telefono tra spalla e orecchio e sposto il carrello nella meno trafficata corsia adiacente, piena di piatti di carta e sacchi di plastica. «Chi ti ha detto di Anne?»

«Di nuovo,» quasi lo sento roteare gli occhi, «avresti dovuto farlo tu. Ma per fortuna tua madre mi ha aggiornato quando sono andato a trovarla stamattina.»

Il sollievo, seguito dal senso di colpa, mi invade. «*Mãe*.»

«Amico.» Jack sembra prosciugato, e mi fa sentire un amico di merda. «Che cazzo sta succedendo?»

«Posso spiegare.» Fingo di interessarmi a dei sacchi profumati per la spazzatura mentre una donna con un bambino nel seggiolino del carrello mi passa accanto. «Ma non adesso.»

Jack sbuffa.

«No, davvero.» Abbasso la voce. «Ti chiamo appena ho finito la spesa.»

«La *spesa*?»

La donna si gira quando sente la voce di Jack.

Riaggancio e ripongo il telefono in tasca. «Signora.» Chino il capo e carico la parola di tutto il fascino texano che riesco a raggranellare.

Sembra funzionare, perché quando sbircio da sotto la tesa lei mi sorride prima di farsi distrarre dal figlio, che ha afferrato una confezione di forchette di plastica e la agita come un sonaglio.

Non perdo tempo e porto i miei stivali da cowboy alla cassa automatica, dove scansioni in fretta i prodotti e li metto nel sacchetto prima di tornare alla mia auto.

Il cellulare non smette mai di vibrarmi in tasca.

Carico la spesa nel bagagliaio, accendo l'aria condizionata e, via Bluetooth, rispondo a Jack.

«Spiega.»

Come promesso, lo faccio. Racconto al mio amico e manager tutto ciò che è successo da quando mi ha lasciato nell'atrio del palazzo fino alla spesa di stamattina. Sorvolo sulla notte di fuoco, ma a giudicare dal tono, Jack capisce benissimo cos'ho tralasciato.

La conversazione richiede un bel po'. Perché ogni istante che racconto dopo la sua partenza gli fa porre venti domande.

Domande sulla mia salute mentale. Su Anne. Domande a cui non ho una risposta.

* * *

«Fammi capire bene.» Anne, i palmi premuti sul piano della cucina, mi fissa con occhi spalancati dall'altro lato dell'isola. «Vuoi lasciare il gatto di mio fratello, il gatto che ha attaccato il culo del tuo regista prima di farsi un tuffo nella piscina della NASA, a casa, *da solo*, nell'appartamento di qualcun altro?»

I miei capelli, senza dubbio tutti schiacciati per aver indossato un cappello da cowboy durante la spesa, cadono in avanti mentre affetto le fragole sul tagliere. Hai un'idea migliore?

I dieci minuti di tragitto verso casa sono stati pesanti, dopo la telefonata di Jack, eppure entrare nell'appartamento e vedere Anne che faceva yoga, con Mike sdraiato sulla schiena che giocava con un brandello di carta, ha alleviato il peso dell'apprensione.

I pantaloni da yoga potrebbero aver aiutato.

Anne, con un'aria molto meno soddisfatta di quella che aveva quando sono tornato con tutti gli ingredienti per fare i pancake da zero e la macedonia, scuote la testa incredula. «Ti sto dicendo,» e indica Mike che prende il sole, tutto innocente, davanti alle finestre del soggiorno, «che quel demone ha quasi distrutto il Bellagio a Las Vegas con nient'altro che una candela a forma di pene e degli shottini dal nome ambiguo.»

Per poco non mi taglio un dito.

Anne si sporge in avanti, gli occhi stretti che assomigliano in modo inquietante a quelli di Mike. «*Non* vorrai lasciare quella patata in balia di se stessa.»

Finite le fragole, le butto nella ciotola con l'uva che ho staccato dal raspo e prendo un'arancia. «Quando dici *patata* sembri la signora Slocombe di *Are You Being Served*[1]?»

---

1. Sitcom televisiva britannica trasmessa dal 1972 al 1985. Nel testo ci saranno altri riferimenti ai personaggi della stessa. [N.d.T]

Se avessi bisogno di un'altra prova per dimostrare quanto sono andato fuori di testa per Anne, la mezza erezione che mi viene anche solo sbucciando un'arancia sarebbe sufficiente. Mi chiedo se tutti gli agrumi avranno questo effetto in futuro, ora che associo l'odore ad Anne e al sesso.

Lei spalanca la bocca e lascia cadere le braccia.

«Oddio.»

Abbasso lo sguardo e mi chiedo se abbia notato la mia erezione.

«Conosci il programma televisivo *Are You Being Served*?»

Faccio spallucce. «Purtroppo.» Riesco a fare qualche piccola incisione sulla buccia prima di ricordarmi di uno stratagemma sugli agrumi che ho visto una volta in un programma di cucina.

«Cosa intendi con *purtroppo*?» Anne prende un acino d'uva dalla ciotola.

Appoggio i pollici sulla parte superiore arrotondata della metà dell'arancia e le dita sul bordo tagliato, la capovolgo e i mezzi spicchi cadono nella ciotola.

«Forte.» Anne annuisce con apprezzamento.

Sorrido al complimento, imbarazzato da quanto mi colpiscano le sue lodi.

Scuotendo la testa, Anne si ricompone. «Comunque, *Are You Being Served* è un programma fichissimo.»

Tra tutte le curiosità che ho accumulato su Anne, che secondo Jack non sono *abbastanza*, la sua familiarità con un oscuro e datato programma comico britannico è forse la più intrigante.

Beh, a parte il suo amore per il disegno di immagini pornografiche di *me*.

Afferro l'altra metà del frutto. «Mia madre guardava la TV dopo il lavoro per migliorare il suo inglese. E dato che all'epoca non potevamo permetterci quella via cavo, non ci restava molto altro che l'emittente locale PBS, che trasmetteva un sacco di vecchie sitcom britanniche.» Metto il resto dei pezzi d'arancia nella ciotola, butto la buccia e prendo i pezzi di ananas e anguria che ho comprato già affettati al negozio. «Tu che scusa hai?»

«Il nostro chef era inglese.» Anne scrolla le spalle, gli occhi fissi sulle mie mani. «Aveva sempre la TV accesa in cucina.»

Mi correggo. *Questa* è l'informazione più intrigante che abbia mai sentito su di lei.

Costringendomi a non reagire, visto che Anne non si è ancora resa conto di ciò che ha appena detto, seleziono della frutta da ogni contenitore per tagliarli in pezzi più piccoli. «Il tuo chef era inglese?»

Anne guarda accigliata la ciotola mentre mescolo la frutta come mi ha insegnato mia madre: con le mani. «Sì.»

Non so se sia il tono disinvolto della mia domanda o le mie mani bagnate e appiccicose di succo di frutta, ma Anne sembra distrarsi con successo.

«La tua famiglia ha sempre avuto uno chef?» Rimescolo la frutta con più clamore del dovuto.

Lei annuisce. «Eh, sì.»

Il piano funziona troppo bene, e sono io a distrarmi quando, con gli occhi ancora puntati sulle mie mani, Anne si lecca lentamente le labbra.

Quando passa la lingua da un angolo all'altro della bocca, il mio uccello rischia di cozzare contro i cassetti davanti a me.

Meglio cambiare tattica per alleviare la *tensione*: smetto di girare la frutta e scrollo le mani sulla ciotola: «Questo spiega tutto, allora.»

Anne si riscuote quando apro il rubinetto e mi lavo le mani. «Spiega cosa?»

Mi asciugo con lo strofinaccio. «La tua incapacità di cucinare.» Quando si acciglia, faccio finta di alzare gli occhi al cielo prima di lanciarle il telo. «Uno chef *inglese*.»

«Ehi.» Lei lo prende e ride. «Non parlare così di Curtis.»

Ruba un altro acino d'uva, lo mette in bocca e poi mi indica con fare d'accusa. «Ti sfido a provare a fare lo Yorkshire pudding meglio del vecchio Curt.» Si sistema sullo sgabello e incrocia le braccia. «Era una vera e propria leggenda.»

Dice quest'ultima frase con accento britannico. Un accento molto signorile, che per esperienza so essere difficile da imitare senza sembrare caricaturale. A meno di non aver avuto un insegnante di dizione o aver trascorso molto tempo nella Londra bene.

Nessuna delle due cose ha senso. *Lei* non ha senso.

Le domande di Jack mi rimbalzano nelle orecchie. E per la prima volta me ne pongo di mie.

Perché una persona cresciuta con un cuoco personale dovrebbe avere bisogno di un alloggio gratuito? E perché un'artista, che non ha alcun interesse per Hollywood, dovrebbe accettare uno stage non retribuito come storyboarder?

Non avendo risposte né frutta da lanciare per distrarla, do un'ultima sbattuta all'impasto dei pancake che ho preparato prima di versarlo sulla piastra calda.

«Miao.» Mike, soddisfatto della tintarella, allunga le zampe anteriori sullo sgabello di Anne e si stiracchia.

«Ehi, amico.» Anne lo prende da sotto le ascelle come un bambino e se lo mette sulle ginocchia. «Vuoi un bocconcino?

Guardo il gatto, i cui occhi avidi suono puntati sul bancone. «Non ne sta ottenendo troppi, ultimamente.»

«Oh, piantala.» Anne mi liquida con un cenno e sceglie una piccola fetta di fragola.

Mike la fa scorrere in bocca prima di ringraziare Anne strusciandole il muso tra le tette.

Lei prende un pezzo di ananas per sé, lo mette in bocca e lo sposta nella guancia come uno scoiattolo. «Torniamo all'argomento in questione.»

«Eh?» Distratto dall'improvvisa voglia di essere Mike Hunt, mi rimetto a girare i pancake.

«La cena degli astronauti.» Smettendo di masticare, Anne usa entrambe le mani per grattare il collo di Mike, ancora incastrato tra i suoi seni. «Riesco a pensare a un solo modo per gestire Mike mentre siamo a cena.»

Sospira, ma il luccichio dei suoi occhi la tradisce.

Sono allo stesso tempo preoccupato e incuriosito.

Come sempre con Anne.

Spengo la piastra e prendo la spatola. «Ovvero?»

«Usiamo la bugia che hai gentilmente inventato a mio favore sul fatto che sono la babysitter del tuo animale di supporto emotivo.»

Per poco non faccio cadere i pancake.

«In questo modo nessuno si farà un'idea sbagliata di noi, e soprattutto,» aggiunge, alzando la zampa anteriore del felino paffuto, «Potremo portarci dietro Mike Hunt.»

Capitolo Diciannove

Liz

Perché sono una tale idiota?

Mi giro da una parte e dall'altra davanti allo specchio, e osservo il mio viso come se lo vedessi per la prima volta.

Sarebbe facile truccarmi, come facevo un tempo, per l'alta società: zigomi accuratamente delineati, trucco neutro per gli occhi, fard discreto. Il tutto sfumato e sfumato e poi ancora sfumato. Proprio come mi hanno insegnato da quando avevo sedici anni.

Ma non voglio assomigliare a quella versione di me stessa. Non quando sto per incontrare mia sorella.

D'altra parte, escludendo i matrimoni dei miei fratelli, dov'era disponibile un truccatore professionista, non ho dovuto prepararmi per nessuna occasione speciale da quando ho deciso che non era più mio diritto essere Elizabeth Moore.

Scosto i lembi della corta vestaglia di seta per evitare lo stress mi faccia sudare le ascelle.

Poi, ignorando la sfilza di cosmetici, mi lancio un'occhiata decisa. «Datti una calmata, Lizzie.»

Per prima cosa, applico un ulteriore strato di deodorante.

Mi sento già meglio, e soprattutto più asciutta, così metto i trucchi in ordine di applicazione. Viso, occhi, guance, labbra.

Evito il fondotinta, perché non mi è mai piaciuta la sensazione sulla pelle, e prendo l'eyeliner liquido. Anche se l'ho comprato perché mi ricorda uno dei miei pennelli, non l'ho mai usato a un evento mondano.

Stanley Moore pensava che l'eyeliner fosse da sgualdrine.

Con un *"vaffanculo"* mentale al mio non-padre, lo applico determinata; la dimestichezza con il disegno mi aiuta a sfumarlo all'angolo dell'occhio in una coda appena accennata.

Così va meglio; aggiungo il mascara prima di prendere un rossetto corallo, placando la voce interiore che mi dice che il colore è troppo acceso. Una voce che assomiglia molto a quella di Stanley Winston Moore.

«Vaffanculo.»

«Scusa?»

Sobbalzo e, allo specchio, colgo Felix che mi fissa dall'ingresso. «Oh. Ciao.» Faccio un gesto sciocco verso lo specchio. «Stavo... parlando da sola.» O meglio, con quel criminale del mio presunto genitore assente, ma non lo aggiungo.

«Perché sei così arrabbiata?» Mi squadra da capo a piedi; ho raccolto i capelli in uno chignon disordinato per non averli in faccia mentre mi trucco. «Perché sei splendida.»

Le mie labbra lucide si incurvano in un sorriso. «Lo sai che non sono ancora vestita, vero?»

Lui scrolla le spalle, e il gesto ha un effetto notevole sulla camicia bianca che indossa. «Da nuda lo sei ancor di più.»

«Beh...» Mi accarezzo il viso; la vampata di calore che provo non ha nulla a che fare con lo stress. «Sei proprio un casanova.»

Lui, senza distogliere lo sguardo dal mio riflesso, si allontana dalla porta e mi abbraccia da dietro. «Se leggessi i giornali di gossip, sapresti tutto.»

«Meno male che non li leggo allora, eh?»

I suoi occhi diventano stranamente seri. «Meno male.»

Prima che possa indagare, abbassa la testa e mi bacia la spalla. Quando si raddrizza, l'espressione seria è sparita, sostituita da un sorriso e da mani che vagano.

«Mi scusi, signore.» Gli afferro quella che mi ha appoggiato sul sedere e mi sottraggo alla sua presa. «Qui c'è qualcuno che deve finire di prepararsi, se non vogliamo fare tardi.»

Fa spallucce. «Possiamo fare tardi.» Cerca di attirarmi a sé. «Non è un problema.»

Lo schivo di nuovo. «Lo è eccome.» Lo faccio voltare e lo spingo fuori dal bagno. «Voglio fare una buona impressione.»

Fa il broncio. «Con Park In-Su?»

«Chi?» Mi viene in mente il Ken K-pop. «Oh. L'astronauta sexy che ti ha salvato?»

«Non mi ha salvato.» Broncio e braccia conserte lo fanno sembrare un bambino capriccioso. «Mi ha aiutato a salvare Mike.»

«Sì, certo.» Non riesco a trattenere il sorriso, e lo sguardo di Felix si assottiglia.

So che non dovrei, perché ovviamente Felix è irritato, ma trovo la sua palese gelosia piuttosto eccitante. Nessuno è mai stato geloso di me prima, escludendo Mike Hunt. I miei ex lo erano delle proprietà della mia famiglia, altri del semplice fatto che non fossi al loro fianco. Ma di *me*. Della ragazza che vedo sorridere allo specchio in questo momento. A loro non sarebbe importato nulla di me se non fosse stato per il mio nome e tutto ciò che ne deriva.

Felix invece vuole proprio me.

Ed è strano, ma all'improvviso voglio rivelargli chi sono davvero.

Mi correggo con una risatina. Lui già lo sa chi sono. Probabilmente meglio di me. Sa che posso portare rancore. Che posso essere vendicativa. Mi ha visto applicare senza vergogna la crema solare a un gatto e fallire in cucina.

Mi ha vista al peggio, ha visto tutte le cose che ho sempre dovuto nascondere quando ero Elizabeth Moore.

Mi *conosce.*

E, nonostante ciò, mi vuole.

«Felix, io...»

«Cosa c'è di così interessante negli astronauti?» Se possibile, il suo labbro inferiore diventa più pieno. «Voglio dire, certo, sono intelligenti e tutto il resto, ma...»

«Mi piaci.»

Il broncio si scioglie.

Non è quello che avevo in mente, ma ora che l'ho detto mi rendo conto che è vero. Più del mio nome reale. «Mi piaci.» Mi costringo a sostenere il suo sguardo e faccio un passo avanti. «Mi piaci un sacco. E stavo pensando che forse, dopo le riprese, se ti va, potremmo...» Esaurisco la mia scorta di coraggio, e di colpo sono senza parole. Una rapida occhiata mi dice che Felix sta ancora cercando di riprendersi dalla mia confessione. «Non importa, io...»

«Mi piaci anche tu.» Lo dice in tutta fretta, la mano che mi accarezza la guancia.

Sbuffo per mascherare l'emozione e il sollievo con una risata. «Sembriamo una coppia di adolescenti.»

«Mi fai sentire come se lo fossi.» Aggrotta le sopracciglia e abbassa lo sguardo sulla profonda scollatura della vestaglia.

Ridendo di gusto, lascio che la tensione del momento si allenti. Potrei dire molte altre cose. Ma non è il momento. Finiremmo a fare ancora sesso, o a porci troppe domande, e non abbiamo tempo per nessuna delle due cose.

«Miao.» Con un tempismo insolitamente perfetto, Mike salta sul letto, visibile attraverso la porta aperta del bagno.

Distratto dal miagolio, Felix si gira. «Indossa uno smoking?

«Sì.» Ne approfitto per accompagnare Felix fuori dalla porta. «Ma devo ancora mettergli il collare di strass.»

Felix, a passi pesanti, lascia che lo spinga verso il letto e relativo occupante. «Pensavo che sarebbe rimasto nella limousine. Ho pagato un extra per avere un autista che faccia anche da cat sitter.»

«Sì, ma Mike ci rimarrebbe male se non lo mettessimo in ghingheri per l'occasione.» O almeno così dice mio fratello. Prendo il collare dal comodino e lo faccio dondolare tra di noi. «Ti va di aiutarmi?»

«Cosa?» Lo sguardo inorridito di Felix si sposta tra Mike e la mia mano. «Stai scherzando, vero?»

Getto il collare accanto a Mike, poi mi alzo in punta di piedi per dare un bacio sulla guancia di Felix. «Dacci dentro, cowboy.»

* * *

Dieci minuti dopo, svolto l'angolo del corridoio ed entro nel soggiorno dove Felix mi sta aspettando. Insieme a un Mike Hunt con il collare al suo posto.

Respiro a fondo e allargo le braccia. «Cosa ne pensi?»

Felix alza lo sguardo dal telefono e spalanca gli occhi. «Accidenti.» Ma quando mi osserva con cura, dai sandali alla schiava con il tacco al vestito di pizzo color mandarino, fino ai capelli scintillanti e intrecciati da un lato, la sua espressione diventa vacua.

«Non ti piace?» Mi passo le mani sul miniabito a maniche lunghe. Non ho messo in valigia molti abiti per una cena, ma mi sono preparata per essere carina nel caso fossi riuscita a organizzare un incontro con mia sorella. È un abito che la personal shopper di mia madre mi ha inviato poco prima di volare a Houston.

Quindi, pur sapendo che è elegante, perché Susan, la responsabile del reparto moda femminile di Moore's, non mi manderebbe niente che non sia all'ultima moda, mi chiedo se Felix tema che il colore sia eccessivo o che la sottoveste non sia abbastanza coprente sotto il pizzo traforato. Tocco l'orlo che mi arriva a metà coscia. O forse pensa che sia troppo corto?

Respingo la sensazione di malessere e di imbarazzo che mi è fin troppo familiare.

No. Felix non è come mio padre. Non si preoccupa che il mio aspetto o le mie azioni si riflettano negativamente su di lui. A lui piaccio. Gli piace la vera me. L'ha detto lui.

Mi volto a guardarlo, e quando lo faccio, sorride.

Ops. Devo essermi lasciata prendere dalle mie insicurezze.

In piedi, i pantaloni blu di Felix cadono perfettamente sulle scarpe da sera marrone scuro. «Sei bellissima.»

«Grazie.» Infastidita da me stessa per essere così bisognosa di rassicurazioni, mi schiarisco la gola e lo ammiro smaccatamente. I pantaloni d'alta sartoria e la camicia bianca mi ricordano i miei fratelli e il loro stile impeccabile. Anche se Felix si avvicina di più all'eleganza rilassata di Chase piuttosto che a quella rigorosa di Thomas. «Anche tu non sei affatto male.»

Ridacchia, ma l'allegria non gli raggiunge gli occhi. «Fa parte del lavoro.»

Annuisco, ancora stranamente tesa. «Capisco.»

Lui inclina la testa e mi guarda negli occhi. «Davvero?»

«Sì, io...» Faccio un passo avanti, poi mi trattengo e fermo sia i piedi che la lingua. Stavo per menzionare le numerose serate di gala a cui ho partecipato e che ho ospitato nel corso degli anni. E tutti gli abiti che ho indossato e che mi sembravano dei costumi di scena. Gli innumerevoli sorrisi finti e le risate forzate che facevano parte di una recita per far felice mio padre. Per adattarmi a essere una Moore. «Lo so e basta,» concludo secca, alzando le mani e facendole ricadere sui fianchi; stasera, dopo cena, quando avrò più tempo, gli dirò tutto. Gli confesserò il mio nome e cosa significhi in certi ambienti di New York.

Avrei dovuto dirglielo *prima* di andarci a letto, ma ora che l'abbiamo fatto, non posso più evitarlo. Anzi, lo voglio.

Gli parlerò anche di mia sorella. E di mio padre. Il mio *vero* padre.

Presa la decisione, mi sento più leggera di quanto non mi sentissi da tempo.

Continuo ad avanzare, questa volta per prenderlo tra le braccia, quando il telefono di Felix squilla.

Lui lo guarda, poi guarda me. «Mia madre.»

«Oh.» Mi fa piacere poterla salutare e mostrarle una mia versione più presentabile. «Possiamo...»

«Le rispondo in camera.» Con un sorriso rigido come la sua camminata, mi passa davanti.

«Ah, okay.» Ma quando mi riprendo abbastanza da parlare, la porta della sua stanza si è già chiusa.

* * *

Felix

Tremila e novecento novanta dollari.

Ecco quanto costa il vestito di Anne.

«Grazie mille per l'invito.» Anne sorride all'astronauta Vance Bodaway, il nostro anfitrione, che ci sta scortando in casa. «Prima di imboccare il vialetto, che la cena fosse a casa tua.» Si guarda intorno e osserva quella che non sarà una reggia, ma è una villa di tutto rispetto. «Che tra l'altro è stupenda.»

«Grazie. Il merito è tutto di mia moglie Rose.» Vance prende la mano di Anne in entrambe le sue. «Ho sentito parlare molto di te.» Fa un passo indietro e scruta il pavimento ai nostri piedi. «Ma dov'è il famigerato gatto?»

Gli occhi di Anne provano a incontrare i miei, ma io li evito, così come ho evitato il suo sguardo da quando siamo usciti dall'appartamento. «Ho pensato che fosse meglio lasciare Mike con l'autista e andare solo a controllarlo di tanto in tanto. Non volevo che creasse problemi.» Mi guarda di nuovo, ma io rimango fisso su Vance.

Durante il viaggio, ho finto interesse per il mio cellulare mentre lei teneva Mike in grembo. Sensi di colpa e sospetto mi si intrecciavano nel metto mentre scrutavo di nascosto i social media alla ricerca di nuove informazioni o pettegolezzi.

«Non sarebbe affatto un problema.» Vance ci guida attraverso l'atrio dall'alto soffitto e ci porta in un vasto open space. «Abbiamo lasciato i nostri cani sul retro e nessuno ha mai detto di avere la fobia dei piccoli gatti domestici,» e ride come se l'idea fosse assurda, «quindi se vuoi portare dentro Mike più tardi, va bene.»

Io fisso il pavimento di marmo, e borbotto. Non definirei Mike esattamente "piccolo".

Anne, l'unica che sembra aver sentito, storce le labbra prima di annuire a Vance. «Grazie.»

«Salve!»

Io e Anne ci avviciniamo alla donna seduta su un divano bianco.

«Felix, credo che tu abbia conosciuto mia moglie Rose.» Lei gli tende le braccia, e Vance la raggiunge.

«Sì.» Io rimango fermo; ci siamo incontrati alla conferenza stampa.

Vance prende le mani della moglie e fa un passo indietro,

come se volesse prepararsi a qualcosa. «Cara, questa è Anne.» Tira Rose in piedi. Piedi *scalzi*.

Anne fa un passo avanti una volta che Rose è in equilibrio, ma il grosso ventre gravido che eclissa i piedi nudi non rende facile il processo. «Eri alla conferenza stampa di qualche settimana fa, non è vero?»

«Sì, esatto.» Rose, con l'aria soddisfatta di essere ricordata, cerca di abbassare l'orlo del vestito.

Come se qualcuno potesse dimenticare quella donna incinta con la sua tuta fucsia in spandex. E anche se il vestito di stasera è giallo, è altrettanto vistoso e aderente.

Anne si fa avanti per aiutare Rose, che fatica a sistemarsi l'abito. «Adoro il tuo vestito.»

«Grazie!» Con l'abito riportato a una lunghezza decente, Rose tende un piede e agita le dita. «Con un po' d'aiuto riesco a essere presentabile,» e strizza l'occhio ad Anne, «ma ormai i tacchi sono off limits.» Alza gli occhi al cielo. «Quando Trish arriverà, però, scommetto che avrà i tacchi a spillo.» Allo sguardo assente di Anne, Rose spiega: «L'altra donna incinta alla conferenza stampa.»

«Trish è l'autrice di *Countdown to Love*,» aggiungo, dimenticando la mia reticenza. Un altro brivido di colpa mi colpisce quando la mia spiegazione, le prime parole che le ho rivolto da quando abbiamo lasciato l'appartamento, fa sì che Anne si illumini.

Rose la guarda da capo a piedi e fischia. «A proposito di vestiti, il tuo è favoloso. E il colore...» Fa un bacio da chef, «è perfetto.»

«Grazie, io...»

«Posso usare il bagno?» Il mio tono, più duro di quanto volessi, fa voltare tutti.

Il silenzio che ne segue interrompe lo sguardo estasiato di Vance, che era concentrato sul sedere di sua moglie. «Ah, sì.» Mi indica la strada da cui siamo venuti. «Dietro l'angolo, la prima porta a sinistra.»

Me ne vado prima che la conversazione riprenda. Non voglio più sentire parlare di quel maledetto vestito. Non voglio nemmeno guardarlo. Mi fa venire in mente troppe domande. Troppi ricordi.

Scivolo nel bagno sotto le scale, chiudo la porta e mi siedo, appoggiando i gomiti sulle ginocchia e la testa tra le mani. Anche i migliori attori hanno bisogno di uscire dal personaggio, e il ruolo di uomo indifferente che ho indossato dopo aver visto Anne con quel vestito si sta esaurendo rapidamente.

Tremilanovecentonovanta dollari.

È quanto costa quell'abito da cocktail Oscar de la Renta, della collezione di quest'anno. L'abito che ho comprato a Camilla. L'abito che ha dato il via alla mia caduta nel ricatto.

Mi passo le mani sul viso e mi appoggio alla vasca, incapace di liberarmi dai miei rimpianti. Rimpianti per mia madre. Rimpianti per Camilla. Rimpianti che ora si stanno riversando sulla mia percezione di Anne.

Sbuffo, infastidito da me stesso. Sono tornato a mettere in discussione le donne della mia vita.

Camilla è entrata a farne parte in un modo tipico di Hollywood. Un amico di un amico di un amico ha saputo che era interessata a me e mi ha chiesto se mi sarebbe piaciuto uscirci. Camilla è carina, alla moda, e mi sembrava una persona simpatica quell'unica volta che ci siamo incontrati alla prima del film di una nostra comune conoscenza, quindi non avevo visto alcun problema.

I problemi sono arrivati dopo.

All'inizio, io e Camilla ci siamo, se non divertiti, almeno trovati bene. Poteva sembrare immatura quando si fermava nel bel mezzo dei nostri appuntamenti per posare per dei selfie che io non volevo fare, ma non volevo giudicarla, visto che ci trovavamo in una città in cui anche i più acclamati possono comportarsi come bambini in cerca di attenzioni.

Ci siamo "frequentati" per un mese. Le poche volte che ci siamo visti da soli sono state stranamente ben documentate dai giornali nei giorni successivi. Come se i paparazzi fossero stati avvisati in anticipo. Lei sembrava infastidita, come me, quindi non avevo pensato di farle domande.

In quel periodo, la dipendenza di mia madre è diventata evidente.

L'unica volta che l'ho invitata a casa mia è stato al solo scopo di dirle che tra noi le cose non funzionavano. Non c'è stato alcun dramma. Anzi, Camilla ha riso e annuito, facendomi credere che anche lei la pensasse così.

Mi ha fatto gli auguri per il lavoro. Mi ha abbracciato. Mi ha chiesto se poteva usare il bagno prima di andarsene.

Il giorno dopo, in seguito alla prima chiamata di mia madre dalla clinica, Camilla mi ha mandato un messaggio con il link di un vestito da tremilanovecentonovanta dollari.

Lo stesso che Anne sta indossando in questo momento nel salotto di Vance Broadway.

Confuso e impegnato con mia madre, l'ho ignorata. Qualche giorno dopo, mi ha inviato una foto che aveva scattato ai flaconi delle medicine di mia madre. Flaconi che avevo nascosto, insieme ai documenti di ricovero in un esclusivo centro di riabilitazione, prima che Camilla arrivasse quella sera.

Troppo occupato a cercare di aiutare mia madre, ho comprato a Camilla il vestito, sperando che fosse un suo strano modo di riscuotere una sorta di risarcimento per la rottura. Forse è così che le celebrità e le influencer dicono di essere dispiaciute.

Quanto mi sbagliavo.

Quel vestito era una prova, e una volta superata (o fallita, a seconda di come lo si vede), Camilla si è sentita libera di fare e dire tutto ciò che voleva.

Quando indossava il vestito, diceva a tutti che glielo avevo comprato io. Non potevo negarlo. Questo ha fatto credere alla stampa che stavamo ancora insieme.

La sua richiesta successiva è stata che Jack le trovasse un lavoro nel mondo dello spettacolo, ma io l'ho ignorata. Poco dopo, a tutti i giornali sono arrivate le foto di un mio incontro con una precedente co-star, una donna attualmente nel bel mezzo di un brutto divorzio.

Felix Jones: traditore e rovinafamiglie, titolavano tutti i giornali di gossip quella settimana.

Tuttavia, non potevo dire nulla. Perché la verità era che la mia amica mi aveva gentilmente incontrato in un momento difficile per supportarmi dopo che, all'inizio dell'anno, aveva dovuto ricoverare il futuro ex marito in riabilitazione.

L'unica decisione intelligente che ho preso è stata quella di confidarmi con Jack. Perché lui ha fatto tre cose: ha rimediato a Camilla una parte in un popolare reality show televisivo, ha assunto una feroce banda di avvocati, e non mi ha dato la colpa. Per Camilla o per mia madre.

Ma avrebbe dovuto farlo.

Mi rialzo, fissando lo specchio ovale del bagno.

Toc. Toc. «Tutto bene?» La voce sommessa di Anne attraversa a malapena la porta di legno spesso.

«Arrivo subito.» Mi lavo le mani per temporeggiare ancora un po', poi mi calo di nuovo nel ruolo di uomo indifferente.

Con un bel respiro, apro la porta.

«Tutto bene?» Ripete la domanda a cui non ho ancora risposto.

Mostrandole una versione più fioca del mio sorriso da tappeto rosso, riprendo la mia messinscena. «Alla grande.» Il sorriso fa parte dell'espressione che uso ogni volta che mi viene posta una domanda a cui non voglio rispondere. E di solito mi salva dalle situazioni difficili.

Tuttavia, non mi sorprende che il cipiglio di Anne non si dissipi. È come se riuscisse a vedermi dentro. Come se fosse abituata alle persone false.

Incrocia le braccia sul petto, scettica. «Mh. Dici?» Ma dopo un attimo, quando rimango in silenzio, il sospetto si trasforma in preoccupazione. «Oddio.» Mi afferra il braccio. «È successo qualcosa a tua madre?» La sua presa si stringe. «È questo il motivo della telefonata?»

Prima che sfidassi le mie paure infantili e mettessi a un gatto un collare di strass, avrei pensato che le domande di Anne fossero dolci. Che si preoccupasse non solo di me, ma anche di mia madre. Ma ora, con il suo vistoso vestito di pizzo di fronte, non posso fare a meno di vedere le sue domande come un'indagine. La sua presa è disperata. E mi chiedo se il vero motivo per cui mi ha detto che le piacevo è perché il suo stage è giunto al termine, e quello era l'unico modo per prolungare il suo legame con le informazioni che avrebbe potuto utilizzare in seguito.

Un'altra domanda a cui non so rispondere.

La risata di qualcuno riecheggia nel corridoio.

Il suono, forte e spensierato, proprio come quello di Anne la sera in cui ci siamo incontrati per la prima volta, mi fa decidere di trovare una risposta a questa domanda e a tutte le altre. Anche se non sono quelle che voglio sentire.

«Felix?» Gli occhi di Anne, spalancati e blu, sondano i miei.

Facendo appello alle mie capacità, mi rivolgo ad Anne con la faccia che indosso sempre con i giornalisti che mi fanno domande scomode. «Va tutto bene.» Faccio un gesto verso il corridoio. «Andiamo a conoscere i tuoi astronauti?»

Capitolo Venti

Liz

C'è qualcosa che non va.

E non mi riferisco al fatto che pare che mia sorella non verrà. Anche se quella dovrebbe essere la mia principale preoccupazione.

«Holt, la carne era eccezionale.» Felix si pulisce la bocca con il tovagliolo; evita il mio sguardo, come ha fatto per tutta la cena pur sedendomi di fronte.

«Concordo.» Rose, che siede alla mia sinistra a un capo del tavolo, solleva il bicchiere di tè freddo. «Però avresti potuto cucinare tutto qui.»

Holt, il fratello di Rose, scrolla le spalle. «Mi piace la mia cucina.»

Poco meno di un'ora fa, Holt è entrato a casa della sorella con una serie di contenitori pieni di carne e contorni.

«Inoltre, volevo provare il nuovo affumicatore.»

«Ah, l'hai cucinata così?» chiede Amanda, la mano sulla

spalla di Felix, al suo fianco; si sporge per guardare Holt. «Era deliziosa.»

Concordo con un sorriso, anche se mentalmente vorrei tanto staccarle le dita che ancora sono a contatto con Felix.

Felix annuisce e chiede altro sull'affumicatore di Holt, indifferente alla mano di Amanda.

Mi fa male la faccia. Sento di avere un sorriso innaturale da quando ho chiesto a Felix di sua madre, poco dopo il nostro arrivo.

Non ho fatto troppo caso al suo silenzio durante il tragitto in auto, troppo agitata all'idea di incontrare mia sorella. Ma quando, scendendo dalla macchina, lui ha evitato di toccarmi, ho pensato che forse il problema fosse Mike. Che nonostante il lento sviluppo della loro bromance, tra la latente fobia dei gatti e il pasticcio della piscina, Felix non fosse contento di avere vicino Mike.

Così, invece che lasciare che il gatto vagasse libero nella limousine come previsto, ho fatto il doppio nodo al guinzaglio, fissandolo a una cintura di sicurezza, e gli ho messo di fianco un cumulo di biscottini. E in più mi sono fatta promettere dall'autista, con Felix testimone, che avrebbe tenuto giù il separé per poter controllare Mike in ogni istante.

Ma il sorriso di Felix è rimasto più flebile del solito, lo spazio tra di noi più vasto.

Il che mi porta a credere che, se il problema non è Mike e non è sua madre, allora devo essere io.

E tra il chiedermi cos'ho sbagliato e uscire per andare a controllare Mike in auto, non ho avuto il tempo di elaborare la profonda delusione per l'assenza di mia sorella.

«Allora, Anne.» Bella come sempre nel semplice abito blu, Amanda si rivolge a me. «Ho sentito che hai finito lo stage.»

Sposto lo sguardo su Felix, che sta ancora discutendo dei

meriti del brasato rispetto alla carne affumicata con Holt, quindi di nuovo sulla mano di Amanda appoggiata alla sua spalla. «Sì.»

Lei sbatte le palpebre al mio tono meno che amichevole, e con lo sguardo segue i miei occhi fino alla sua mano. «Oh.» Si raddrizza e finalmente la toglie di lì.

Il sollievo che mi investe mi urta.

«Visto che le riprese alla NASA stanno finendo, il team di preproduzione partirà presto, vero?» Il sorriso di Amanda è gentile. «Ti è piaciuto lavorare come storyboarder?»

«Sì.» Traggo un respiro nel tentativo di placare pensieri e sensazioni petulanti. «È stata un'esperienza interessante.»

«Ho visto molti storyboard in passato, ma i tuoi hanno proprio l'aspetto di una storia fatta e finita.» Guarda Felix come in cerca di conferme, ma lui è passato a ridere con Vance.

«Cos'è uno storyboard?» chiede Trish, l'autrice del romanzo nonché seconda donna gravida presente alla conferenza stampa, con il suo accento da *Fiori d'acciaio*.

«Una forma di illustrazione.» Amanda torna a voltarsi speranzosa verso di me. «Praticamente si prende la sceneggiatura e la si trasforma in immagini, giusto?»

Distolgo l'attenzione da Felix e ripenso alle parole di Amanda. «Sì, direi che è così.»

«Tu cercavi un illustratore, vero?» Ian Kincaid, l'affascinante marito di Trish nonché figlio di un senatore, interviene e le mette nel piatto un altro pezzo di corn bread.

Sono fortunata, e tutte le raccolte fondi politiche a cui i Moore hanno partecipato si sono tenute a nord della linea Mason Dixon.

Trish prende un boccone e annuisce. «Mh-hm.»

«Oh, è grandioso.» Rose, seduta di fronte a Vance all'altro capo del tavolo, si scosta dal collo la chioma bionda e si sventola per rinfrescarsi. «Ora Trish potrà finalmente dedicarsi a quei porno che vuole pubblicare.»

Ecco qualcosa che attira l'attenzione di tutti. Felix incluso.

Vance si alza con una scusa.

«Non sono *porno.*» Trish deglutisce e mette il broncio. «Voglio creare dei web comic per adulti tratti dai miei romance.» Ancora immusonita, si infila in bocca un altro pezzo di pane.

Ian si china a baciare la guancia da scoiattolo.

«Rilassati.» Rose abbassa una mano e beve un lungo sorso di tè freddo, quindi si appoggia il bicchiere contro il collo. «Intendo porno in senso positivo.» Scruta il tavolo. «Insomma, chi non ama un po' di piccante nelle storie?»

«Ben detto,» rispondo senza pensarci.

Rose ride. «Mi piaci.»

Quando mi strizza l'occhio, un po' del dolore causato dall'atteggiamento freddo di Felix e dall'assenza di mia sorella si dissipa.

Vance torna con un ventilatore, che attacca alla presa vicino alla moglie. Lo accende e le porge un fermacapelli.

Con gli occhi chiusi per godersi l'aria, Rose si sistema l'acconciatura. «Sapevo che c'era un motivo se ti ho sposato.»

Holt sbuffa una risata e si alza. «Vado a prendere la torta.»

«C'è la torta?» chiedono all'unisono Trish e Rose, illuminandosi.

L'intero tavolo ridacchia.

«Per il dessert arriveranno altri ospiti che non sono riusciti a farcela per cena.» Vance, ancora accanto alla moglie, si toglie il telefono dalla tasca. «Li avviso che...»

Il campanello suona.

«Ah.» Con un sorriso, rimette il cellulare al suo posto. «Scommetto che sono loro.»

Con il cuore che batte forte, fisso l'arco che conduce alla sala da pranzo. Forse ci sarà anche mia sorella. Forse posso smettere di pensare a Felix e...

Tutti i forse muoiono di una morte atroce quando l'autista, e non mia sorella, entra in sala.

Tiene in mano un guinzaglio di seta agganciato a un collare di strass.

Un collare vuoto.

* * *

«In che senso Mike Hunt è scappato?»

Rose lascia cadere la forchetta da dolce, a Ian va di traverso il caffè, e la fetta di torta che Holt stava per servire si spappola sulla tovaglia.

L'autista racconta l'assurda ma poco sorprendente storia della mossa da Houdini del gatto attraverso il tettuccio, io lancio il tovagliolo sul tavolo e getto indietro i capelli. «Hai visto dove è andato?»

«Ha davvero detto *my cunt*? Cioè, la sua fica è un maschio?» sussurra Rose.

«Rose West,» l'ammonisce Holt. «Questo è eccessivo anche per i tuoi standard.»

Rose sbuffa una risata. «Oh, ti prego. Io sono la definizione di eccessivo. Potrei persino usare *fica* come intercalare.»

«Evita, ti prego.» L'implorazione di Vance è disperata, e la troverei buffa se non fosse per un dettaglio che esula dalla scomparsa del gatto di mio fratello.

«Rose West?» Fisso Holt, poi Rose. «Pensavo ti chiamassi Bodaway.»

«West è il mio nome da nubile,» spiega lei.

Il cuore mi balza in gola. «Quindi tuo fratello...»

«Holt?» Rose si acciglia guardando l'uomo che serve le fette.

«Ah, no.» Forse mi sbaglio. Forse il mondo non è così piccolo. «Cioè, hai un altro fratello? Sposato con...»

«Signora?» L'autista mi tende collare e guinzaglio.

Scaccio l'impulso di porre altre domande, afferro il guinzaglio e noto qualcosa di sbagliato. Il collare è troppo largo, fissato sul penultimo buco, e non tre fori prima, dove è ben visibile il solco della fibbia.

Apprensione, delusione e frustrazione si trasformano in rabbia quando guardo Felix. «Perché glielo hai messo così largo?»

Le sopracciglia di Felix si abbassano, quelle di Amanda scattano in su.

Ma prima che lui possa rispondere, o lei chiedere perché una storyboarder/cat sitter di animale da supporto emotivo usi un tono così brusco con il suo datore di lavoro, io sfreccio verso l'ingresso.

Non avrei mai dovuto lasciare Mikey in quella dannata macchina. Avrei dovuto controllarlo più spesso. Avrei dovuto dire a Felix di infilarsi lui sa dove quel suo atteggiamento scostante e il flirt con la sua collega, e portare dentro Mike con me come da programma. E decisamente non avrei dovuto basarmi sul mio precedente privilegio, dando per scontato che la cena di stare sarebbe stato un grande evento che includeva tutti gli attuali astronauti.

Quantomeno, avrei dovuto chiedere una lista degli invitati.

Felix mi raggiunge prima che afferri la maniglia. «Ti aiuto a cercarlo.»

«Non ti scomodare.» Ho i denti serrati quanto la mano sul collare.

Lui si appoggia alla porta e mi impedisce di aprirla. «Senti, mi spiace per il collare. Non volevo strangolarlo.» Quando non rispondo, si china verso di me. «E comunque sei tu che mi hai chiesto di metterglielo.»

Lascio cadere la mano e lo fulmino con lo sguardo. «Quindi

sarebbe colpa mia?» Risentimento e lacrime minacciano di traboccare.

«No, io...»

Ricaccio le lacrime e opto per il risentimento. «Mi dispiace tanto che la sicurezza del mio gatto abbia di nuovo danneggiato la tua importantissima immagine.» E pare che questo risentimento si manifesti sotto forma di sarcasmo. «Non sia mai che l'infima stagista ti metta i bastoni tra le ruote, quando ci sono persone così *importanti* su cui fare colpo.»

Eccolo, il vero motivo per cui non sono riuscita a concentrarmi su niente che non fosse Felix, stasera. È iniziato tutto con i dubbi sul vestito, poi su quelli relativi a ogni mia singola azione al nostro arrivo, mentre osservavo Felix sorridere e chiacchierare con coloro che avevano titoli ben più importanti di me.

E ho lasciato che questo mi turbasse. Mi consumasse. Proprio come ho fatto con Stanley Moore.

Finalmente una vera espressione attraversa i lineamenti da Hollywood di Felix: la confusione.

Benvenuto nel club, Johnny Lo Stronzo.

«Senti, Anne, io...»

Toc toc.

Felix e io sussultiamo prima che lui faccia un passo indietro e spalanchi la porta.

Quasi mi aspetto di trovarmi davanti Mike Hunt seduto, con la zampa tesa, impaziente per i due secondi che mi ci vogliono per salutarlo.

E Mike c'è, in effetti, solo che non è accucciato sullo zerbino.

È rannicchiato in braccio a una donna.

* * *

Felix

. . .

«Em.» Anne sembra più stupita di trovarsi di fronte la responsabile delle PR che di vederle in braccio il suo gatto.

Io faccio un cenno con il capo all'uomo accanto a Em. «Park.»

Anne bofonchia qualcosa che suona tipo *lista degli invitati*.

L'astronauta ricambia il mio saluto con quel suo sorriso smagliante e insopportabile. «Abbiamo trovato questo signorino che vagava tra i cespugli mentre arrivavamo.»

«Ciao, Em.» Vance supera me e Anne, e guarda i nuovi arrivati. «Park.» Si sporge tra di noi. «Questo è il famoso gatto?»

«Sì.» Anne infila il collare al collo di Mike e lo stringe bene. «Questo è Mike.» Quindi lo prende dalle braccia di Eleanor. «Grazie per averlo trovato.»

«In realtà è lui che ha trovato me.» Em indica le maniche argentate dell'abito, con i suoi bottoni di lustrini. «Credo gli piacessero i miei bottoni.»

«In effetti è un po' un peperino, vero?» Park sorride ad Anne.

La cosa ancora più insopportabile di quel sorriso è l'effetto che sembra avere su Anne: tutta la tensione che da quando siamo usciti di casa le contraeva la fronte svanisce.

«Sì.» Lei sorride di rimando e appoggia Mike a terra. «Se non sai come gestirlo.»

Anche se non mi guarda, la frecciatina va a segno.

«Ehilà.» Vance si scosta dalle ginocchia i pantaloni e si accovaccia davanti a Mike.

Anne stringe così tanto il guinzaglio da sbiancarsi le nocche, quando Vance tende la mano per accarezzare il gatto, e sospira di sollievo nel vedere Mike sciogliersi per le coccole di Vance.

Poi, come per calarsi nella formalità del suo smoking, Mike conduce tutti dentro, sculettando nell'atrio con il naso in aria e la coda arricciata.

«Che carino.» Vance lo segue affascinato. «Scommetto che è un ottimo animale da supporto emotivo, quando non è in fuga.»

Ci metto un attimo per capire che sta parlando con me, perché Mike dovrebbe essere il mio animale da supporto emotivo. «Sa esserlo.»

«Già.» Park ridacchia. «Non sembra affatto la minaccia aliena che ho visto nei filmati della piscina.» Sfodera una chiavetta USB. «Che, per la cronaca, ho portato da vedere.»

Il mio sorriso diventa più ferale di Mike Hunt. «Grandioso.»

* * *

Venti minuti dopo che tutti hanno guardato il tuffo di Mike Hunt nella famosa piscina a microgravità della NASA, riprodotto sull'enorme televisore di Vance e Rose, la star dello show ronfa soddisfatto tra le braccia di Park In-Su.

«Jules sarà triste di essersi persa Mike,» osserva Trish, intenta a mangiare la seconda fetta di torta sul divano, accanto a Park. «Da quando ha adottato Cookie è diventata un'amante degli animali.»

Mike fa le fusa contro il petto di Park, da vero playboy qual è.

Anne, di fianco a Park, emerge dalla sua trance indotta da astronauti. «Cookie?»

Trish annuisce. «La sua mucca da compagnia.»

«E poi ha anche un cane, Rocket,» aggiunge Rose, rivolta al ventilatore che Vance le ha appoggiato di fianco. «Io lo chiamo Red.»

Holt, birra in mano, rotea gli occhi. Sembra uno dei pochi presenti non troppo interessato alla bestia calva. «Non ho problemi con il nostro cane o la mucca, ma ogni mattina mi chiedo se sia stato il caso di prendere anche la capra, perché mi sveglia belando prima ancora del canto del gallo.»

«Nostro?» chiedo accigliandomi.

«Non lo sapevi?» interviene Vance. «Holt è sposato con Julie Starr.»

«E il nostro altro fratello,» aggiunge Rose indicando sé e Holt, «è sposato con la dottoressa Jackie Darling Lee.»

Anne si immobilizza.

Rose fa spallucce. «Pare che i West abbiano la fissa con gli astronauti.»

«Wow.» Amanda sembra colpita. «Una fissa astronomica.»

Trish ridacchia. «Ben detto.»

«Lei verrà?» chiede Anne, la voce sommessa.

«Chi?» domanda Vance.

«La dottoressa Jackie Darling Lee.» Anne si schiarisce la gola. «Verrà anche lei stasera?»

«Purtroppo...» Rose torna a girarsi verso il ventilatore. «Jackie è impegnata a fare la nerd con quella cosa della realtà virtuale.»

«Volevi incontrarla?» Trish ha notato la delusione di Anne.

«Oh, ehm, sì.» Lei avvampa. «Sono una grande fan della dottoressa Lee.»

«Oh oh.» Park tocca Anne con la spalla. «Pensavo di essere io il tuo astronauta preferito.»

Per distrarmi dalla fitta di gelosia, prendo uno dei biscotti dal piatto che Holt ha messo sul tavolino. «Sono buonissimi. Mi fa piacere non essere l'unico uomo capace di cucinare.»

Holt annuisce e sorride. «Il che mi rende felice che ci sia tu nell'appartamento di Jules. Tutta l'attrezzatura da cucina che le ho comprato viene messa a buon uso.»

Anne spalanca gli occhi verso di me come ammonimento.

«Aspetta.» Em si agita sul divano. «Tu stai nell'appartamento di Jules?»

«Sì.» Vance prende a sua volta un biscotto. «Ho dato le chiavi a Felix quando nel suo hotel si sono intrufolati dei fan.»

«Cosa che ho apprezzato molto.» Parlo lentamente, perché non capisco né la reazione di Anne né l'interesse di Eleanor.

Finché quest'ultima non parla di nuovo.

«Ma io le chiavi le ho date ad Anne.»

Merda.

Capitolo Ventuno

Felix

«Sul serio tu e Anne vi siete incontrati quando avete messo piede nello stesso appartamento?» Amanda appoggia il gomito al bracciolo del sedile dell'auto; la sua risata è carica di incredulità. «E tutt'a un tratto...» Schiocca le dita. «L'hai assunta per badare al tuo animale da supporto emotivo?»

Guardo l'autista davanti a noi, stupito che Amanda mi chieda certe cose con qualcuno che ci ascolta.

Da Vance, quando è emersa la convivenza con Anne, lei ci ha salvati entrambi spiegando che è stata una situazione comoda per tutti e due. Ha detto che non volevamo creare problemi a Vance o Em, che si erano impegnati tanto per aiutarci.

Era ovvio che Em volesse fare altre domande, ma non so se per cortesia o per via di Mike, che Park le ha messo in braccio, tutti sono tornati a coccolare il mio animale da supporto emotivo.

Amanda inarca le sopracciglia in attesa di una risposta.

Non tutti si fanno distrarre tanto facilmente.

Faccio un breve cenno del capo. «Grazie per il passaggio, Amanda.»

Lei tace per un attimo, come valutando se accettare o meno il mio cambio di argomento.

Per la prima volta sono a disagio con lei. Ma appena il pensiero si forma, svanisce anche, perché lei scrolla le spalle e sorride. «Figurati.»

È colpa di Anne se all'improvviso non mi fido di nessuno. Anzi, di nessuna donna.

Al momento sono stato grato per la sua prontezza di spirito, ma ora inizio a considerarla una bugia improvvisata. E invece che interrogarmi su ciò che non si di Anne, metto in dubbio tutto quello che faccio io.

Chiudo gli occhi contro i fari delle macchine in autostrada; mi fa male la testa.

Spero che Jack abbia un buon motivo per avermi chiamato insistendo che non tornassi in appartamento, e che invece andassi da lui in hotel.

Andando all'auto con Anne, ho preso il telefono, pronto a usarlo come scudo tra di noi mentre tornavamo a casa, dove avrei scatenato tutte le domande accumulate nelle ultime settimane insieme. In quel momento ho visto tutte le chiamate e i messaggi di Jack. Il telefono era spento per la cena, perché non volevo essere maleducato. Nell'ultimo messaggio mi informava che stava salendo sull'aereo per Houston e che voleva vedermi già stasera, anche se era tardi.

Ho esitato per un attimo, visto che non volevo annullare l'interrogatorio che avevo già rimandato troppo a lungo. Ma era bastato un ultimo sguardo ad Anne e al suo vestito per farmi pensare che forse era meglio raffreddare i bollenti spiriti prima di affrontare quella conversazione.

E sinceramente, una parte meschina di me ha apprezzato l'espressione sconvolta di Anne quando le ho detto che le avrei scritto più tardi e ho chiesto ad Amanda di accompagnarmi in hotel, dove avrei incontrato il mio manager.

«Ehi.» Amanda mi appoggia una mano sul braccio. «Tutto bene?»

Reclino il capo sul poggiatesta. «Emicrania.»

«Argh, che fastidio.» Sento un fruscio, come se stesse frugando nella borsetta. «Non li ho con me, ma in camera dovrei avere degli antidolorifici. Quando arriviamo te ne porto uno.»

«Grazie.»

Il resto del viaggio trascorre in silenzio.

Se non per il costante pulsare della mia testa, al ritmo di quello del cuore.

«Ecco qui.» Amanda emerge dal bagno del suo hotel con due pastiglie nella mano tesa.

Le butto giù con una sorsata d'acqua. «Grazie.» Controllo di nuovo il telefono, anche se so che Jack non atterrerà prima di un'ora.

«Perché non stai qui finché non arriva il tuo manager?» mi propone Amanda. «Meglio che startene in camera da solo.»

Deve notare la mia esitazione, perché afferra il telecomando. «Potremmo guardare un film in cui non abbiamo recitato e giudicare gli attori.»

Riesce a strapparmi una risata. «Se non ti scoccia.» Distrarmi per un po' potrebbe contribuire a farmi passare il mal di testa e impedirmi di fare ciò che vorrei davvero: contattare Anne.

«Per niente.» Si siede a un capo del divano. «Cosa guardiamo?»

Appoggio il cellulare, lo schermo in su, sul tavolino e mi

accomodo all'altra estremità del divano. Con un lungo sospiro, scaccio parte della tensione. «Scegli tu.»

* * *

Liz

«Felix non è tornato a casa ieri sera.»

Mike mi fissa dalla poltrona di fronte al divano.

«Hai ragione, è un uomo adulto.» Getto sul cuscino di fianco a me il cellulare che tengo in mano da stamattina alle cinque quando mi sono svegliata. «Sono sicura che stia bene.»

Mike si gira di lato, le zampe accavallate.

«Ma sai, è strano.» Il piede che ho appoggiato al ginocchio sussulta. «Per essere uno che si è dimostrato un tale bravo ragazzo, è insolito che non mi abbia scritto o chiamato; aveva detto che lo avrebbe fatto.»

Del resto, però, ieri sera non sembrava neanche lui.

«Forse dovrei mandargli io un messaggio?»

Mike resta immobile al sole del mattino.

«Giusto, pessima idea.» Per quanto vorrei tanto chiedergli se sta bene quanto fargli il culo per essersene andato con la sua collega ieri sera, se mi facessi viva sembrerei disperata. Inoltre gli ho già chiesto se stava bene, e lui ha detto di sì.

Il mio piede saltella più in fretta al ricordo di come Felix mi abbia ignorata, parlando più con Amanda che con me, per poi mandarmi a casa da sola con la scusa di dover incontrare il suo manager.

Porca merda.

Con uno sbadiglio, Mike si stiracchia e si alza.

«Mamma si è sentita così in tutti gli anni passati con Stanley?» La compassione per mia madre, che nell'ultimo anno non mi sono permessa di provare granché, mi cresce dentro.

Il gatto saltella dal tavolino al divano e mi si mette di fianco; il suo calore mi fa fermare subito il piede e mi placa.

Forse tutta la questione dell'animale da supporto emotivo non è così campata per aria.

Il mio cellulare trilla, ed è imbarazzante quanto in fretta lo afferri.

Questo è il tuo preavviso.

Ma porchissima di quella merda. Fisso il messaggio di mio fratello Chase e mi chiedo come sia possibile che le cose siano andate a rotoli così in fretta nel giro di un giorno.

Prima ho trovato il coraggio di confessare tutto a Felix, ma poi si è rifatto vivo Johnny Lo Stronzo. E ora la mia famiglia decide che è il momento perfetto per tendermi un agguato.

Cioè, so che dovrei considerarmi fortunata che abbiano aspettato che finissi lo stage. Ma non sarebbe stato male trovare mia sorella prima di confessare ai miei fratelli cosa stavo facendo.

Anche così, visto ciò che è successo e tutto quello che ho scoperto nelle ultime settimane, ho capito che devo smetterla di allontanare la mia famiglia. Per quanto ciò comporti confessare perché l'ho fatto all'inizio.

Ma proprio quando sto per mettere via il telefono, mi arriva un altro messaggio.

Numero sconosciuto: *Sono Trish. Ci siamo viste ieri a cena.*

Ridacchio. Quante Trish pensa che conosca?

Trish: Mi sono fatta dare il tuo numero da Em. Spero non ti dia fastidio.

Visto che non ho di meglio da fare mentre perdo tempo nell'attesa di baciare o strangolare Felix prima di essere sommersa dai Moore, chiamo Trish invece che scriverle.

«Ciao!» L'accento della Georgia di Trish cantilena al telefono.

Metto il vivavoce per poter coccolare Mike. «Ciao, Trish della cena di ieri.»

Lei ridacchia. «Sei arrivata a casa sana e salva? Mike si è ripreso dalle sue avventure?»

Il gatto risponde con uno scatto della coda nel sentirsi chiamato in causa.

Gli strofino il naso tra le orecchie. «Sì, è stata solo una normale giornata nella vita di Mike Hunt.»

La sua risata è come campanelli. «Capisco.» Sento dei mormorii sullo sfondo.

Ricordando la sua domanda sulle illustrazioni di ieri, chiedo: «Posso aiutarti?»

«In effetti sì. Mi chiedevo se potessimo vederci.»

«Adesso?» Guardo l'orologio.

«Pensavo di andare a fare un brunch insieme. So che ieri sera abbiamo discusso di web comics, ma volevo guardare il tuo portfolio e proporti di disegnarli tu.»

Mi si inceppa la mente, poi mille pensieri si accalcano. Tutti meravigliosi. «Non ne ho mai realizzati, lo sai, vero?» La mia insicurezza non può che farsi sentire. «Li leggo e so disegnare, ecco tutto.»

«Sì, ma Amanda ha detto che lo storyboarding è simile, come concetto.»

Accidenti ad Amanda. È difficile non apprezzarla, visto che ha parlato così bene di me. «Giusto.»

«Inoltre, ho invitato Jackie a unirsi a noi.»

Porca. Merda. Mi si inceppa di nuovo il cervello.

«Così incontrerai la tua astronauta preferita.» Trish lo dice come se stesse cercando di convincere Mike a cedere la sua bambola gonfiabile. «Ieri sera, quando Rose ha detto che non sarebbe venuta, ci sei rimasta tanto male. E visto che di solito noi ragazze usciamo insieme per il brunch, ho pensato che fosse un'ottima occasione per tutte.»

«Sì.» Annuisco e quasi tiro un colpo con il mento a Mike. «Si può fare.»

Altra risata trillante. «Ottimo. Ti mando il link del ristorante. Ti va bene alle dieci?»

Ho solo due ore per sistemare il portfolio con i lavori salvati sul tablet e prepararmi per conoscere mia sorella. «Perfetto.»

«Okay, dolcezza. A presto.»

Capitolo Ventidue

Felix

Un forte trillo invade il mio sogno.

Dura quel che serve per mettermi in moto il cervello. Nel silenzio che segue, una bassa conversazione quasi mi culla di nuovo nel sonno.

«Felix.»

Qualcuno mi tocca la spalla.

«Svegliati.»

Un altro colpetto, e la mia testa scivola di lato, facendomi sussultare.

«Eh?» Sbatto le palpebre e mi trovo davanti Amanda, che si sporge verso di me, un ginocchio appoggiato sul divano.

«Jack ti sta cercando.»

«Cosa...» Mi schiarisco la gola e trasalisco nel guardarmi intorno alla ricerca del mio manager. Sono ancora nella suite di Amanda, seduto sul divano, proprio come quando abbiamo iniziato a guardare il film. «Che ore sono?»

«Le otto.»

Stiracchio il collo anchilosato. «Del mattino?» Immagino di sì, visto che siamo arrivati in albergo che era mezzanotte. Ma davvero ho dormito qui per tutta la notte?

Ripenso ad Anne. Non le ho mandato un messaggio né l'ho chiamata come avevo detto.

Amanda fa una smorfia. «Ti sei addormentato all'inizio del film, e io non volevo svegliarti, visto che avevi mal di testa.»

«Cazzo.» Mi sforzo di alzarmi e prendo il telefono. Si è scaricato, è spento.

«Mi dispiace un sacco.» Amanda abbassa il capo.

Scrollo via la stanchezza e prendo un profondo respiro. «Non è colpa tua.» Fisso lo schermo buio. «Ma dov'è Jack? E come fai a sapere che mi sta cercando?»

«Quando non hai risposto ha fatto un giro di telefonate.» Indica il telefono della camera, sulla scrivania. «Ti aspetta nella suite che lo studio ti ha preso all'inizio delle riprese.»

Quella che ho abbandonato per sfuggire a fan e paparazzi. Jack deve aver immaginato che tenere la stanza prenotata a mio nome avrebbe ingannato la gente, facendo credere che stessi ancora lì.

«D'accordo.» Metto via il cellulare ed estraggo il portafogli, grato di non aver gettato le chiavi della camera. «Grazie per l'ibuprofene e per avermi lasciato il divano, Amanda. Lo apprezzo molto.»

Sposta lo sguardo di lato con un debole sorriso. «Figurati.»

* * *

«Cosa cazzo ci facevi nella stanza di Amanda Willis?»

La porta si chiude con un tonfo. «Mi sono addormentato.»

All'occhiata incredula di Jack sollevo le mani; in una reggo ancora la chiave magnetica dell'hotel. «Giuro.» Mi giro e tiro la catenella della porta. «Aspettavo che atterrassi, e mi sono addormentato sul suo divano. Non è successo niente.»

«D'accordo.» Jack torna a sedersi sulla poltrona su cui l'ho trovato al mio arrivo. «Comunque è l'ultimo dei nostri problemi.»

Lancio la chiave sul tavolino all'ingresso. «In che senso?»

Indica i suoi bagagli sul letto. «Prendi la cartellina nella tasca davanti della mia valigetta.»

Trascino esausto i piedi e attraverso la stanza. Nonostante le quasi otto ore di sonno mi sento intorpidito. Immagino che nessuno sia fresco e riposato dopo aver trascorso la notte a dormire in verticale.

«Tanto per cominciare...» Jack si pizzica il naso mentre io estraggo la cartellina. «Volevo scusarmi.»

Mi blocco. «Per cosa?» Fisso la cartelletta gialla.

«Non ho fatto un buon lavoro come tuo manager.»

Sbuffo. «Sei un ottimo manager.»

«No.» La sua determinazione spegne la mia ironia. «Se lo fossi, sarei intervenuto prima con Camilla. O almeno l'avrei valutata prima che ci uscissi.» Scuote il capo con un sospiro. «Ma ho ragionato come tuo amico, e non volevo intromettermi nella tua vita personale.»

Stringo le dita sul fascicolo. «Si tratta di lei? Ha combinato qualcos'altro?»

Accidenti al telefono scarico. Stamattina non ho controllato i giornali.

«No.» Jack scuote il capo. «Si tratta di Elizabeth.»

«Chi?»

Indica la cartelletta. «Il vero nome della ragazza del preservativo. Quella che mi sarei dovuto impegnare di più a trovare.»

Corrugo le sopracciglia, e il mal di testa minaccia di riaffiorare. «Non si chiama così, il suo nome è...»

«Elizabeth.» Jack si alza. «Elizabeth Anne Moore.» Aggira il tavolino e mi raggiunge, poi mi toglie dalle mani la cartellina, la apre e me la restituisce.

La prendo, confuso nel trovarmi di fronte una foto di Anne. Solo che non è lei. Non proprio.

È una donna che le assomiglia, ma diversa. Ha i capelli biondi raccolti in uno chignon formale. I lineamenti sono quelli, ma sono mascherati dal trucco; appare troppo liscia, troppo perfetta. Niente lentiggini. Niente rossore naturale. Nessuna espressione.

Porta diamanti alle orecchie e attorno al collo e ai polsi. Il corpo è avvolto in un abito d'alta moda. Mi ricorda dei red carpet a cui ho partecipato.

Ma non è il suo aspetto la parte più sconvolgente. È chi sta con lei nella foto.

Si trova al centro di un gruppo di donne, che si somigliano tutte in modo inquietante e posano con i loro calici di champagne.

La ragazza della foto è di fianco a Camilla Branson.

* * *

Liz

Non avrei mai pensato che sarei tornata da Boondoggles, e invece eccomi qui. Di nuovo sudata per essermi trascinata attraverso il parcheggio rovente e assolato. Mi avvicino alla hostess.

«Salve, sto cercando...»

«Eccoti!» Guardo oltre la spalla della hostess e vedo Trish che mi saluta come una reginetta di bellezza. «Ciao, tesoro.» Torna a sedersi affaticata; essere così incinta dev'essere gravoso. «Da questa parte.»

Sorrido alla hostess e attraverso il ristorante affollato fino al tavolo in disparte accanto a un enorme focolare vecchio stile. Il semicerchio di mattoni è ancora in posizione, ma il camino vero e proprio è stato rimosso per lasciare il posto al tavolo.

Quando arrivo, quei mattoni attutiscono il chiasso del ristorante. «Spero non mi abbia aspettata a lungo.»

«No, sono appena arrivata. Rose e Jackie saranno qui tra...» Controlla il sottile orologio Cartier che ha al polso. «Mezz'oretta.» Abbassa il braccio e si raddrizza. «Ti ho chiesto di venire un po' prima per toglierci il pensiero del lavoro.» Mi fa un sorriso gentile. «Così potrai fare tutte le domande che vuoi a Jackie.»

Il mio sorriso di rimando è imbarazzato. Non sono più tanto convinta della mia decisione di indossare jeans, maglietta e coda di cavallo. Dopo aver nascosto bocconcini in giro per l'appartamento nella speranza che la caccia al cibo tenga Mike occupato e alla larga dai guai, non ho avuto molto tempo per prepararmi.

Quando ho preso le chiavi dell'auto noleggiata da Felix dal bancone, mi sono detta che era l'occasione perfetta per incontrare mia sorella senza il fardello del nome dei Moore. Che sarebbe bastato essere me stessa senza cercare di impressionarla. Ma ora, agitando i piedi nelle Birkenstock, penso che forse avrei almeno dovuto truccarmi.

Trish fraintende la mia esitazione e la attribuisce all'indecisione su dove sedermi, così indica il posto accanto a sé.

Scaccio i dubbi e mi siedo al suo fianco mentre lei estrae il portatile dalla borsa appesa alla sedia.

«Ron è stato così gentile da inviarmi i tuoi storyboard, quelli citati da Amanda.»

Sbatto le palpebre. Fatico a immaginarmi Ron, quello che ha tanto insultato il mio gatto, come persona gentile. «Oh.»

«Spero non ti dispiaccia.» Trish apre il computer tra di noi. «Non volevo che dovessi farlo tu, perché non ero sicura fossi legalmente autorizzata, e così...» Solleva le spalle sottili. «Sono andata dritta alla fonte.» Gira il portatile verso di me, e il mio storyboard è già sullo schermo. «Li *adoro.*»

Il mio petto, contratto dopo tutto ciò che è successo con Felix ieri, si scalda al suo complimento.

«Sono un po' fissata con la cultura orientale. Adoro le graphic novel uscite di recente. Mi ricordano dei manga, anche se quelle moderne sono a colori.» Tira fuori dalla borsa un gran numero di romanzi rosa e li impila sul tavolo. «Voglio trasformare tutti i miei libri in web comic. E quando ho visto il tuo lavoro...» Fa una pausa e indica lo schermo. «Ho capito subito che facevi al caso mio.»

Scruto la notevole pila di volumi. Sono tanto eccitata quanto sopraffatta. «Io?»

«Sì.» Trish si sistema sulla sedia. «Uff!» Espira a lungo e si appoggia le mani sulla pancia. «La gravidanza non è una passeggiata.»

Faccio un cenno alla cameriera e le chiedo di portarci dell'acqua.

«Grazie.» Trish si riprende e indica di nuovo il computer. «Penso che ciò che hai fatto con gli storyboard sia proprio ciò che avevo in mente per il manga.»

Ripensando al mio lavoro da una prospettiva diversa, capisco cosa intende. La composizione era dettata dalle esigenze delle cineprese e delle inquadrature, e gli storyboard non erano rifiniti come le mie solite opere, ma in effetti raccontano una storia. La storia di Trish. «Non ho mai considerato la carriera nel mondo di web comic.»

«Ora che l'hai fatto,» e appoggia un gomito al tavolo, sporgendosi verso di me, «cosa ne pensi?» Il gomito scivola, perché il pancione le ha impedito di puntellarlo a dovere. «Ops.» Ridacchia allegra.

È contagiosa.

Trish mi piace. È autentica. Gentile. Un'autrice di talento.

E ora che mi ha messo in testa l'idea del web comic… mi sembra grandiosa.

Anche se non ho apprezzato i fronzoli di Hollywood durante lo stage, mi è piaciuto il tipo di lavoro. Disegnare tutto il giorno, e venire pure pagata. Creare arte dalle parole su una pagina. Mi ha fatto sentire come se il mio talento, quello che secondo Stanley Moore è inutile, valesse davvero qualcosa.

Il mio sorriso sincero mi fa sollevare gli angoli della bocca. «Penso che mi piacerebbe tantissimo.»

Trish batte le mani. «Fantastico!»

Discutiamo per la mezz'ora successiva dei suoi libri, delle scadenze e dei costi. In seguito insiste perché mi porti a casa tutti i suoi romanzi. Me li autografa anche.

Sfilo il tablet dalla borsa per far spazio ai libri e lo appoggio sul tavolo. «Non ho una copia fisica del portfolio, ma qui c'è tutto.» Clicco sullo schermo per attivarlo e glielo porgo. «So che ti piace lo stile degli storyboard, ma puoi paragonarlo con i miei altri lavori e vedere se c'è qualcosa che apprezzi.»

Trish si illumina per il ritratto di mia nipote Mary con in braccio Re Richard. «Dovrei inserire più animali nei miei romanzi.» Fa scorrere il dito per passare alla prossima immagine.

Nature morte, ritratti, il fumetto di Mike Hunt nello spazio.

Ridacchia nel vederlo sull'astronave. «Sono stupendi.»

Quelle lodi mi imbarazzano un po', così dissimulo con un sorso d'acqua.

«Oh.» Le sue dita esitano sullo schermo, gli occhi scuri incontrano i miei. «Questo mi piace *parecchio.*» Sembra stia trattenendo una risata.

Appoggio il bicchiere sul tavolo e mi sporgo in avanti. E quando vedo cosa c'è sul tablet, mi cade la mascella.

Felix con il grembiule blu.

Sono stupita che non mi esca il vapore dalla bocca, perché dentro mi sto incenerendo dalla vergogna.

Non ricordavo di aver messo i miei schizzi sul tablet. Di solito trasferisco i miei disegni su carta per eventualmente trasformarli in opere digitali.

Ecco perché Trish, più divertita che scioccata, si trova di fronte la mia fantasia erotica sul divo di Hollywood.

«Adoro come il blu del grembiulino sia in contrasto con la sua pelle olivastra,» dice, tornando a guardare il tablet. «Hai un dono per i colori.»

«Io... ehm...»

Trish ride della mia espressione. «Deduco non fosse previsto che lo vedessi.» Mi dà una pacca sulla mano. «Non preoccuparti, fingerò di non averlo fatto.» Fa scorrere di nuovo le immagini. «Oh.» Le sue guance diventano rosa come le labbra. «Forse è meglio che te lo restituisca e basta.»

Spegne lo schermo, ma non prima che ricordi cos'altro ho messo sul tablet.

Il ritratto di Felix. Nudo.

Prendo il tablet con mani tremanti.

«Non vergognarti. L'arte è arte.» Trish agita la mano come per scacciare il mio imbarazzo. «Questo, tra l'altro, risponde all'altra domanda che devo porti prima di iniziare la nostra collaborazione.»

Mi schiarisco la gola per non suonare come uno dei giocattoli di Mikey. «Ovvero?»

«Avresti problemi a disegnare scene di sesso?» Inclina la bocca di lato. «Perché, come Rose ha detto ieri sera, vorrei che i web comic fossero per adulti.»

«Porno. Ho parlato esplicitamente di porno.»

Trish e io, insieme ad alcuni clienti lì vicino, sussultiamo e ci giriamo verso Rose, in piedi vicino al tavolo, i pugni sui fianchi.

«Fuori fa un caldo porco.» Rose soffia un bacio a Trish, poi a me, quindi si sventola con le mani. «Non so dirvi quanto mi penta di aver messo i leggings.»

Osservo i leggings premaman rossi leopardati che indossa sotto la t-shirt della NASA.

«Sinceramente però sempre meglio del vestito, l'altra sera mi si strofinavano le cosce.» Chiede a un cameriere di passaggio di aumentare la velocità dei ventilatori sul soffitto e si accomoda sulla sedia vicino a me. «Ho persino dato cento dollari di mazzetta alla hostess e le ho chiesto di mettere l'aria condizionata al massimo.» Indica me e Trish. «Quindi, se vi ritrovate i capezzoli come chiodi, non intendo neanche scusarmi,» e fa spallucce.

«Jackie dov'è?» chiede Trish, risparmiandomi di farlo io stessa.

«Mi ha lasciata all'ingresso in modo da non farmi arrancare per il parcheggio.» Rose si versa un bicchiere d'acqua dalla caraffa che il cameriere di ha portato. «Una vera amica.» Si scola il bicchiere in un solo sorso, e si asciuga il mento dopo aver finito di bere. «Ma basta parlare di me.»

«Non pensavo l'avrei mai sentita dire una cosa del genere,» mormora Trish con un sorriso divertito.

Rose la liquida con un cenno, poi mi guarda negli occhi. «Tu come stai?»

Il suo improvviso tono preoccupato mi spinge a scambiarmi un'occhiata con Trish.

«In che senso?»

«Per la storia emersa stamattina su Felix e Amanda,» risponde Rose, scrutando i vari televisori alle pareti del ristorante. «Insomma, so che sei solo la sua pet sitter, ma di certo tutto il suo team sarà in allerta.»

Le fisso la nuca con aria assente.

«Ecco.» Rose ha trovato ciò che cercava e indica lo schermo nell'angolo. Uno dei pochi non sintonizzato su ESPN. «Visto? Parlano tutti di Felix e Aman...» Si blocca. «Oh, cazzo.»

L'immagine di Felix e Amanda viene rimpiazzata da un'altra.

«Quella sei tu?» chiede Trish.

Senza parole, annuisco e fisso la foto di me e Felix che ci baciamo sul set.

«Era... una cosa di lavoro. Facevo da sostituta per la scena.» Il mio balbettio viene accolto da sguardi impietositi.

Rose mi accarezza la mano. «Meglio. È già abbastanza grave che tradisca la fidanzata e si faccia la sua collega. Non mi sarebbe piaciuto che andasse a letto anche con...»

«Cosa?» Il mio cervello ancora non funziona. «Fidanzata?»

La fronte di Rose si corruga. «Ieri sera non l'ha menzionata, quindi non l'ho fatto neanche io, ma mi pare abbia ufficializzato con Camilla Branson non molto tempo fa.»

«Ufficializzato.» La parola mi scivola dalla lingua, estranea e pericolosa.

Rose annuisce e si versa un altro bicchiere d'acqua.

«Ehm... Rose?» Trish sposta lo sguardo da me al televisore e viceversa.

Rose sembra non sentirla e indica lo schermo. «Qualcuno all'hotel, ieri sera, ha visto Felix entrare nella camera di Amanda e non uscirne fino a stamattina.»

«Ah sì?» La mia voce suona molto remota.

«Sì, e io di solito sono brava a giudicare le persone. Ieri sera Felix non mi ha dato l'idea di essere un tradit...»

«Rose!»

«Eh?» A Rose scivola di mano la brocca, e l'acqua schizza il tavolo. «Che c'è?»

«Stai attenta a quello che dici!» L'accento della Georgia di Trish si fa più marcato.

Rose nota la mia espressione e si blocca. «Oh.» Si morde il labbro. «Cazzo.» Borbotta qualcosa su Vance, i suoi super spermatozoi e il cervello da gravidanza. «Avrei dovuto capirlo prima.»

«Anne?» Trish mi prende la mano. «Stai bene?»

«Benissimo.» Annuisco con un sorriso falso. Mi sento di nuova la vecchia me stessa ai gala di beneficenza. In TV compare un'altra donna bionda, abbronzata e con zigomi sfumati alla perfezione, che si tampona gli occhi con un fazzoletto. La didascalia recita: *Camilla Branson. La fidanzata. L'altra. La rovinafamiglie.*

«Ah, ecco, per la cronaca,» riprende Rose, «non fidarti di tutto ciò che leggi su internet.»

«Sì, dolcezza.» Trish mi sfiora di nuovo la mano. «Sono sicura che il team di pubblicitari di Felix se ne occuperà in fretta.»

Mi concentro sul sollevare gli angoli della bocca, abbastanza da veicolare l'aria di grazia e controllo mentre le mie peggiori paure prendono vita.

Ma quando sul televisore compare una foto della madre di Felix con la domanda *Dov'è Sophia Jones?* la facciata si incrina.

Stringo la mano a pugno sotto quella di Trish. «Porca. Merda.»

Rose si scambia uno sguardo di preoccupazione materna con Trish, poi si acciglia. «Porca cosa?»

«Merda. Ho detto porca merda.» Afferro il tablet e la borsa di libri.

«Già, mi pareva,» dice Rose.

Mi alzo e mi metto la borsa a tracolla. «Devo andare.»

E quando continuano a guardarsi a disagio, sfodero un trucchetto degno di Felix Lo Stronzo. «Va tutto benissimo,» dico prima di allontanarmi.

Uscendo, passo di fianco a mia sorella.

Capitolo Ventitré

Felix

Dovrei sviluppare una dipendenza da Candy Crush.

In questo momento, un giochino stupido sarebbe molto meglio che lasciarmi trascinare in questo groviglio di auto recriminazione e disprezzo mentre fisso un gatto pelato.

La coda di Mike si arriccia da un lato, poi dall'altro; è appollaiato sulla poltrona di fronte al divano.

Di solito approfitterebbe della mia distrazione per avvicinarsi mentre fisso la porta d'ingresso, aspettando che Anne torni a ridarmi le chiavi dell'auto.

Ma o Mike sa cosa significa il borsone ai miei piedi, oppure è più sensibile di quanto pensassi.

Mi costringo a distogliere lo sguardo dai suoi occhi porcini e sblocco il telefono. Invece che fare la cosa intelligente, ovvero scaricare l'app preferita del mio manager, faccio quella stupida e guardo le notizie di Hollywood e i miei social media.

Traditore. Playboy. Dipendenza. Madre dispersa.

È l'ultimo titolo a straziarmi.

Circa un'ora fa, quando ho finalmente metabolizzato chi sia Anne, ovvero Elizabeth, il telefono di Jack è esploso di notifiche dalle agenzie di notizie che chiedevano se fosse tutto vero. Se davvero tradissi la mia fidanzata con diverse donne mentre mia madre è assente dalla sua solita vita sociale.

È l'ultimo avvertimento di Camilla.

Sopra la foto di me con mia madre ai Golden Globe dell'anno scorso, quella usata dai tabloid, compare un messaggio: *Sicuro che non vuoi che venga?*

Jack sa che dovevo recuperare alcune cose dall'appartamento, e si è proposto di farlo al posto mio. Ma visto che non si era ancora diffusa la notizia su dove quel luogo si trovi, ho pensato saggio occuparmene da solo. Per ottenere le risposte che avrei dovuto insistere per avere dall'inizio della mia relazione con Anne… con Elizabeth.

Solo che non mi aspettavo di non trovarla al mio arrivo. O che si fosse presa le chiavi dell'auto a noleggio.

«Miao.» Mike tira zampate al divano.

Né mi aspettavo di ritrovarmi da solo con Mike.

Il suono delle chiavi nella toppa mi fanno girare di scatto verso sinistra.

Non voglio trovarmi in svantaggio, così mi alzo e mi preparo a sentire cose che non vorrei ma di cui ho bisogno.

Ma anche con tutta la mia preparazione mentale, il mio cuore non è pronto quando Anne entra.

I capelli sono un'aureola arruffata, la coda semi sciolta, la pelle rossa e umida di sudore; l'espressione è straordinaria e omicida al tempo stesso.

«Elizabeth.» Non Anne, ricordo a me stesso.

Lei incespica sulle Birkenstock mentre la porta le si chiude alle spalle. Poi, come se le sue menzogne non la turbassero, continua ad avvicinarsi e lascia cadere la borsa con un tonfo. «Stronzo.»

La sua rabbia è inattesa, come tante cose di lei. «Come, scusa?»

«Hai sentito.» Getta le chiavi dell'auto a noleggio sul tavolino tra di noi. «Visto che hai già fatto i bagagli,» e indica dietro di sé con il pollice, «vattene.»

Stringo i pugni. «Vuoi giocartela così?»

«Giocarmela?»

«La tua sceneggiata, quella che hai iniziato nel tentativo di avvicinarti e ottenere una storia.»

«Aspetta.» Fa una risata acida. «Vuoi dare la colpa a me perché *tu* mi hai tradita?» Scuote il capo. «Sono stata l'altra, la tua amante, e poi hai passato la notte con la tua collega?» Le lacrime le inondano gli occhi. «Mi ero ripromessa di non finire invischiata con qualcuno come...» La sua voce si spegne. Si preme i pugni sugli occhi. «Cristo, la tua povera fidanzata.»

«Povera fidanzata?» ringhio. «Quindi ti sei bevuta le cazzate della tua amichetta Camilla, eh?»

«Amichetta?» Abbassa le mani, gli occhi lucidi e confusi. «Non la conosco neanche.»

«Come no.» Per quanto faccia male, sono quasi felice di averla colta in fallo. Estraggo dalla tasca la foto che Jack ha stampato e gliela porgo. «Questa come la spieghi, allora?»

Lei fissa l'immagine accigliata. «Dove...» Me la toglie di mano e continua a osservarla. Lei, Camilla, gli abiti abbinati, gli accessori che costano più dello stipendio annuo di una persona normale. Appare davvero confusa. «Questa foto... è di parecchi anni fa.»

È una brava attrice, devo ammetterlo. Ma sono stufo di vivere in una fantasia. Le sceneggiate le faccio per lavoro, non le voglio nella vita reale.

«Certo, certo. E adesso mi dirai che non sapevi che la tua famiglia sta attualmente lavorando con Camilla sulla sua linea di moda.»

Qualcosa scatta in Anne. Anzi, in Elizabeth. «Questa non sono io. Non ho niente a che fare con Moore's.»

«Ma piantala.»

Non è più così aggressiva ora che le ho messo davanti le prove; alza le mani. «Senti, non so di cosa tu mi stia accusando, ma l'unica cosa di cui sono colpevole è di non averti detto il mio primo nome.» Incrocia le braccia al petto. «Sei tu quello che continua a tradire. E cos'è questa storia di tua madre? Ieri sera mi hai detto che andava tutto...»

«Non azzardarti a tirare in ballo mia madre!»

L'enfasi delle mie parole la fa indietreggiare.

«Sei tu che le hai fatto questo.» Ingoio le emozioni che mi si gonfiano dentro. «Che hai minacciato di rendere pubblica la sua sofferenza.»

«Ma di cosa stai parlando?»

Non so se davvero si meriti un Oscar o se davvero non sappia cosa Camilla avrebbe fatto con le informazioni ottenute da Elizabeth, ma decido di parlare chiaro. Voglio che sappia le conseguenze del suo egoismo. «La tua cara amica Camilla è una ricattatrice. Appena le hai dato le prove che non portavo più avanti la farsa del nostro fidanzamento, si è vendicata. Ha spinto l'intero mondo a odiarmi e a schierarsi con lei.»

Le linee tra le sopracciglia di Elizabeth diventano più profonde. «Non capisco, quale prova? E con cosa ti starebbe ricattando?»

Scelgo di credere alla sua confusione, ma solo perché, in caso contrario, non credo potrei riprendermi. Solo quando me la sono trovata davanti, sapendo cosa mi ha nascosto e costringendomi comunque a reprimere l'urgenza di abbracciarla, baciarla, farmi confortare da lei, ho capito quanto sono innamorato.

Di Anne. Elizabeth. Chiunque sia la persona che mi ha riportato a essere l'uomo che ero prima della fama.

«Mia madre è in riabilitazione per dipendenza da farmaci.»

Elizabeth getta indietro la testa, occhi e bocca spalancati.

Mi schiarisco la gola e proseguo. «Ora si sta facendo aiutare; in passato le hanno prescritto troppi antidolorifici in seguito a un intervento.» Traggo un respiro. «Lei non lo sapeva. Il medico continuava a darle i farmaci, pensando che lei li prendesse per darli a me, il suo celebre figlio che probabilmente si sballava per divertimento.» Mi passo una mano tremante tra i capelli. «Ha seguito solo le indicazioni del medico, e per colpa mia...»

«Felix.» Elizabeth tende la mano ma io mi ritraggo; la sua compassione svanisce, le spalle si raddrizzano. «Non sapevo di tua madre, giuro. E se anche l'avessi saputo, non sarei mai, mai stata amica di qualcuno capace di usare una cosa del genere contro un'altra persona.»

«E allora da chi l'avrebbero scoperto?» la interrompo per non sentirmi dire quanto ci tiene alla donna che ha contribuito a far soffrire. Sollevo il cellulare e le mostro la foto di noi che ci baciamo alla NASA. «Chi altri potrebbe aver mandato questa foto a Camilla?»

«Come avrei fatto a scattarla?» Scuote il capo. «Sono io quella ritratta!»

«Probabilmente l'hai fatto fare a qualcun altro.» Faccio una pausa e mi sovviene un ricordo. «David ti stava sussurrando questo prima che mi baciassi?»

Si acciglia come se ci stesse pensando. «No.»

«E allora cosa ti ha detto prima che mi baciassi davanti alla troupe, quando tutti sanno che i sostituti non debbano replicare la scena?»

«Tanto per cominciare, io non sono *tutti,* e non lavoro a Hollywood. Quindi non sapevo di non doverti baciare.» Le sue guance si arrossano, non so se per la rabbia o l'imbarazzo. «E David stava solo cercando di farmi rilassare. Mi ha detto...» Sospira e appare sconfitta. «Mi ha detto di fingere di essere a uno dei gala che frequentavo in passato. Quelli a cui mio padre mi costringeva ad andare.» Solleva le spalle, gli occhi distolti. «Ho sempre dovuto fingere di essere qualcun altro. Ecco cosa intendevo l'altra sera quando ho detto che sapevo come ti sentivi.»

Sbuffo. Ho troppa paura a credere a ciò che dice.

«Quella foto,» e indica quella che la ritrae con Camilla, «è stata scattata a uno di quegli eventi. E anche se sono io quella di fianco a Camilla, non la conosco. Non conosco nessuna delle persone immortalate. È solo una coincidenza, credimi.»

Guardare quell'immagine non fa che rinfocolare la mia rabbia. «Oh, solo una coincidenza, quindi?» Il mio sorriso non è caloroso né sincero. «Proprio come è una *coincidenza* che tu ti sia dimenticata di dirmi il tuo vero nome? O come, per *coincidenza,* sei comparsa nell'appartamento che mi ha reperito Jack?»

Elizabeth stringe i denti. «Te l'ho detto, ero qui per...»

«Anche venire a letto con me è stata una coincidenza, o era parte del piano?»

Un moto di soddisfazione mi percorre quando la vedo sussultare. Ma dura poco, perché il silenzio che segue è amaro.

Mike si alza dal suo scranno e stringe gli occhi verso di me. Solleva la coda e si prepara a balzare.

Mi preparo all'impatto, ma lui si placa quando Elizabeth gli appoggia una mano sulla schiena.

Liberandomi dal suo sguardo d'accusa, torno, debole come sono, al bisogno di risposte.

«Perché?» La domanda è più spezzata di quanto vorrei.

Il silenzio di Elizabeth è insopportabile.

«Perché ora?» La rabbia dà forza al mio tono, alla mia determinazione. «Perché non usare la foto che hai scattato in hotel la prima volta?»

«L'ho cancellata,» ringhia.

«Sul serio?» La mia voce è sprezzante.

«Mi hai vista farlo.»

«Ti ho vista cancellarne una copia. Magari ne avevi un'altra salvata da qualche parte, mentre eri occupata a farmi giocare allo chef, a rovinarmi la carriera e a farti portare a cena.»

«Non...»

«La cena.» Inclino il capo e ripenso alla sua insistenza per accompagnarmi. «Sì, avevi bisogno che ti portassi alla cena degli astronauti.»

Spalanca gli occhi per un istante, ma quel gesto conferma i miei sospetti.

«Perché?» Faccio un passo avanti, e siamo a una spanna di distanza.

Mike soffia.

Indietreggio, ma quando Elizabeth continua a tenergli una mano sulla schiena, torno a insistere. «Perché era così importante andare a quella cena?»

«Non posso dirtelo.» Ha gli occhi lucidi.

Rido con cattiveria. «Beh, non è forse la storia della nostra intera relazione?»

Ciglia bionde si abbassano su zigomi pallidi. «Senti.» Riapre gli occhi, più azzurri e intensi che mai. «So che sei arrabbiato e ferito.» Si porta la mano libera al petto. «Anche io sono confusa. Ma non ho fatto niente di ciò di cui mi accusi.»

Abbasso lo sguardo sulla sua spalla. Non riesco a resistere alle menzogne che mi tentano nei suoi occhi.

Fa un respiro profondo come per racimolare pazienza. «Non ti ho detto il mio vero nome, come all'inizio non hai fatto nemmeno tu.» Fa una pausa per sottolineare il concetto. «Però non ti ho mai mentito.»

Vorrei liquidare la sua affermazione, ma è vera. Il che fa solo più male.

«Questo è inutile.» Sfinito, rimetto il telefono in tasca e raccolgo il borsone. «Non so cosa mi aspettassi da questa discussione.»

Invece lo so.

Mi aspettavo che le sue risposte mi dessero speranza. La speranza che non fosse tutto falso. Che non fosse inconsistente o superficiale come la gente mi ritiene essere a causa dei miei film. O almeno mi aspettavo che senso di colpa, imbarazzo e rimpianto offuscassero la sua naturale bellezza. Una reazione che avrebbe reso meno lacerante il cratere che ho nel petto.

Vado alla porta, la apro e mi volto un'ultima volta. «Perché sono un così facile bersaglio per donne senza talento che vogliono farsi un nome?» Mi ci vuole tutta la mia forza per sostenere il suo sguardo.

I suoi occhi non esitano. La bocca resta chiusa.

La sua decisione di non rispondere mi spinge a un'ultima frecciata. «Immagino che succeda quando non ne hai uno. Uno vero, almeno.»

L'espressione vacua di Elizabeth si contorce per un dolore quasi palpabile.

Era ciò che volevo. Ma la soddisfazione che pensavo avrei provato non c'è. Invece il vuoto che ho nel petto cresce, più opprimente che mai.

Deluso da me stesso, mi giro e me ne vado, fermandomi quando qualcosa di grosso mi blocca il tragitto.

Ho un attimo per registrare la sagoma paillettata di un gatto, poi un pugno mi si schianta in faccia.

* * *

Liz

Felix cade a terra a peso morto.

Il mio fratello maggiore Thomas gli incombe sopra.

«Thomas!» Mia cognata Alice afferra il marito per la vita

quando lui si china a prendere Felix per il bavero, l'altro braccio tirato indietro.

«Dagliene un altro, Tallero.» Chase supera Thomas ed entra; il suo tentativo di tirare un calcio a Felix viene bloccato dalla mia altra cognata, Bell, che gli salta sulla schiena.

«Botte! Botte!» Mia nipote Mary infila dentro la testa da dietro Thomas, ma poi un braccio ornato da vari bracciali di diamanti la tira indietro prima che possa entrare.

Mamma.

Osservo la scena come se qualcuno mi avesse premuto un pulsante di pausa interno.

«Ma che cazzo?»

«E tu chi saresti?»

«Basta!»

«Voglio vedere!»

«Non azzardarti mai più a parlare così a mia sorella.»

«Calmatevi.»

«Dacci dentro, papà!»

Il caos mi esplode attorno. Io resto paralizzata, in compagnia dell'unico altro suono che mi invade: il battito del mio cuore.

Poi una nuova voce si unisce al chiasso e si mette a sbraitare di cause e denunce. Altri tonfi, probabilmente pugni e schiaffi. Quindi il silenzio.

Finché mani snelle e gentili mi prendono per le spalle. «Elizabeth?» Una stretta. «Lizzie, tesoro?»

Mamma.

Qualcosa di morbido e caldo mi si struscia contro le gambe.

Mike.

Mi riscuoto lentamente. Torno in me. Vedo una maglietta con un gatto di paillettes: per metà Re Dick Moore, per metà Mike Hunt.

Sbatto le palpebre e metto a fuoco il viso di fronte a me.

«Mamma?»

Thomas le sta accanto, il labbro spaccato. «Ciao, Elizabeth.» Si passa la mano sulla maglietta, rivelando del tutto l'immagine di Re Dick.

«Ehilà, Lizzie.» Chase si mette dall'altra parte di nostra madre e agita le mani. «Sorpresa.» Non mi stupisce che la sua, di maglietta, rappresenti Mike Hunt.

Sposto lo sguardo verso la soglia, dove si trovano Bell, Alice e Mary. Ciascuna indossa la maglietta con il gatto che ho inviato loro. Metà mostrano Mike, l'altra metà Richard.

«Le magliette.» Il mio sorriso è vacillante. «Le avete messe.» Ho gli occhi offuscati.

Tutti tranne mamma si guardano il petto, come a capire perché mi sia concentrata proprio su quello.

Mia madre continua a fissarmi. «Mi sei mancata tanto, mia dolce Lizzie.»

La diga crolla. Il dolore, il senso di colpa, la vergogna, persino l'amore e il senso di perdita che ho tenuto a bada nell'ultimo anno esplodono, mi riempiono il petto finché non riesco più a trattenerli.

Le lacrime cadono, e io mi ritrovo abbracciata da un gruppo di patate di paillettes.

Capitolo Ventiquattro

Liz

«Chi ha preso a pugni papà?»

La domanda di Mary rompe il silenzio stranamente confortevole che la mia famiglia ha mantenuto dopo che Felix è diventato un idiota e Thomas è andato in modalità *Fight Club*.

Bell, che fa parte del protettivo bozzolo di paillettes che mi abbraccia, si scosta per rispondere alla mia nipotina di nove anni che gioca con le Barbie sul pavimento. «Sono abbastanza sicura che fosse una star del cinema.»

«Cazzo, ma va?» Chase è il prossimo a fare un passo indietro, Bell gli dà uno schiaffo sul braccio.

«Non imprecare davanti a tua nipote.»

«Tranquilla, zia Bell.» Mary mette giù la Barbie astronauta e tiene in piedi il Principe Azzurro Ken. «Papà dice che dovrei ascoltare solo la metà di quello che dice lo zio Chase,» e mentre parla fa muovere Ken, come se fosse lui a dirlo, «e non ripetere nulla.»

Thomas fa l'occhiolino compiaciuto alla figlia.

Chase scrolla le spalle. «È un consiglio piuttosto valido, in effetti.»

«Thomas.» Alice fissa il marito. «Sapevi che era una celebrità quando gli hai dato un pugno?»

Il suo sorriso si appiattisce. «No.»

«Capisco.» Lei inclina la testa. «E ora che l'hai preso a pugni, per di più davanti a nostra figlia, provi qualche tipo di rimorso o rimpianto?»

L'unico cambiamento nell'espressione di mio fratello è un leggero dilatarsi delle narici. «Solo per non averlo colpito più forte.»

«Accidenti, Tallero.» Chase dà una pacca sulla spalla a Thomas. «Molto cazzuto da parte tua.»

Alice storce le labbra in un tentativo di disapprovazione. «Allora sono sicura che la causa che ne seguirà non sarà così gravosa, a patto che tu non abbia rimpianti.»

«Se denuncerà qualcuno,» riesco a dire senza riprendere a piangere, con la voce roca, «probabilmente sono io.» Soprattutto perché l'avvocato-manager di Felix è arrivato in tempo per portare il suo cliente fuori dall'appartamento e lontano dai pugni di Thomas.

Sprofondando sul divano, scuoto la testa verso Mary e do una pacca al cuscino accanto a me.

Lei prende le sue bambole e mi si siede da un lato, mia madre dall'altro.

Come a prepararsi per una storia della buonanotte, Chase trascina due sgabelli da cucina in salotto per sé e Bell. Thomas si siede sulla poltrona, con Alice appollaiata sul bracciolo accanto a lui.

Mike Hunt e Re Dick Moore si accoccolano alla luce del sole.

«Allora.» Avvolgendo un braccio intorno a Mary e appoggiando l'altro sul ginocchio di mia madre, faccio un respiro profondo per eliminare i residui del mio tsunami emotivo. «Nell'ultimo anno ho accumulato abbastanza crediti per laurearmi con un master in arte digitale, sono diventata un'istruttrice di yoga, ho fatto uno stage come storyboarder, mi sono innamorata di una star del cinema e ho scoperto di avere una sorellastra.» Mi guardo intorno, incrociando gli sguardi scioccati di tutti prima di chiedere: «Cosa volete sapere per prima cosa?»

* * *

«Ehi, mamma?»

Dopo aver sconvolto tutta (o quasi) la mia famiglia con il motivo per cui sono venuta a Houston e con tutto quello che è successo da quando sono arrivata, mi sono convinta a fare i bagagli e a lasciare l'appartamento.

Una scelta azzeccata, visto che i paparazzi stanno invadendo l'edificio, e io non ci tenevo a restare in un posto che mi ricordasse Felix Lo Stronzo.

Mamma, intenta a disfare il trolley Louis Vuitton e a disporne il contenuto nella cassettiera della suite con tre camere da letto del Post Oak Hotel, si volta verso di me. «Sì, cara?»

«Perché non mi hai detto prima di mio padre?»

So della mia sorellastra perché mia madre mi ha parlato di lei e di chi fosse il mio vero padre dopo che i miei fratelli hanno scoperto che l'uomo che mi ha cresciuto ha usato la mia illegittimità come scusa per rubarmi l'eredità. Ma in seguito non ho mai fatto domande, troppo impegnata a riprendermi dalla notizia.

Ora, dopo essermi sfogata, mi siedo a gambe incrociate sul letto; mi sento abbastanza forte da ascoltare le risposte da cui sono fuggita per un anno intero.

Inclino la testa verso la sua. «Su chi fosse il mio *vero* padre, intendo.»

Lei sospira, lo sguardo fisso sui vestiti perfettamente piegati che ripone nel cassetto. «Voglio mettere in chiaro una cosa prima di iniziare.» Chiude il cassetto e mi guarda dritta in faccia. «Quando dico che la relazione è stata un errore, non mi riferisco in alcun modo a *te*.» Si inclina in avanti, sedendosi con eleganza ai piedi del letto. «Sei una delle cose migliori e più preziose della mia vita e non cambierei nulla di ciò che ho fatto, visto che è ciò che ti ha portata a me.»

Ingoiando altre lacrime, annuisco.

Lei sospira e liscia il copriletto. «Che tu ci creda o no, tuo padre... cioè, io e *Stanley* andavamo d'accordo.»

Mi è difficile crederlo, ma lo tengo per me.

«E quando le cose si sono fatte difficili tra noi, avrei dovuto lottare per il nostro matrimonio invece di ignorare i problemi.» Sorride mesta. «Non sono stata coraggiosa come te.»

«Io?» Mi sollevo su un gomito. «Coraggiosa?»

«Oh, sì.» Il suo sorriso si fa più intenso. «Ti ho sempre guardato con meraviglia mentre sedevi a tavola e lottavi per tutta l'infanzia affinché la nostra famiglia andasse d'accordo. Mi ha stupito il modo in cui eri abbastanza matura da trattenerti ma abbastanza coraggiosa da tenere il punto nei momenti giusti.» Allunga la mano e prende la mia. «E quando sei partita per un anno intero senza la sicurezza del nome Moore o della tua eredità alle spalle e sei riuscita comunque a diventare la donna capace e forte che sei...»

Le sue labbra rosa si storcono di lato. «I tuoi fratelli pensavano che non volessi che ti inseguissero perché mi sentivo in colpa.» Assume una posa pensierosa. «E forse c'è del vero.» Mi stringe la mano. «Ma volevo anche darti spazio. Non è stato affatto facile, ma ho rispettato la tua scelta di andartene, quella che io non avrei mai potuto fare.» Si lascia andare, le rughe le segnano la fronte normalmente liscia. «Anche se mi ha ucciso non poterti parlare. Non poterti spiegare.»

Mi sposto in avanti e ricambio la sua stretta, nell'attesa che continui.

Ma proprio quando penso che abbia detto tutto quello che poteva, si schiarisce la gola con un delicato colpo di tosse. «Ho conosciuto tuo padre, il tuo *vero* padre, dopo aver terminato di organizzare un pranzo di beneficenza. Uno dei tanti con cui mi sono tenuta occupata una volta venuta a conoscenza dei tradimenti di Stanley.» Il suo sospiro è per metà colpevole e per metà stanca accettazione. «Ero seduta al bar dell'hotel quando è entrato, bello ma un po' trasandato, con la cravatta storta e i capelli scompigliati.» Un sorrisetto malinconico le si affaccia sulle labbra. «Era diverso dagli uomini con cui sono cresciuta. Appassionato e reale.»

Sono scioccata da quanto mia madre sembri giovane nel rievocare quel momento. I suoi occhi sono brillanti, le guance arrossate.

«Anche se era al bar solo per aspettare che la sua stanza fosse pronta, abbiamo finito per passare tutto il pomeriggio a parlare. Era a New York per lavoro, il suo primo viaggio lontano da sua figlia dopo che la moglie era morta di cancro due anni prima.»

Mi sento avvampare, addolorata all'idea che la sorella che non ho mai conosciuto abbia perso la madre così giovane.

«E dopo aver parlato...» Le esili spalle della mamma si sollevano; è incapace di pronunciare le parole. «Quando mi sono resa conto di essere incinta di te, ho scelto di far finta che io e lui non fossimo mai esistiti. Per continuare a vivere la vita di Eleanor Moore, moglie di Stanley Winston Moore, patriarca di una delle famiglie più importanti di New York, se non del Paese.» Le rughe tra le sopracciglia diventano più marcate. «Mi sono detta che era tutto per il meglio, ma non mi sono mai chiesta *per chi* fosse il meglio.» Gli occhi, ora pieni di lacrime, incontrano i miei. «E mi dispiace. Mi dispiace tanto di non avertelo detto prima. Mi dispiace per tante cose.»

Tolgo la mano dalla sua, mi inginocchio e la abbraccio.

Stringendomi forte, mi sussurra all'orecchio: «Ti voglio bene, sono orgogliosa di te e sono felice che tu sia mia figlia. Sei tutto ciò che ho sempre desiderato essere, e l'hai fatto da sola.»

Appoggiando la testa sulla sua spalla, lascio scivolare via i secondi mentre accarezzo il morbido cashmere del suo cardigan. Perché ovviamente Eleanor Moore indossa il cashmere anche nell'inferno umido del Texas sud-orientale.

«Non sono sicura di essere davvero tutto quello che pensi, mamma,» e affondo il viso nel suo maglione.

Lei si piega all'indietro, tenendo il mio viso con entrambe le mani. «E perché dici così?»

«Thomas è un brillante uomo d'affari e Chase è un abile investitore, entrambi non solo gestiscono l'azienda di famiglia, ma l'hanno portata al successo come non accadeva da anni.» Abbasso gli occhi sulla sua collana di perle. «Io sono solo una persona che sa disegnare.»

«Per prima cosa,» mi bacia entrambe le guance prima di lasciarmi andare, «voglio dire che amo tutti i miei figli allo stesso modo. *Tuttavia...*» Mi guarda, con l'aspetto della signora dell'alta società che è. «Thomas è un po' stronzo.»

Mi strozzo con il prossimo respiro.

«E Chase, beh, ogni tanto è davvero un cretino.» Abbassa lo sguardo sulla sua maglietta che sbuca dal cardigan; come quella di Mary, è per metà Mike Hunt e per metà Re Dick Moore. «E ha avuto un'influenza negativa su di te e sul tuo senso dell'umorismo.»

Sorridiamo entrambe.

Mamma si alza, spazzolando indietro i capelli che mi sfuggono dalla coda di cavallo. «Non pensare, quindi, che solo perché hanno un buon senso degli affari siano in qualche modo più bravi o migliori di te.»

Le sue parole raggiungono una parte di me che è rimasta zoppa e ferita da quando ho scoperto di non condividere tutto il DNA dei miei fratelli.

Le labbra della mamma si stringono, con una leggera contrazione di un angolo. «Pagherei un sacco di soldi per vedere uno di loro provare a resistere un anno intero senza l'eredità. Perché non dimenticare che Thomas ha ricevuto l'azienda per il semplice fatto di essere il primogenito. E l'investimento principale di Chase proviene dalla sua eredità, anche se l'ha ripagata con i profitti.» Mi accarezza ancora una volta la guancia. «*Tu*, mia cara e dolce ragazza, hai rinunciato a tutti questi privilegi per accollarti prestiti universitari e lavori part-time, tutto per poter essere fedele a ciò che sei e affinare il tuo impressionante talento artistico.» Ride piano. «Riusciresti a immaginare Thomas o Chase che fanno una cosa del genere?»

La domanda mi fa venire in mente l'immagine di uno di quei due che tiene una delle mie lezioni di yoga.

Scoppio a ridere, e lei ride con me. «Thomas sarebbe stato licenziato per aver dato dell'idiota a un cliente.»

«Oddio.» Rido ancora di più. «Sicuramente.»

«E Chase avrebbe sperperato tutti i suoi soldi per cercare di fare colpo sulle donne piuttosto che per pagare le tasse universitarie.» Fa una pausa. «Questo se Bell non fosse stata coinvolta.»

«E Alice?» chiedo, pensando all'effetto addolcente che ha su Thomas.

La mamma liquida l'idea con un gesto della mano. «Anche con la santa influenza di Alice, Thomas continua a dare dell'idiota alla gente.» Fa un lungo sospiro; le paillettes della maglietta catturano la luce. «George si guadagna sempre i suoi bonus annuali mettendo a posto i danni che combina.»

Ridacchio di nuovo pensando al segretario di Thomas, che è sempre stato molto paziente.

Mamma mi passa un braccio intorno alle spalle. «Non pensare mai di non avere lo stesso talento o di non essere amata come i tuoi fratelli.» Mi stringe a sé. «Perché onestamente,» sussurra, «*tu* sei infinitamente più in gamba di loro.»

Ricambio l'abbraccio. «Grazie, mamma.»

«Ottimo.» Ritrae il braccio e si passa le dita sotto gli occhi. «Devo però ammettere che il tuo piano per incontrare tua sorella fa acqua da tutte le parti.»

Trasalisco di fronte alla dura verità.

«Non sembra che tu abbia pianificato nulla, in realtà.» Si alza in piedi, lisciando la longuette, che in qualche modo riesce a sembrare chic anche con la maglietta con paillettes del gatto che fa capolino dal cardigan di cachemire. «È come se fossi arrivata e avessi sperato di incrociarla.»

Incontrando lo sguardo tutt'altro che colpito di mia madre, faccio una smorfia. «Ho pensato che se il nostro incontro fosse stato casuale, se io e lei ci fossimo trovate *per caso*, allora non avrebbe avuto il tempo di... non so, essere delusa o turbata, forse?»

La mamma mi fissa impassibile. «Ti prego, dimmi che ti rendi conto di quanto sembri assurdo ora che l'hai detto ad alta voce.»

Sospiro e mi sposto in avanti sul letto fino ad appoggiare i piedi sul pavimento e metterle la testa in grembo. «Sì.» La cingo con le braccia e borbotto contro i lustrini. «Me ne rendo conto eccome.»

«Bene.» Mi mette le mani sulle spalle e aspetta che i miei occhi incontrino i suoi. «Allora, devo chiamare tuo padre?» Alla mia espressione sconcertata, mi lancia un'occhiataccia che fa concorrenza a quelle di Thomas. «No, non *quel coglione*.»

A quanto pare, non sono l'unica su cui Chase ha esercitato una cattiva influenza, ora che il "coglione" Stanley Moore non c'è più.

La luce del sole che entra dalla finestra della camera da letto mette in risalto i capelli biondo chiaro di mia madre. «Sto parlando del tuo *vero* padre, il dottor Gerald Howard Lee.»

Mi viene la pelle d'oca al nome che ho letto solo nelle ricerche che ho fatto dopo aver scoperto la mia vera paternità. «Tu...» Mi stringo le ginocchia con le mani. «Hai il suo numero?»

«Certo.» Raddrizza la collana di perle. «Non l'ho mai usato, ma mi sono sempre assicurata di averlo.» Con la mano ancora appoggiata sulle perle, un misto di rammarico e di senso di colpa si affaccia sui suoi lineamenti raffinati. «Stavo aspettando che fossi tu a decidere come dirglielo, o addirittura se volessi farlo, prima di agire.»

«Oh.» Il punto vuoto che Felix ha lasciato nel mio petto si riscalda. «Grazie, mamma.»

Apre la bocca, poi si interrompe, come se stesse ripensando a quello che stava per dire.

Stringo le labbra, chiedendomi cos'altro abbia da sorprendermi. «Cosa?»

«Posso chiederti perché eri così decisa a vedere la tua sorellastra prima di tuo padre?»

Faccio una smorfia; la risposta mi farà apparire più sfigata dei miei tentativi casuali di incontrare mia sorella. «Ho più fortuna con i fratelli che con i padri...» Faccio spallucce, senza guardare mia madre. «Quindi ho pensato che Jackie fosse l'opzione più sicura.»

«Ricorda che Stanley Winston Moore è l'eccezione, non la regola.» Lei sostiene il mio sguardo, i suoi occhi sono più duri di quanto io ricordi di averli mai visti. «Questo vale per *tutti* gli uomini. Perché *chiunque* valga *qualcosa* si considererebbe l'uomo più fortunato del mondo ad averti nella sua vita.»

Annuisco, ancora una volta incapace di parlare; so bene che non sta parlando di nessuno dei miei due padri.

Capitolo Venticinque

Felix

Farsi fare il culo verbalmente da qualcuno che incolpa te per essersi fatto fare il culo letteralmente non è divertente. Sono passati due giorni e ancora non ho smaltito l'incazzatura.

Appoggio la testa sul divano della suite del Four Seasons, esausto per la lunga giornata di riprese, fortunatamente conclusa.

Come previsto, Ron ha perso la testa per i pettegolezzi sui suoi due protagonisti. Ha sbraitato frasi come "Comportamento inaccettabile e non professionale", "Tienilo nei pantaloni" e "Sarà un gran casino" fino a quando David, il professore di Anne, non l'ha fatto calmare.

Non era nemmeno arrabbiato per la cattiva pubblicità. Solo per l'occhio nero. Per Ron tutto è irrilevante rispetto al programma delle riprese. E visto che, anche dopo che la magia del trucco hollywoodiano ha risolto l'ecchimosi, Ron ha dovuto riorganizzare le riprese per nascondere il gonfiore intorno all'occhio, sono a un passo dall'entrare nella sua lista nera.

Soprattutto se si aggiungono Amanda che continuava a sbagliare le posizioni e dimenticava le battute, a causa delle voci sul tradimento che Camilla ha messo in giro su di noi, senza dubbio.

Le nostre agenzie pubbliche relazioni hanno smentito la vicenda, rilasciando una dichiarazione congiunta: *È un peccato che al giorno d'oggi due persone di sesso opposto non possano condividere un passaggio per tornare in albergo senza che il pubblico pensi che ci sia qualcosa di più di un'amicizia. Amanda e Felix sono semplicemente colleghi che condividono il massimo rispetto reciproco a livello personale e professionale.*

Fortunatamente, lo studio ne ha rilasciata una in merito alla foto di me ed Elizabeth che ci baciamo, mettendo a tacere ogni ulteriore richiesta di informazioni: *Poiché i telefoni cellulari, i tablet e le macchine fotografiche sono vietati per contratto, non solo sul set, ma anche all'interno della struttura governativa, intraprenderemo un'azione legale per venire a capo della fuga di notizie.*

Tuttavia, le testate giornalistiche hanno commentato la clamorosa assenza di una mia presa di posizione in merito alla presunta relazione con Camilla Branson o alla situazione di mia madre.

Il telefono che ho in mano vibra.

Mi strofino gli occhi stanchi, faccio un respiro profondo e sorrido prima di rispondere. «Ciao, *Mă*...»

«Cosa c'è che non va?» Si sporge a guardarmi sullo schermo del suo iPad e nota il gonfiore sotto il trucco che ho lasciato per la sua chiamata. «Ti sei fatto male sul set?»

«No, io...»

«Lo sapevo.» Si piega all'indietro, alza le mani e le lascia cadere sul tavolo di fronte a sé con un colpo secco. «Tutti questi anni a fare acrobazie pericolose e ti sei fatto male in una commedia romantica.»

«È solo un occhio nero. Non fa male.» Non fa male *ora*, ma ne ha fatto un sacco quando è successo. Ringrazio il cielo che Jack sia arrivato al momento giusto, impedendo al fratello di Elizabeth di colpirmi l'altro lato della faccia.

«Ma c'è dell'altro a parte l'occhio.» Inclina la testa e continua a scrutarmi.

Mi chiedo come facciano le donne a cui tengo a leggermi dentro così facilmente.

Donna. Singolare. Anne/Elizabeth non conta più.

Faccio una pausa, l'emozione mi soffoca improvvisamente, ora che è arrivato il momento di confessare.

Jack e io abbiamo convenuto che, dato che Camilla ha già fatto in modo che le persone si concentrassero su mia madre, che abbia fatto trapelare la notizia o meno, sarebbe meglio preparare la mamma alla possibilità che il pubblico che è in riabilitazione prima che finisca il programma e lasci la clinica la prossima settimana. In questo modo, potrà organizzare altre sessioni con i consulenti interni per aiutarla a gestire l'ansia che l'attenzione potrebbe suscitare.

«*Coração…*» mormora. «Lo sai che a me puoi dire tutto.»

«Mi dispiace, *Mãe.*» Premo l'indice e il pollice sulle palpebre, cercando di alleviare il bruciore. «È colpa mia.»

«Cosa sarebbe colpa tua, *meu filho*?»

Tenendo in mano il telefono, fisso il pavimento tra le mie gambe. «Qualcuno sa che sei in clinica.» Indosso gli stivali da cowboy che mi ha comprato Anne/Elizabeth. «Sto cercando di limitare i danni, ma se la stampa dovesse scoprirlo…»

«E allora?» La risata sollevata di mia madre mi fa alzare gli occhi. «Chi se ne frega se lo sanno?»

La fisso, scioccato dalla sua reazione. Ha le spalle indietro, la schiena dritta, il solito rossetto rosso vibrante sulle labbra dalla piega decisa spicca contro la pelle olivastra, dal colorito sano.

Non c'è traccia della donna distrutta che ho portato in clinica qualche mese fa.

«Pensavi che non l'avrei detto a nessuno? Che avrei dovuto nasconderlo?» Sbuffa una risata per la mia espressione, poi stringe gli occhi. «Ti vergogni di me?»

«*No.*» Quasi lo grido di slancio. «Per niente. È solo che non pensavo...»

«Che una madre tossicodipendente facesse male alla tua immagine?» Incrocia le braccia, la posizione che ha sfoggiato molte volte nel corso degli anni durante una ramanzina.

«Ma tu non sei una tossicodipendente, mamma. È solo perché il dottore sapeva che eri mia...»

«Io *sono* una tossicodipendente, *coração.*» La voce è forte e ferma come la sua espressione. «E la mia dipendenza non ha nulla a che fare con te.» Di fronte alla mia faccia senza dubbio sconcertata, gli occhi di mia madre si addolciscono. «Sono stata *io* a chiedere altri antidolorifici. E sono stata *io* a prenderli. Sono stata anche quella che ha nascosto il fatto che li stavo assumendo.» Scioglie le braccia e appoggia i palmi sul tavolo per sporgersi in avanti. «Io, Sofia Maria Santos-Jones, sono una tossicodipendente.»

Deglutisco a fatica mentre mia madre sorride nonostante le sue parole, e la mia mente non riesce a riconciliarsi con questo fatto. «Ma se non fosse stato per me...»

«Non avrei mai ricevuto l'assistenza impeccabile che mi hai fatto avere.» Indica la stanza che la circonda. «E non avrei avuto un forte impulso a migliorare.» Scuote la testa. «Non hai niente a che fare con tutto questo, *meu filho.*»

Le lacrime che non riesco a trattenere traboccano. «Se solo fossi stato presente... se me ne fossi accorto prima...»"

«Se, se, se...» Mamma scaccia il mio senso di colpa con un gesto della mano. «Se non mi fossi innamorata di tuo padre, se tu non avessi avuto la tua prima grande occasione, se non fossi stato graffiato dal gatto dei vicini quando eri piccolo...»

Sorride all'ultima frase, sorprendendomi con una risata mentre i ricordi della prima volta che ho incontrato Mike Hunt mi affiorano alla mente.

«Tanti se, tanti modi in cui la vita sarebbe potuta andare.» Mi guarda negli occhi. «*Não se pode viver assim.* I *se* non significano nulla. Non *cambiano* nulla.»

Guardo la donna davanti a me. Una donna che ha passato tutta la vita a superare sfide. La perdita del marito, lo stato di madre single, e ora una dipendenza da oppioidi, e mi chiedo perché ho pensato che avesse bisogno di me per combattere le sue battaglie.

Forse i miei ruoli da attore mi hanno dato alla testa. Perché è lei la vera eroina.

«Ora, torniamo a noi.» Si sposta sulla poltrona, e il suo viso si illumina di aspettative; gli occhi vagano sullo schermo come se cercasse di vedere oltre me. «Dov'è Anne?» Stringe le labbra. «L'ultima volta non mi hai permesso di parlare con lei.»

Merda.

Mi passo una mano tra i capelli e trasalisco quando la mossa mi tira la pelle gonfia intorno all'occhio. «Lei... non è qui.» Indico il soffitto come se potesse vederlo. «Sono tornato in albergo.»

Di nuovo a braccia conserte, mia madre si risistema al suo posto. «E come mai? Sembra più turbato per questo che per il fatto che la sua dipendenza sia diventata pubblica.»

«Perché non è la persona che ha detto di essere.» Il mio tono è meno concreto e più petulante di quanto vorrei.

Lei mi liquida con un'alzata di spalle. «Nemmeno tu lo sei la metà delle volte.»

Scuoto la testa ostinato. «Questo non è un film, mamma. Mi ha *mentito*.»

«E io ho mentito a te" Scrolla le spalle. «Mi vuoi ancora bene, vero?»

Il fiato mi abbandona in un sussulto di sorpresa, ma riesco rispondere: «Certo che ti voglio bene, *Mãe*.»

«E allora?» mi chiede come se avesse dimostrato la sua tesi.

«Questo è diverso.» Stringo più forte il telefono. «*Elizabeth* Anne Moore è diversa.»

Invece di chiedermi cosa intendo, fa di nuovo un'alzata di spalle. «L'amore è amore, *coração*.» Guardando di lato, le labbra di mia madre si incurvano come se fosse persa in un pensiero felice. poi incontra nuovamente i miei occhi. «Solo perché nel film che stai girando l'amore è rappresentato come tutto cuori e felicità, non significa che sia così nella realtà.»

Nello schermo più piccolo nell'angolo del telefono, la mia espressione rimane basita. «Non ho mai detto di amarla.»

«E io non ti ho considerato stupido.» Abbassa le mani, con i palmi rivolti verso l'alto. «Ma eccoci qua.»

«Pensi che io sia stupido?»

«Qual è il film che ti piace tanto, quello con Tom Hanks?»

Mi acciglio. Non riesco a seguirla. «*Forrest Gump*?»

«*Sim*, quello.» Mi punta il dito contro. «Com'è quella citazione?»

Sospiro, rendendomi improvvisamente conto del motivo per cui ha parlato del mio film preferito. «Stupido è chi lo stupido fa?»

Annuisce. «*Um ótimo conselho*.»

Chinandomi, sposto di mano il telefono in modo da usare la sinistra per tenere la testa sollevata dal lato *non* ammaccato e gonfio. «Quindi stai dicendo che non sono stupido, ma che mi sto solo comportando come tale?»

La mamma sorride, luminosa e sicura di sé. «Perché non ci pensi bene e non me lo dici tu, *meu filho*?»

Tutti ma non la Star del Cinema!

* * *

Liz

«Mikey, perché gli uomini sono così stupidi?» Mi stringo addosso lo scomodo sacco d'ossa e premo il viso nella sua pelle morbida; sul televisore della suite passa in muto uno dei film di Felix.

Chiarite le cose con mia madre, lei mi ha lasciata a decidere se chiamare mio padre, o se fare il grande salto e chiedere a Trish e Rose un altro incontro per vedere mia sorella. Sono passati due giorni.

Invece ho optato per distrarmi facendo la turista con la mia famiglia; ho i pensieri invasi da uno stupido, bellissimo stronzo di Hollywood che mi ha spezzato il cuore.

Mike si lascia abbracciare per dieci secondi prima di divincolarsi e tornare a sedersi. Piega la testa di lato e stringe gli occhi.

Mi sento giudicata. «Cosa vuoi?»

Lui inclina il capo dall'altra parte.

«Senti, tu dovresti essere dalla mia parte.» Mi appoggio la mano sul cuore. «Io ti adoro. Felix ti tollerava.» Visto che il gatto continua a fissarmi, mi lascio cadere sul cuscino. «E va bene, ti ha anche salvato la vita.»

Anche se ha paura dei gatti. Una paura demenziale, ma pur sempre paura.

Mi sporgo verso l'altro lato del letto e recupero il contenitore che ho portato via dall'appartamento. Un contenitore un tempo pieno dei *biscoitos* di Felix. Ce ne sono ancora due.

Ne prendo uno e studio le lievi tracce delle dita di Felix nell'impasto. «E poi sa cucinare.»

«Miao.»

Mi giro, appoggio la testa al gomito e guardo Mike nei suoi occhietti azzurri. «Mi ha chiamata senza talento.» Azzanno il biscotto e lo divoro. «Pensa che l'abbia svenduto.» Chiudo gli occhi, nauseata anche se le mie papille gustative cantano.

Felix si lancia da un grattacielo in TV.

Mike continua a fare la statua.

«D'accordo, avrei dovuto dirgli il mio vero nome prima di andarci a letto.» Afferro un altro cuscino e me lo stringo al petto, visto che Mike ha superato la sua quota coccole per la giornata. «Su questo ho sbagliato.»

«Miao.»

«E potrei anche averlo chiamato un bastardo traditore prima di sapere della faccenda con sua madre, Camilla e il ricatto.» Faccio una smorfia al pensiero della fantastica mamma di Felix e di tutto ciò che ha passato. Che Felix ha passato.

«*Miao.*»

«Sì, ma comunque...» Abbasso il cuscino e guardo male il peggior compare di sventure del mondo. «Dopo tutto ciò che ha detto, cosa vorresti che facessi? Che mi sentissi in colpa per lui? Che lo perdonassi.»

La risposta di Mike è una zampata in faccia.

«Mi hai...» Mi poso la mano sulla guancia aggredita. «Mi hai appena tirato una sberla?»

«Miao.» E con ciò, Mike si alza, si gira e, culo bene in vista, ancheggia via dal letto.

Non mi sono mai sentita così tanto mandata al diavolo nella mia vita.

«Quindi sarei io quella stupida?»

Ottengo solo silenzio.

Apparentemente non sono abbastanza intelligente per capire cosa succederà dopo. Nella vita o nel lavoro. Quindi faccio ciò che mi sono detta non avrei mai fatto quando sono partita per sbrogliare i nodi della mia esistenza, l'anno scorso.

Qualcosa che non ho fatto quando avevo bisogno di soldi per la retta. O neanche quando mi servivano cure mediche a causa dell'incidente con i preservativi alla lidocaina.

Ciò che una ragazza stupida fa quando un ragazzo stupido trova uno stupido modo per entrare in quello stupido del suo cuore.

Chiedo aiuto.

* * *

«Non mi piace.»

Il più grande dei miei fratelli, Thomas, si è tolto la maglia di paillette e ne ha messa una con il logo della NASA; è in piedi come un'inamovibile quercia secolare all'estremità del tavolino, davanti alle vetrate del balcone della suite affacciate sul prestigioso panorama della Galleria di Houston.

Non sono sicura se sia l'innato senso di superiorità di Thomas a permettergli di trovare il miglior punto da cui negoziare in ogni situazione, o se la posizione scelta gli permetta di tenersi a debita distanza da Chase, che è all'altra estremità della stanza e culla Mike, canticchiandogli un motivetto di Elvis.

Mamma ha espresso la sua opinione sulla mia proposta ignorando Thomas e dandomi un bacio sulla guancia prima di andare nella mia camera per fare la telefonata che le ho chiesto.

«Penso sia la cosa giusta da fare,» dico a Thomas, ben sapendo che non lo convincerò della validità della mia idea per limitare i danni e, si spera, risolvere ulteriori problemi di comunicazione.

«Continua a non piacermi,» insiste Thomas, confermando la mia scelta.

«Per dirla tutta, Tommino...» Bell si inclina all'indietro sul divano. «A te non piace praticamente niente.»

«A parte Alice,» interviene Mary, senza alzare lo sguardo

dal punto del pavimento, tra i miei piedi, dove, con la sua tuta da astronauta, sta montando il set Lego che Thomas le ha comprato durante la visita al centro spaziale.

Le sopracciglia di Thomas si inarcano, imperiose come al solito, ma un sorriso gli sfiora le labbra quando sposta lo sguardo sulla figlia. «E te, piccolina.»

Mary, ancora rapita dai Lego, rotea gli occhi. «Lo so.»

Alice, accanto a Bell sul divano, trattiene una risata mentre accarezza Re Dick Moore, che ha in grembo.

Mi chino e abbraccio quel genio di mia nipote.

«Allora...» Chase, che sta ancora consolando Mike, recentemente messo a dieta a causa dell'aumento di peso, indica Thomas. «Di preciso cosa non ti piace del piano di Lizzie?»

L'occhiata che Thomas gli lancia potrebbe incenerirlo.

Se indossasse il solito completo giacca e cravatta risulterebbe intimidatorio. Ma ora che l'ho visto in calzoncini, maglietta con i gatti e labbro spaccato, più con l'aria da ragazzotto litigioso di una confraternita che da CEO di una catena di lusso, lo sguardo ha perso un po' del suo potere.

«Stando alla mia ricerca, è sempre l'uomo a fare il passo in più. Il gesto grandioso.» Thomas si volta verso di me, gli occhi addolciti che minacciano la fortezza che ho costruito intorno alle mie emozioni. «Dopo ciò che ho sentito dire da quello str...» Guarda Mary. «... *straordinario* cafone, dovrebbe essere lui a tornare da te strisciando.»

Re Dick Moore alza il capo dal grembo di Alice, come a confermare il parere del suo padrone.

Chase e io guardiamo il nostro composto fratellone che quasi ha detto una parolaccia davanti alla figlia. Non siamo abituati a questo lato di Thomas.

E se per certi versi so che ha ragione, e che il novantanove per cento di ciò di cui Felix mi ha accusata è falso, anche solo ricordarne l'espressione quando ha parlato di sua madre basta a liquefare gran parte della mia giustificata indignazione. «Sì, ma gli ho davvero mentito.»

Thomas fa spallucce come se fossero quisquilie.

«E visto che è vittima di ricatto, posso capire perché non mi creda.» Purtroppo, giustificare la sfiducia di Felix non la rende meno dolorosa.

«Non posso credere che avevamo intenzione di lavorare con una come Camilla Branson,» borbotta Bell, sporgendosi oltre il braccio di Chase per fare i grattini alla pancia tonda di Mike.

Chase si rivolge a Thomas. «Voglio sapere più di questa tua ricerca, Tallero.» Si oppone agli sforzi di Mike di evadere dalla sua presa.

Alice, armata di gatto, si alza e raggiunge Thomas, a cui piazza in braccio Re Dick Moore.

La postura rigida di mio fratello si rilassa all'istante.

Lei lo cinge intorno alla vita e gli appoggia la guancia sulla spalla. «Sta leggendo i miei libri romance.»

Chase lascia cadere mascella e braccia, lasciando Mike libero di esplorare la cucina in cerca di avanzi.

Nel silenzio, Thomas tira su con il naso e tuffa le dita nella pelliccia di Re Dick Moore.

Mi coglie il fugace sospetto che Thomas non abbia imparato da nostro padre le sue espressioni e i manierismi, ma dal capitano Peacock di *Are you being served*.

Per saggiare le acque, sfodero un affettato accento britannico come quello della signora Slocombe del programma. «Signor Humphries, è libero?»

Senza perdere un colpo, Chase alza la mano e la agita con fare teatrale. «*Sono libero,*» cantilena allegro.

Il mio cuore malconcio si scalda. Osservo Thomas, la cui espressione rimane distaccata anche dopo la menzione del programma che tutti e tre guardavamo dopo la scuola, facendo merenda con gli spuntini che il nostro chef Curtis ci preparava.

«E lei, capitano Peacock?» Assumo il tono dolce e accondiscendente della nostra infanzia. «Lei è libero?»

Segue una pausa, e giuro di vedere Chase trattenere il fiato come me, finché il nostro fratello maggiore solleva di nuovo il sopracciglio e imita lo sguardo del capitano Peacock prima di rispondere con serioso accento inglese: «Sono libero.»

Chase e io perdiamo ogni contegno e ridiamo fino alle lacrime. Poi nostra madre, conclusa la telefonata, esce dalla mia camera per controllarci. Thomas dà la sua benedizione al mio piano; Bell, Alice e Mary ci guardano come se fossimo matti.

E lo siamo. Una meravigliosa famiglia di matti.

Capitolo Ventisei

Liz

«Apprezzo moltissimo tutto ciò che hai fatto.»

Em, accanto a me sulla piattaforma panoramica di vetro, distoglie lo sguardo dalla mia famiglia che visita il modello della stazione spaziale. Lo stesso modello chiaramente ancora circondato dal nastro rosso.

Si è mobilitata per far avere ai miei dei pass VIP per il loro tour della NASA di oggi, cosa che l'ha trasformata in un'eroina agli occhi di mia nipote. Io ho comunque scelto di stare in disparte e guardarla saltellare da un modulo all'altro; sono più a mio agio con il tour non VIP.

«Nessun problema, davvero.» Em fa spallucce. «A dirla tutta, il modello non è poi così off limits per i visitatori. È solo che non mi fidavo che la troupe non andasse in giro.» Lo sguardo che mi lancia dice chiaramente che ricorda quando ha beccato me ad andare in giro.

Ridacchio imbarazzata e torno a guardare Mary che saltella accanto a Park In-Su. «Sì, comunque ecco, grazie per aver organizzato il tutto.» Faccio un sorrisetto all'espressione di chiara gelosia dei miei fratelli, che a loro volta osservano Bell e Alice, rapite dal bell'astronauta che prende in braccio Mary per farle raggiungere i bottoni in alto sul modulo. «Ma anche per aver mantenuto per tutto questo tempo il mio segreto.»

Em, quando l'ho chiamata per rivelarle chi fossi, avendo per giunta la faccia tosta di chiederle un favore, non si è stupita affatto.

Il suo "Pensavi davvero che la NASA consegnasse badge di sicurezza senza controllare il background delle persone?" mi ha spinta a chiedermi se fossi abbastanza sveglia da laurearmi.

Le tocco la spalla con la mia. «E anche per avermi fatto vedere il video del disastro in piscina.»

Il secondo dei favori che le ho chiesto.

Per fortuna avevo ragione: la vasca a microgravità non solo ha telecamere subacquee, ma anche fuori dalla piscina.

«Non c'è di che.» Em si appoggia alla ringhiera. «Ha reso la pausa pranzo molto divertente.»

Sorrido. Il filmato che mostrava Sylvie, ovvero Top Corallo, che attaccava il luccicante fermacapelli al passante posteriore dei pantaloni di Ron e il conseguente pasticcio è stato soddisfacente, anche se mi ha stupita molto poco.

«Allora.» Em mi guarda negli occhi con fare complice. «Intendi dirglielo?»

Non devo chiedere per sapere che non sta parlando di Top Corallo. Visto che Em sedeva al mio fianco mentre guardavo il video, ha osservato non solo la prova che mi aspettavo di trovare, ma anche una inattesa.

«Forse.» Guardo di nuovo attraverso la vetrata; qualcuno si muove rapido tra quel che resta della troupe e attira la mia attenzione. «Immagino che prima dovrò decidere cosa fare di...» Fisso a occhi stretti la figura e la riconosco. «Ma quello non è Ron?» Sudore d'ansia mi imperla la fronte mentre scruto il resto dell'edificio, temendo e sperando di vedere una folta chioma scura. Mi porto la mano alla tasca dei jeans, dove si trova il cellulare, con tre chiamate perse da Felix. Non mi ha lasciato un messaggio di testo o vocale, quindi non so se chiamasse per farmi il culo o per scusarsi; il semplice fatto che abbia provato a contattarmi mi fa sentire stranamente meglio.

In ogni caso, ho chiesto a Em di organizzare il tour VIP solo dopo che David mi ha confermato che il cast principale ha finito ed è già tornato in California.

Non ho in programma di incontrare Felix. Non solo non sono pronta per parlargli, ma temo anche che, con la mia famiglia presente, qualcuno potrebbe capire che la donna che Felix Jones ha baciato sul set era nientemeno che Elizabeth Anne Moore, una ragazza dell'alta società nonché rivale della sua presunta fidanzata. E anche se non nascondo più la mia identità, non voglio rischiare di dare a Camilla un motivo per spargere più menzogne o dare seguito alle sue minacce riguardo alla madre di Felix.

Em osserva carica di aspettativa il sospettosamente rapido regista attraversare la troupe che sta smontando l'attrezzatura. «Ron è rimasto per assicurarsi che avessero tutto il necessario per ricreare i set in studio.» Si gira verso di me. «Gli attori però sono già partiti tutti.»

Appoggio la fronte umida al vetro per il sollievo. Ron si ferma davanti alla persona con cui dovrei parlare, dopo.

Con gesti violenti come quando Mike gli ha aggredito il posteriore, il regista affronta Sylvie. Anche da quei sei o sette metri di distanza a cui mi trovo, e anche senza il sonoro, è palese che Ron non sia felice. E che ha appena licenziato in tronco Sylvie.

«C'è il tuo zampino?»

Em resta concentrata sul melodramma. «Sai, mai pestare i piedi al Texas.»

Mi spingo via dalla vetrata; l'espressione di Em, da signora del male che osserva compiaciuta lo sviluppo dei suoi piani malvagi, ha un che di spaventoso. «Ah. Okay.»

Il suo sorriso si allarga, spingendomi a tornare a guardare gli addetti alla sicurezza che scortano fuori una Sylvie in lacrime.

Apparentemente soddisfatta, Em perde interesse per la scena e sbatte le ciglia. «Beh, di sicuro non li devi pestare alla NASA. Non se ci sono io nei paraggi.» Mi dà un'amichevole spallata. «E neanche ai miei amici.»

Fisso ammirata la minuta addetta alle pubbliche relazioni. «Sei formidabile, lo sai, vero?»

«Lo so.» Non si sta vantando, è solo sicura di sé. «E lo sei anche tu.»

«Già.» Annuisco, e per una volta accetto il complimento. «Lo sono.»

* * *

Felix

«Dobbiamo parlare.»

Concentrato sul telefono mentre vado verso la macchina, trasalisco per la voce di Jack, quindi doppiamente nel vedere la persona accanto alla sua Tesla nel mio vialetto. «Amanda?»

«Ciao, Felix.» Lei è smunta, ben diversa dalla reginetta delle commedie romantiche a cui sono abituato.

«Ciao.» Gli occhi, stretti contro il sole della California, brillante ma non così impietoso, saltano da Jack, che ha le braccia appoggiate al tettuccio della Tesla, ad Amanda, le mani giunte al petto, le dita intrecciate.

Stavo per richiamare Elizabeth, così metto via il telefono. Tanto lei non mi risponde. O, più probabilmente, non vuole farlo. Ho provato a contattarla da quando sono atterrato in California, il giorno dopo la chiacchierata con mia madre.

«Cosa succede?» Sono un po' in ritardo per la call delle otto con il set, grazie all'ennesima notte insonne in cui mi sono rigirato tra ricordi e rimpianti per ciò che ho detto a Elizabeth, ma Jack non si è mai preoccupato prima dei miei orari. Né ha mai portato qualcuno a casa mia senza prima chiedermelo.

«Sali.» Si alza dal tettuccio e apre la portiera, mettendosi al volante.

Non reagisco subito, perché mi sto ancora chiedendo cosa diavolo stia succedendo.

Solo quando Amanda si accomoda sul sedile posteriore mi riscuoto e apro la portiera del lato passeggero.

«Diglielo.» Jack preme il telecomando del cancello e mette in moto.

Mi aggrappo alla portiera; l'auto elettrica parte con sorprendente velocità. «Dirmi cosa?»

Jack guarda attraverso lo specchietto retrovisore.

Mi volto verso Amanda, che, agitata, guarda tutto tranne che me.

Le mani, strette in grembo, sono bianche. «Ho scattato io la foto di te e Anne che vi baciate. L'ho mandata a Camilla.»

L'auto inchioda a uno stop; Jack controlla il traffico prima di ripartire.

Mi accorgo a stento del movimento. «Cosa?»

«Camilla...» Amanda incontra per un attimo il mio sguardo, poi lo distoglie.

Mi si contorce lo stomaco. «Non dirmi che ricatta anche te.»

Amanda annuisce. «La mia ragazza era nella sua stessa confraternita, al college.»

Guardo Jack; è così poco stupito che deduco sapesse già che la reginetta dei film romantici ha una fidanzata.

«Un giorno si è presentata a casa della mia ragazza, e noi...»

Amanda sospira. «In un primo momento non si è scomposta affatto. Ma poi, quando ho iniziato a girare *Countdown,* Camilla mi ha contattata e ha detto che se non ti avessi tenuto d'occhio mentre eri a Houston avrebbe spifferato tutto alla stampa.»

«E allora?» La mia voce è ruvida. «Non volevi che scoprissero che sei lesbica, quindi... mi hai scattato una foto con...» Mi fermo perché non so con chi sono davvero arrabbiato.

Amanda? Camilla? Me stesso.

Sono io quello che ha incolpato Elizabeth per la foto. Anche se averla scattata o distribuita non aveva senso. Ha mentito sul suo nome, e senza ascoltare le sue ragioni, ho pensato il peggio.

«Mi dispiace.» Amanda si prende la testa tra le mani. «Volevo già fare coming out, anche prima che Camilla lo scoprisse. Sono stufa di nascondermi.» Fa una breve risata isterica. «Sono persino arrivata a far sentire in colpa la mia fidanzata e a manipolarla affinché facesse coming out con me. Le ho detto che lo farebbe, se mi amasse davvero.» Alza il viso, l'espressione ossessionata. «Ma poi, quando Camilla mi ha ricattata, ho capito di essere stata egoista. Che, se ami qualcuno, non lo costringi a fare qualcosa per cui non è pronto.»

Mi duole il petto, perché è proprio ciò che ho fatto con Elizabeth. Il tutto perché non voleva aprirsi con me come mi aspettavo facesse, e per questo motivo ho messo in dubbio i suoi sentimenti e ignorato i miei.

Ron, quando giravamo la scena in piscina, ha detto bene, nelle sue indicazioni di regista. Ma riferendosi a me, non al mio personaggio: ho scelto la paura, non l'amore.

Mi tendo all'indietro tra i due sedili, prendo la mano di Amanda e la stringo. Non le dico che andrà tutto bene o che la perdono, ma capisco anche troppo ciò che prova.

Lei ricambia la stretta, e si asciuga il viso con l'altra mano. «Giuro, te lo avrei detto anche se Elizabeth non mi avesse mandato i filmati delle telecamere di sicurezza.»

Le lascio la mano. «Aspetta, cosa?»

«Sono arrivati stamattina,» spiega Jack, sfrecciando nel traffico.

«Elizabeth mi ha beccata.» Amanda scuote la testa con un debole sorriso. «E invece che portare il video allo studio o dirlo ai giornali, lo ha mandato a Jack e gli ha chiesto di parlarmene. Ha detto che credeva fossi una brava persona, e che dovevo avere le mie ragioni.»

«E l'ho fatto.» Jack mi guarda per un istante prima di tornare a concentrarsi sulla strada. «L'ho portata subito qui, dopo.»

La lieve risata di Amanda è incredula. «Non so come possa essere così comprensiva, ma sono grata che lo sia. Soprattutto sapendo chi è la sua famiglia. È un miracolo che sia cresciuta negli stessi ambienti di Camilla e sia diventata una persona così meravigliosa.»

Restiamo in silenzio mentre Jack mette alla prova la sua Tesla con il traffico di Los Angeles.

Mamma aveva ragione. Come sempre. Sono un cretino.

«Il corriere ha portato anche questi, stamattina.» Jack sfila una corposa cartellina dal vano della portiera e me lo porge prima di imboccare l'interstatale.

Sfoglio i documenti e mi fermo su una pagina firmata. Una delle morte, a giudicare dai post it gialli che le marcano.

Elizabeth Anne Moore. Persino la sua firma è un ghirigoro artistico.

«Elizabeth ha firmato un accordo di riservatezza?»

«Tutto regolarmente depositato, e datato alla scorsa settimana.» Ottimista, Jack inserisce il cruise control; il traffico lo costringerà a fermarsi e ripartire per l'intera ora che ci vorrà a percorrere quei trenta chilometri.

Ho la mente in subbuglio. «Come...»

«L'ho fatto controllare ai tuoi legali,» prosegue Jack. «Abbiamo concordato che nessun avvocato che si rispetti redigerebbe o farebbe firmare un documento del genere a un cliente, a meno che gli venisse chiesto esplicitamente.» Mi lancia un'occhiata. «Non solo Elizabeth ha concordato di astenersi dai contatti, di persona, telefonici o via e-mail, ma ha anche accettato di pagare una somma consistente se dovesse rompere l'accordo.»

Fisso le pagine in silenzio.

«Non so se questo significhi qualcosa per te,» dice Amanda dal sedile posteriore, un po' meno angosciata ora che si è tolta quel peso dal petto. «Ma anche la mia fidanzata conosce Elizabeth.» Solleva le mani. «Non bene, ma abbastanza da non stupirsi della sua reazione quando le ho confessato ciò che ho fatto. Ha detto che, tra tutte le persone che ha incontrato frequentando quegli ambienti, Elizabeth Moore le è sempre sembrata la più genuina.»

Jack attraversa due corsie trafficate, poi toglie il cruise control e si piazza davanti a un vecchio taxi. «C'è un'altra novità di stamattina.»

«Cristo.» Chiudo la cartellina e gli occhi. Non so se posso sopportare altro. «Cosa?»

Indica lo scomparto porta oggetti.

Lo apro e trovo una lettera; sulla busta è scarabocchiato *Esclusivamente per Felix Jones, per favore.* Riconosco la grafia di Elizabeth.

«Ha detto che, avendo firmato l'accordo di riservatezza, questa sarebbe stata la sua ultima comunicazione con te.» Per essere uno così contrario ai miei rapporti con le donne, Jack sembra scontento di ciò che mi ha appena detto.

Apro la lettera con dita tremanti.

Felix,

non sono riuscita a dirtelo al tempo perché stavo proteggendo qualcuno. O almeno è ciò che mi sono detta. E se in parte è vero, ora mi rendo conto che in realtà proteggevo me stessa.

Come hai insinuato l'ultima volta che ci siamo parlati, l'uomo che mi ha cresciuta non è mio padre. L'ho scoperto solo lo scorso anno, e come me il pubblico, quando Stanley Winston Moore è stato arrestato. Il mio padre biologico è uno scienziato, il dottor Gerald Howard Lee, che ha una figlia di qualche anno più grande di me. L'astronauta della NASA Jackie Darling Lee.

Mentre ti scrivo, non ho ancora trovato il coraggio di incontrarli. Fino ad allora, o forse anche dopo, ti devo chiedere di non fare parola di ciò che ti ho rivelato con nessuno, poiché non sono certa che vogliano rendere pubblico il nostro legame.

Ecco perché volevo andare alla cena degli astronauti. Perché ero troppo nervosa e insicura per presentarmi come si deve. Immagino il destino abbia deciso che lei non ci fosse, quella sera.

Mi dispiace tanto che le mie insicurezze abbiano messo a repentaglio la tua carriera e il benessere di tua madre. Sappi che sto lavorando per porvi rimedio.

Tua,

Anne.

Fisso l'ultima riga, chiedendomi come due semplici parole possano avere un simile impatto.

Da sotto la lettera scivola un disegno. È Mike che poltrisce al sole nel suo posto preferito dell'appartamento.

Mi schiarisco la gola, ripiego la lettera e la infilo nella busta.

«Non l'ho letta,» dice Jack prima che possa chiederglielo. «Non ha chiesto altro in cambio di...» e indica i documenti che ho in grembo. Poi fa un profondo sospiro. «Anche se il manager dentro di me voleva tantissimo farlo.»

Sorrido al mio amico. «Sei un tipo a posto, Jack.»

«Lo so.» Imbocca la rampa d'uscita. «Motivo per cui mi darai un aumento e mi fornirai un assistente.»

«Come vuoi...» Mi rendo conto di dove stiamo andando. «Ma questa non è la strada per lo studio.»

Con un sorriso molto meno tetro dei precedenti, si infila nella lenta coda verso l'aeroporto.

«Ecco.» Amanda si sporge in avanti e mi porge un biglietto di prima classe per New York. «Dille che mi dispiace, per favore.»

«Sì.» La mia testa rimbalza quando Jack si ferma davanti alle partenze. «Ma non prima di averle detto che dispiace soprattutto a me.»

Capitolo Ventisette

Felix

Non pensavo che scusarsi fosse così difficile.

Non che credessi sarebbe stato facile. O che sarei stato perdonato. Insomma, nei panni di Elizabeth, mi darei un calcio nelle palle prima ancora di mandarmi al diavolo.

«Camilla cara, sono tanto felice che tu sia riuscita a venire.» La voce di Elizabeth, tesa e cantilenante, filtra dalla fessura sotto la porta segreta tra gli uffici dei fratelli Moore.

Porta dietro cui mi trovo, incastrato tra il fratello che mi ha preso a cazzotti e l'altro, quello convinto che Mike Hunt fosse un buon nome per un gatto glabro.

I fratelli che mi hanno negato la possibilità di implorare perdono quando, un'ora fa, sono atterrato a New York.

«*Elizabeth.*» Lo stupore nella voce di Camilla è seguito dal suono di baci sulle guance.

«Sapevo che la porta segreta sarebbe tornata utile,» sussurra Chase.

Thomas non risponde. Non occorre. Gli basta un'occhiataccia per far tacere il fratello minore e togliergli dalla faccia l'espressione soddisfatta.

Ne prendo nota; imiterò quell'alzata di sopracciglia se mai mi capiterà di interpretare il boss mafioso.

Prima che Jack mi lasciasse in aeroporto, ha detto che avrei trovato un'auto ad aspettarmi al mio arrivo a New York. Mi avrebbe portato ovunque volessi. Era tutto parte del piano. Non avendo il tempo per le domande, ho corso come un matto attraverso l'aeroporto per prendere il mio volo last minute, con la speranza che il piano citato da Jack fosse un'idea di Elizabeth.

Ci speravo così tanto da non curarmi delle chiamate ignorate. O che Ron avrebbe avuto quell'ultimo errore che gli serviva per mettermi sulla sua lista nera. Per non perdere neanche un minuto, ho trascorso tutte le cinque ore di viaggio a provare vari modi per scusarmi con Elizabeth per le cose orribili che le ho detto, quasi credendoci. A trovare le parole per incoraggiarla a farsi avanti con il padre e la sorella. Aiutarla a capire quanto fossero fortunati ad averla nelle loro vite. E quanto lo sarei io, se me ne desse la possibilità.

Potrei aver origliato gli assistenti di volo sussurrare che o stavo provando delle battute, oppure ero impazzito per via del recente chiasso dei tabloid.

All'atterraggio, la speranza si è rinfocolata quando ho visto che l'autista mi aspettava agli arrivi con un cartello con scritto in nero: *Johnny Lo Stronzo*.

Quando però vengo condotto nel garage sotterraneo e scortato dalla sicurezza su per un ascensore privato, per ritrovarmi seduto su una poltrona davanti alla scrivania a cui si trova Thomas Moore, quella speranza va incontro a una morte violenta e improvvisa.

Quando il suo segretario, parte della scorta dell'ufficio, ha annunciato l'imminente arrivo di Chase Moore, io e Thomas siamo rimasti ad aspettarlo in un silenzio teso.

Io non ho potuto che notare quanto, sebbene vestito in modo impeccabile in completo tre pezzi, il più grande dei Moore non apparisse meno selvaggio di quando mi ha preso a pugni con addosso quella maglietta tutta paillettes. Lui, probabilmente, ha valutato i vari luoghi in cui nascondere il mio cadavere.

Così, quando Chase è entrato, sorridente e con Mike Hunt nel marsupio sul petto, ho provato quasi sollievo. Sollievo che si è dissipato in fretta quando il più giovane dei due Moore ha deciso di ignorare la mia mano tesa e mi ha salutato con una pacca (diciamo pure un cazzotto) passivo-aggressivo sulla schiena. Il tutto mentre Mike fingeva che non esistessi nemmeno.

L'indifferenza del gatto è ciò che mi ha fatto più male.

Ora libero dal marsupio, Mike si lecca il tondo testicolo sinistro da cinque minuti buoni.

Tra il volo, l'intensa irritazione dei due fratelli, il rifiuto da parte di una patata pelata, e ora le voci di Elizabeth e Camilla oltre la porta, posso dire di aver vissuto un'intera vita di emozioni nel giro di sei ore.

Ignorando i due uomini che, se non proprio ammazzarmi, vogliono probabilmente mutilarmi, mi sporgo verso la porta travestita da libreria per sentire meglio la conversazione che si sta svolgendo nel vicino ufficio di Chase.

«Che bella sorpresa.» Le sillabe troppo marcate di Camilla mi danno ai nervi. «Non sapevo che *lavorassi* da Moore's.» Pronuncia la parola quasi con disgusto.

«Dopotutto è pur sempre l'azienda della mia famiglia.» Elizabeth sembra non curarsi del disprezzo.

«Mmh.» Un suono carico di insinuazioni.

«Sono qui come ultimo passaggio per la tua collaborazione con Moore's.»

«Ultimo passaggio?» La voce di Camilla diventa più affilata. «I contratti sono già firmati. Mi hanno detto che l'incontro era per la selezione dei prodotti.»

«Era così, prima.»

«Prima di cosa?»

«Prima che iniziassi a ricattare la gente.»

Trattengo il fiato, i pugni stretti.

«N-Non so di cosa stai parlando.»

«Ascolta, Cammie.» La voce di Elizabeth si addolcisce; deve aver notato il balbettio rivelatore. «So come ci si sente.»

«In che senso?»

«So come ci si sente a venire messe in una scatola. A sentirsi dire cosa fare e quando. A non sapere se le tue scelte sono spontanee o dipendono da ciò che gli altri vogliono da te.»

L'occhio di Thomas ha un tic. Chase batte il piede a terra.

Il mio cuore si incrina.

«Ma non devi trovare così la tua strada.» Fruscio di fogli. «Firmando questi, puoi ripartire da zero. Puoi smetterla di fare del male alle persone e lavorare con Moore's per...»

Camilla ride. «Pensi davvero che l'abbia fatto perché mi sentivo in trappola?» Sbuffa. «Sai, non ho sentito molto su di te dal casino con tuo padre.» Fa una pausa. «O meglio, l'uomo che pensavi fosse tuo padre.»

Noi tre trasaliamo.

Mike smette di leccarsi.

«Pare che il tuo anno sabbatico lontana dalla vita reale ti abbia messo strane idee in testa.»

Una pausa.

«Capisco.» Elizabeth suona delusa ma non stupita.

«Ora, se non ti dispiace, vorrei continuare con ciò per cui sono venuta.»

«Certo.» Segue un click. «Puoi farli entrare.»

Mi guardo attorno, ma né Thomas né Chase danno indicazioni su cosa sta per succedere.

«Eccoci,» dice un'altra donna, facendosi avanti.

«Nostra madre,» sussurra Chase.

«Ero a pranzo con il signor Branson.»

«Un vero piacere, se posso dirlo, Eleanor.» Un uomo, immagino il signor Branson.

La madre di Elizabeth fa una risatina. «Oh, smettila.»

«Papà?» La voce di Camilla è strozzata. «Cosa ci fai qui?»

«Sono stato invitato, ovviamente. I Moore hanno espresso interesse a fare una donazione alla Fondazione Branson.»

«Davvero?» Camilla sembra confusa quanto me.

«Sì, ma proprio quando stavamo arrivando al sodo, Thomas se n'è dovuto andare.» La voce dell'uomo si fa gelida. «A gestire qualcosa riguardo ai tuoi traffici con Felix Jones e Amanda Willis.»

Il cuore mi accelera.

«Ah. Sì, guarda, non è niente, papà. Solo... un malinteso.»

«Bene, allora.» Il signor Branson riprende il suo tono gioviale. «Allora tutto risolto. Puoi firmare i documenti, poi io ed Eleanor torniamo a discutere della donazione.»

«Ma... ma papà, non era ciò che abbiamo concordato. Questi sono solo degli accordi di riservatezza.»

«Sì, esatto.» Mi viene la pelle d'oca per l'intonazione piatta del signor Branson. «E tu li firmerai, oltre al documento per l'interruzione del contratto per la tua precedente collaborazione.»

«Ma...»

«Altrimenti, considerati tagliata fuori. In modo permanente. Ci siamo capiti?»

Io e i due Moore ci sporgiamo in avanti, le facce quasi premute contro la libreria, per ascoltare la mesta accettazione di Camilla. «Va bene, papà.»

Potrei persino provare compassione per lei, se non stessi

mordendo il freno per andare da Elizabeth. Per ringraziarla. Scusarmi. Strisciare ai suoi piedi.

Tutto.

Ma quando faccio per prendere il chiavistello nascosto, quando tutti si spostano verso l'uscita dell'ufficio di Chase, Thomas mi appoggia una mano pesante sulla spalla e mi ferma. Di nuovo.

«Perché non ci rivediamo domani, signor Branson?»

Mi giro verso la porta non segreta, quella da cui proviene la voce di Eleanor, che si sta allontanando.

«Ora che abbiamo firmato le scartoffie, possiamo organizzare un pranzo per parlare di beneficenza...»

Cerco di avanzare, ma Chase mi blocca la strada.

Non ne posso davvero più della loro interferenza.

Il suo sorriso e la postura sono minacciosi. «Non ti abbiamo invitato qui per riconciliarti con nostra sorella.»

La delusione divampa. «Mi avete invitato voi?»

Thomas annuisce e si mette accanto al fratello. «Ti abbiamo fatto venire per farti capire quanto non te la meriti.» Il suo tono è ingannevolmente annoiato. «Il denaro che Elizabeth ha detto alla mamma di donare alla Fondazione Branson è suo. Ha insistito.»

Chase incrocia le braccia. «L'ha preso dalla sua eredità. Sono soldi che non ha toccato da quando ha scoperto di non essere figlia di nostro padre. Speravamo li avrebbe usati per se stessa, e non per te.»

Il sopracciglio sinistro di Thomas si inarca. «Si merita meglio di te.»

Deglutisco; la questione del denaro mi fa sentire male. Elizabeth ha fatto un grande sforzo di cui non sono degno. «Avete ragione.» Reprimo la nausea per le mie azioni infami e valuto la distanza fino alla porta, più deciso che mai a raggiungere Elizabeth. «Sono stato stupido. Avevo paura e ho fatto un casino.» Guardo a turno entrambi i fratelli. «Ma la amo.»

Mi sento molto come uno dei miei personaggi d'azione mentre valuto quale fratello devo mettere per primo al tappeto per raggiungere Elizabeth. Due contro uno, ma loro sono costretti in scomodi abiti formali, mentre io sono vestito casual in stile California, calzoncini e maglietta. La mobilità è dalla mia.

«E se lei fosse così sciocca da ricambiare,» faccio un passo di lato, un gesto imitato da Chase, mentre Thomas si avvicina. «Allora farò tutto il possibile per trascorrere il resto della mia vita a farmi perdonare la mia mancanza di intelligenza, ringraziando Dio perché quella che lei invece possiede.» Abbandono i sotterfugi, alzo i pugni e mi preparo all'impatto. «Incluso battermi con voi, se necessario.»

Invece che tirare il primo pugno, però, i due fratelli fanno qualcosa di ancor più inquietante. Si scambiano un'occhiata, tetra per una volta quella di Chase, sorridente per una volta quella di Thomas, poi tornano a rivolgersi a me.

Non mi sono mai sentito così tanto in pericolo. Neanche prima di fare base jumping dalla Shanghai Tower.

Toc. Toc.

Il mio viso scatta speranzoso verso la porta segreta tra Chase e Thomas.

«Non uccidetelo!»

«Siamo qui per aiutare!»

Come un bambino i cui giochi siano stati interrotti dal dover fare i compiti, Chase sospira e mi fa un cenno.

Senza pensarci due volte, mi lancio verso il centro della stanza, mentre due donne emergono dalla porta segreta della libreria.

Thomas tende la mano alla bionda, più minuta. Chase dà una pacca sul culo della rossa.

«Ciao.» La bruna fa per avanzare, ma Thomas la trattiene. Lei rotea gli occhi per la sua espressione cupa e sorride. «Sono Alice, la moglie di Thomas.»

Li guardo. Sono la personificazione del trope *grumpy x sunshine* tanto popolare nelle commedie romantiche.

La rossa scaccia la mano di Chase e mi saluta. «E io sono Bell.» Ha un vago accento texano.

Alzo la mano per rispondere. Mi sento fuori posto. «Sono Felix.» Osservo, dietro di loro, l'ufficio, identico a quello in cui ci troviamo. «Eravate con Elizabeth durante la riunione?»

«Oh, no,» risponde Alice. «Stavamo origliando dal bagno.»

«I Moore tendono a origliare molto.» Bell si sporge in avanti e mi dà un allegro pugnetto sul braccio. «Ti ci abituerai.»

Ignorando lo sguardo furioso di Chase sul punto in cui Bell mi ha toccato, ripeto ciò che sua moglie ha appena detto. «... abituarmici?»

«Sì.» Un sorriso sincero e luminoso accende gli occhi scuri di Alice. Solleva il viso e guarda Thomas. «Perché abbiamo deciso che rispetteremo i desideri di Elizabeth e metteremo le sue esigenze al primo posto, vero?» Scandisce bene le parole, e credo stia parlando più a Thomas che a me.

Incredibile: lui annuisce. «Come stavo dicendo, ti abbiamo invitato qui per mostrarti quanto sei indegno di Elizabeth, ma non solo.»

Il sorriso di Alice si incrina.

Senza guardare la moglie, lui continua. «Abbiamo anche deciso di aiutarti a preparare delle scuse adatte a nostra sorella.»

«Visto che, a quanto pare, tu da solo non sei capace.»

O Alice non lo sente, oppure decide saggiamente di ignorarlo.

«Le mie scuse?»

Thomas mi guarda ancora peggio. «Non intendevi scusarti?»

«Ho provato a...» Mi interrompo e prendo un respiro prima di cedere alla frustrazione crescente. «Certo che voglio scusarmi. Ho tentato di chiamarla, ma non mi risponde.»

Invece che irritarsi, Thomas sembra soddisfatto. «Sì. Le ho fatto cambiare il numero.»

«Per via della stampa?»

Lui ci pensa su. «Anche. Ma soprattutto perché volevo renderti le cose difficili.»

Io e Thomas andremo d'accordissimo.

Chiudo gli occhi per un istante, per ricordare a me stesso che, sebbene al momento questi due siano insopportabili, è meraviglioso che Elizabeth abbia due fratelli tanto protettivi. «Senti, sono volato fin qui solo per scusarmi.» Indico la porta segreta. «Quindi okay, la faccenda con Camilla è stata fantastica, ma non ne ho bisogno. Io ho bisogno solo di Elizabeth.» Mi concentro sui miei due critici più severi, i fratelli Moore. «Che voi mi state impedendo di vedere.»

Nessuno dei due sembra dispiaciuto.

«Dimmi una cosa.» Bell attira la mia attenzione. «L'hai chiamata prima o dopo che lei ti ha mandato il video della tua collega che ti svendeva?» Per un attimo incrocia le braccia, l'aria ancora più formidabile del marito, poi si china per prendere in braccio un Mike dalle palle ormai pulitissime.

«Prima.» Sblocco il telefono e mostro lo storico delle chiamate. «Mi sono pentito subito di ciò che le ho detto. È solo che... mia mamma...»

L'espressione di Bell si addolcisce. «Sì, capisco. Se qualcuno avesse minacciato mia madre, anche io avrei perso la testa.»

«E io anche!»

Mi giro verso la soglia dell'ufficio e vengo accolto da un gatto in un passeggino, spinto da una bambina con casco da astronauta e tutù glitterato.

Il gatto, la cui folta pelliccia mi fa dedurre essere Re Dick Moore, sbadiglia da sotto la cuffietta di pizzo.

«Mi arrabbierei un sacco se qualcuno fosse cattivo con la mia mamma.»

Alice si scioglie a quelle parole. «Grazie, Mary.»

Thomas raggiunge la bimba e si china a baciarle il naso prima di chiuderle la visiera.

Mary ridacchia e la riapre. «Hai già capito come fargli dire a zia Liz che la ama?» Guarda Thomas impaziente.

«Non ancora.»

Fa il broncio alla sua risposta prima di spingere il passeggino e il gatto verso il sofà. «Gli hai fatto vedere la lista?» Con uno sbuffo, Mary toglie Dick dal passeggino e lo depone su un lato del divano.

Mike scende dalle braccia di Chase e si piazza sul cuscino accanto a quello di Dick.

«La lista.» Alice si dondola sui talloni e batte le mani. «Oh, dimenticavo.» Quasi corre via sul grande tappeto orientale ed esce dalla porta.

Mi rivolgo all'unica tra i presenti che sembra sapere cosa sta succedendo. «Hai fatto una lista?»

Mary annuisce, sistemandosi tra i due gatti. «Nel caso in cui avessi avuto problemi a trovare idee per il gesto.»

«Gesto?»

«Eccola!» Alice torna, portando con sé una lavagna magnetica su rotelle.

Studiando i tanti post-it colorati disposti a griglia sulla lavagna, mi avvicino per leggerne uno. «Infilare le palline da golf come una collana, da disporre un arco sopra le nuove borse da golf di Gucci.»

«Oh, no.» Alice mi mette entrambe le mani sul braccio per farmi indietreggiare di qualche passo in modo da avere spazio per capovolgere la lavagna.

Thomas mi incenerisce il braccio con lo sguardo.

«*Questa* è la lista.»

Fisso le lettere traballanti scritte in maiuscolo e a colori alternati.

«L'ho scritta io,» spiega Mary, che in qualche modo si è procurata un servizio da tè che ha sistemato sul tavolino, mettendo le tazze davanti a lei, Mike e Re Dick.

Neanche i migliori sceneggiatori di Hollywood potrebbero inventare queste cose.

Riportando l'attenzione alla lavagna, leggo ad alta voce la prima riga. «Fai appendere un cartellone con scritto "Mi dispiace" a Times Square.»

«Semplice ed efficace.» Il volto di Bell si illumina. «Inoltre, conosco tutti gli addetti al marketing di New York.» Schiocca le dita. «Non avrei problemi a farlo affiggere entro stasera.»

Come farei con uno scrittore che mi propone un ruolo che *non* voglio, cerco di essere diplomatico. «Penso che sia un'*ottima* idea e ti ringrazio *moltissimo* per esserti offerta di aiutarmi, ma non riesco a capire come potrebbe piacere a Elizabeth.»

L'espressione di Bell perde tutto l'entusiasmo.

«Lei odia essere al centro della scena,» le dico. «Non credo che attirare l'attenzione di tutta New York e probabilmente di tutto il Paese possa funzionare.»

Bell torce le labbra di lato. «Beh, potremmo sempre pubblicare l'immagine di te con il grembiulino,» mormora.

Chase le lancia un'occhiata. «Come, scusa?»

«Eh?» Bell sbatte ripetutamente le ciglia.

Ignorando il bisticcio coniugale e la consapevolezza che Bell ha visto l'album di schizzi di Elizabeth, leggo la riga successiva. «Organizza un incontro con il suo vero padre e la mia nuova zia per conoscerla.»

Thomas annuisce, risoluto. «Elizabeth vuole conoscerli.»

«Sì,» mi costringo a dire, chiedendomi quanto devo essere

diplomatico per non finire preso a pugni. «Ma non dovrebbe essere *Elizabeth* a decidere se, quando e dove incontrarli?» Guardo Alice, la mia più grande sostenitrice e alleata contro la mia più grande nemesi. «Non dovremmo privarla di questa scelta, giusto?»

Come speravo, Alice annuisce. «È un'ottima osservazione, Felix.»

Thomas, le narici frementi, mi raggiunge in due lunghi passi.

Mi preparo al cazzotto, ma lui, invece di aggredirmi, cancella con fare aggressivo il suggerimento dalla lavagna con la mano, come un bambino imbronciato.

Alice si guarda le scarpe per un attimo prima di alzare la testa con un'espressione neutra molto ben impostata, e aiuta Thomas a togliersi con un fazzoletto i residui di pennarello dalle dita.

Schivato il primo proiettile, o più precisamente un pugno, torno alla lavagna, passando al suggerimento successivo, quello sotto la riga sbavata di Thomas. «Organizza una cena di famiglia.»

«Ah, questa è la mia proposta.» Eleanor Moore entra nella stanza.

Cerco Elizabeth, ma non appare.

«Mi dispiace, Felix, ma l'ho mandata a casa.» Indica i figli con aria elegante e regale.

Ho perso una battaglia, e non la guerra, mi dico mentre Eleanor continua.

«Elizabeth fin da piccola ci faceva riunire al tavolo da pranzo.»

«Anche quando volevamo ucciderci a vicenda,» aggiunge Chase.

Thomas scuote il fazzoletto prima di piegarlo due volte in

un quadrato perfetto e infilarlo in tasca. «Anche quando non eravamo molto riconoscenti.»

I tre Moore si scambiano uno sguardo pieno di amore e di ricordi felici. Mi fa rammentare che i momenti in cui Elizabeth era più disposta ad aprirsi con me erano quelli semplici, mentre cucinavo.

«Mi piace l'idea, Eleanor.»

Il sorriso della madre di Elizabeth brilla più dei suoi diamanti.

«Ma... c'è un ma.»

«Oddio.» Chase sbuffa e le appoggia la testa alla spalla. «Cosa c'è che non va?»

Faccio una smorfia; non so esattamente come spiegarlo, anche se mia madre ha chiaramente detto che non le importa che la gente sappia della sua dipendenza. «Mia madre tiene molto a Elizabeth, anche se si sono parlate solo poche volte al telefono. E speravo che la prima cena di famiglia includesse anche lei.» Sollevo una spalla. «Ma non sarà disponibile fino alla prossima settimana perché...»

La mano sottile di Eleanor si posa sulla mia spalla e la riabbassa. «Perché al momento sta facendo la cosa più coraggiosa e sana, prendendosi il tempo necessario per recuperare e affrontare la sua malattia.»

Annuisco, grato di come Eleanor ha formulato la frase. «Non andrò a prenderla prima di una settimana.» Fisso Thomas negli occhi. «E non voglio aspettare così tanto. Non posso.»

Il silenzio che segue è interrotto dal tintinnio di cucchiai e piattini.

«Le hai detto che la ami?» Mary, la visiera alzata, versa a Dick una tazza di tè immaginario.

Per quanto io sia insensibile alle centinaia di persone che mi fissano quando recito, sia davanti a una telecamera che sul tappeto rosso, non ho mai sentito la pelle così calda come adesso, quando tutti i Moore si girano a scrutarmi con la stessa domanda negli occhi.

«Ehm, no.»

Mary scuote la testa, facendo oscillare il casco da astronauta. «Io vado dal dottore dei sentimenti.» Alice sorride alla figlia. «E il mio dottore dei sentimenti dice che ogni volta che ti senti bloccata, dovresti parlare di quello che provi.» Fa finta di versare il tè a Mike Hunt.

Mike si sofferma sulla sua tazza, miagolando per la delusione di trovarla vuota.

Posata sul tavolo la teiera di plastica, Mary raddrizza il casco. «Perché non parli con Elizabeth?»

Non mi sono mai sentito così piccolo o sciocco come di fronte a quegli occhioni scuri.

E non posso fare a meno di pensare a quello che mi ha detto mia madre durante la nostra ultima telefonata, al consiglio che mi ha sempre dato, che si riferisse alla cucina, alla recitazione o alla vita: «La semplicità è la cosa migliore.»

«Ma la semplicità è noiosa,» si lamenta Chase.

Lo ignoro e continuo a pensare ad alta voce. «A Elizabeth non piace lo sfarzo.»

Alice e Bell annuiscono in tandem.

«È completamente indifferente alla ricchezza materiale.»

Thomas e Chase si uniscono alle mogli e, a malincuore, esprimono in silenzio il loro assenso.

«E soprattutto,» proseguo, ripensando alla lettera che mi ha scritto, «con tutto quello che ha passato, vuole solo sapere di essere amata.»

Mary leva la tazza da tè verso di me e io mi affretto a prendere la quarta tazza in più. Sollevandola, con il mignolo in fuori, la faccio tintinnare contro la sua. «Sei un genio.»

Inarca un sopracciglio in un gesto molto simile a quello del padre. «Sì, lo sono.»

Sto per alzarmi e andare a fare quello che avrei dovuto fare molto, molto prima, quando il miagolio di Mike mi blocca.

Riposizionando la tazza da tè sul suo piattino di plastica, allungo il pugno verso il gatto. Lui mi fissa, come se mi stesse valutando, prima di toccarlo con la zampa.

«Che mi venga un colpo,» mormora Chase.

Sai di essere innamorato perso quando trovi speranza nei consigli di una bambina di nove anni vestita da ballerina-astronauta e rassicurazione nel saluto cameratesco di una patata glabra.

* * *

Liz

Porca merda.

Non mi ricordavo che questa roba fosse così difficile da far venire via. Strofino più forte e mi passo la salvietta struccante su tutta la faccia; a ogni passaggio la pelle sembra violata e più liscia al tempo stesso.

Tornata a casa, non è solo la mia pelle a sentirsi rinvigorita. Volevo davvero dare a Camilla il beneficio del dubbio, ma non mi sono stupita quando ha riso della mia offerta di diventare una persona migliore.

Getto via la salvietta e ne prendo un'altra. Immagino che ci sia una qualche metafora nel mio aspetto, con mezza faccia senza trucco e l'altra ancora liscia e impeccabile, sopra il semplice accappatoio bianco che indosso. Forse qualcosa sull'anno che ho trascorso cercando di decidere tra la me stessa del passato e quella del presente.

Rido tra me e mi dedico all'occhio ancora bistrato, fermandomi quando mi rendo conto che il mio pensiero metaforico non viene seguito dalla voce di Stanley che mi rimprovera per quella frivola mentalità da hippie.

Sto facendo progressi.

Toc toc.

Sussulto e mi infilo il dito, su cui c'è la salvietta struccante, nell'occhio. «Cristo! Cazzo, il mio occhio.»

«*Merda.*»

Una mano mi tocca il braccio, e io la schiaffeggio via.

«*Desculpa, meu amor.*»

«Ma chi cazzo...» Stingo forte l'occhio malandato e cerco di usare l'altro, che lacrima per il trucco appena rimosso.

«Sono io, Felix.»

Anche se la sua voce, la lingua e la sagoma sfocata fanno pensare che sia davvero lui, il mio cervello ha difficoltà a riconoscere che l'uomo che ho di fronte è, in effetti, Felix Jones.

Primo, perché Felix dovrebbe essere ancora in California. E due, perché non c'è alcun motivo per cui la celebrità dai capelli e dagli occhi scuri con la mascella sexy, tutti dettagli che si mettono rapidamente a fuoco più sbatto le palpebre, si trovi fisicamente nella villa di New York dei Moore.

Nel tentativo di rassicurarmi ulteriormente, Felix si indica. «Sono io, Johnny Lo Stronzo.»

La mia risata mi sorprende, e finisco per avere un attacco di tosse tenendomi la mano sull'occhio. Proprio quel che ci mancava.

«Ti porto dell'acqua?»

Se potessi roteare gli occhi, lo farei.

Mi avvicino al lavandino lì accanto e apro il rubinetto, mi sciacquo il viso e bevo qualche sorso d'acqua fredda. Dopo aver eliminato tutto il trucco e aver temporeggiato il più a lungo possibile nel tentativo di ricompormi, chiudo l'acqua e...

«Ecco.» Felix toglie l'asciugamano dal gancio e me lo porge.

Lo prendo, mi asciugo il viso e mi rendo conto che Felix

Jones è proprio nel mio bagno, non era solo un'illusione ottica. «Cosa ci fai qui?»

«Mi hanno invitato i tuoi fratelli.» Sembra piuttosto orgoglioso.

Mi sporgo di lato, cercando Chase e Thomas nella camera da letto. Non li trovo. Mi acciglio verso Felix. «Ti hanno invitato nel mio bagno?» domando con lentezza, cercando di dare un senso alle cose.

Lui chiude gli occhi e si pinza il ponte del naso. «A casa tua.»

«Capisco.» Ma non capisco, in realtà.

«Probabilmente è per questo che loro erano così determinati a farmi compiere il gesto.»

«Loro? Loro chi?» Metto via l'asciugamano. «E quale gesto?»

«Un *grande* gesto.»

Il cuore mi batte forte. «I miei fratelli ti costringono a fare un grande gesto?»

Se le piastrelle del pavimento potessero rompersi e risucchiarmi in questo momento, sarebbe fantastico.

«No.» Mani sulle mie spalle, si china per guardarmi negli occhi. «Mi hanno aiutato a pensare a un modo per scusarmi. Volevo...» Si interrompe, come ripensandoci. «Beh, no, non volevo fare quello che mi hanno suggerito.»

«E cosa sarebbe?»

Sbuffa e alza gli occhi al cielo. «Tanto per cominciare, un cartellone pubblicitario a Times Square.» Fa un passo indietro e indica trionfante la mia espressione. «Ecco. Lo sapevo che non ti sarebbe piaciuto!»

Annuisco con forza; il solo pensiero che tutte quelle persone conoscano i miei affari mi fa sudare.

Felix abbassa la mano tutto compiaciuto. «Per questo mi sono accordato con Mary.»

«Mia nipote?» Sono sempre più confusa.

«Sì.»

A giudicare dalla sua espressione, deduco che Mary ha aggiunto un altro uomo alla lista di quelli che pendono dalle sue labbra.

«Ed è davvero una ragazzina in gamba, anche se ha una strana fissa affettuosa per quello psicopatico di tuo fratello, per Mike Hunt e per Re Dick.»

Sbuffo, mordendomi il labbro per non ridere forte.

«Ma ora che sono qui,» dice guardando il bagno di marmo bianco e passandosi una mano tra i capelli, «mi rendo conto che non me la cavo molto bene senza un copione.» La sua risata diventa improvvisamente insicura. «Forse avrei dovuto scrivere il modo in cui dire che mi dispiace prima di entrare qui dentro.»

«Oh.» La speranza, che non sapevo di avere, che la sua presenza significasse qualcosa di più di un *mi dispiace* mi fa contrarre il petto. «Quindi Amanda te l'ha detto?»

«Sì.» Chiude gli occhi, come se stesse rivivendo il momento. «Non so dirti quanto mi dispiaccia averti incolpato.»

«Va tutto bene, so che stavi...»

«*Non* va bene, Elizabeth.» Felix appare più serio di quando valutava meloni troppo acerbi. «Sapevo che non potevi aver fatto una cosa del genere, ma avevo tanta paura. C'erano troppe cose che non sapevo e che mi hanno...»

«Mi dispiace di non aver...»

«No. Non scusarti. Ti prego.» Si passa una mano tra i capelli, ricordandomi l'uomo che ho incontrato al bar. «Hai fatto più che abbastanza per me quando non me lo meritavo.»

«Non ho fatto molto.»

Mi fulmina con uno sguardo che fa concorrenza a quello di mio fratello maggiore. «Solo perché tu lo sappia, ho firmato l'assegno per la Fondazione Branson.»

Apro la bocca per protestare, ma lui mi interrompe.

«Apprezzo moltissimo quello che hai fatto, ma quei soldi sono tuoi.»

«Non proprio.»

«Sì, invece.» Mi mette le mani sulle spalle. «Sei la figlia di tua madre. La sorella dei tuoi fratelli. Sono soldi che la tua famiglia, la tua *vera* famiglia, vuole che tu abbia. E che preferirei usassi per andare a conoscere il resto della tua famiglia, così avrai ancora più persone che ti amano come meriti di essere amata.»

Mi mordo il labbro; la fitta di dolore e il sapore del detergente mi aiutano a tenere sotto controllo le emozioni.

«Perdonami per non averti creduto. Per... per averti detto che...» Si lascia scappare una serie di frasi in portoghese che, dalla sua espressione, posso solo intuire che non sono adatte ai minori. «Elizabeth, io...»

«Accetto le tue scuse.» Mi schiarisco la gola, ignorando l'immagine mentale dei miei fratelli che mi sgridano per aver ceduto tanto facilmente. Sebbene abbiano a cuore i miei interessi, crescendo con loro ho capito quanto possono essere stupidi gli uomini. «Gli amici possono chiamarmi Liz, comunque.» Sentendomi ancora una volta impacciata e speranzosa, allungo la mano tra di noi. «Quindi... piacere. Liz.»

Lui fissa la mia mano tesa, spalanca gli occhi, e la tensione impressa sul suo viso si attenua. E quando il suo sguardo scuro e sorridente si intreccia al mio, la mia speranza cresce.

La speranza che io e Felix possiamo ricominciare. Che possiamo riprovarci.

Ma lui non mi stringe la mano. «Non voglio essere tuo amico.»

Abbassando lo sguardo, mi fisso le dita dei piedi incastrate nel tappetino da bagno. «Ah, sì. Certo.» Sbatto rapida le palpebre e cerco di reprimere il dolore e la delusione che minacciano di sopraffarmi. «Voglio dire, sì, lo capisco perfettamente. Io...»

Felix mi appoggia un dito sotto il mento. «Non posso essere amico di qualcuno che amo.» Con un tocco gentile, mi fa sollevare il viso. «*E eu amo-te*, Liz. Anne. Elizabeth.» Si avvicina. «Vi amo tutte.»

«Aspetta.» Gli appoggio le mani petto e cerco di elaborare l'informazione. «Mi ami?»

«Oh, sì.» Gli occhi di Felix fissano i miei. «Ti amo tanto, *meu coração*.»

«Ma...» Mi guardo allo specchio e, quasi contagiata dalla sua insicurezza, mi tocco il viso pulito, la cintura dell'accappatoio; sono fin troppo conscia di quanto sia impreparata a questo momento. «Non sono nemmeno vestita.»

Aggrotta le sopracciglia. «E questo ha importanza?»

«Non lo so.» Una risata isterica sostituisce il singhiozzo nel mio petto. «Ne ha?»

Ride con me, un suono sommesso, non sboccato, Felix si riporta le mie mani sul petto. «Sei sempre adorabile.» Mi accarezza la guancia. «Il tuo viso, il tuo corpo, ma soprattutto...» I polpastrelli mi sfiorano il petto. «Qui.»

«... le tette?» chiedo, avvampando.

Felix rotea gli occhi. «Il tuo cuore.»

«Ah. Scusa.» Mi guardo le mani, i palmi che pulsano per il forte battito del suo cuore. «Nessuno mi ha mai fatto una dichiarazione d'amore.» Ammettere questa triste verità non aiuta l'imbarazzo.

Mi aspettavo la cosa lo divertisse, invece si incupisce. «Va bene, *meu tesouro*. Ti aiuterò a seguire il tuo stesso consiglio.»

Incontro i suoi occhi, il cui calore riscalda la mia fredda agitazione. «Quale mio consiglio?»

Si china, e la sua vicinanza mi blocca il respiro. «La sera in cui ci siamo incontrati per la prima volta.»

Mi acciglio e dico la prima cosa che mi passa per la testa. «Quando ti ho detto di andare a farti fottere?»

«Prima.» Con il dito scosta i lembi dell'accappatoio.

«Quando ti sei messo a parlare di fato nel rimorchio...» I miei pensieri si disperdono di fronte alle labbra sulla mia spalla.

«Dopo,» mormora, risalendo lungo il mio collo, il respiro che mi solletica l'orecchio.

«Non mi ricordo.» Le maniche scivolano indietro mentre alzo le mani per aggrapparmi alle sue spalle.

«Certo che te lo ricordi.» Infila le mani sotto la stoffa. «Hai detto che è ciò che rende perfetti.»

«Perfetti...» Gli faccio scorrere le dita tra i capelli e li tiro con poca delicatezza.

Il pizzico al capezzolo mi attraversa come un fulmine. «*La pratica.*»

«*Boa rapariga, meu amor.*» Accarezza la mia pelle bruciante. «*Sim*, dobbiamo fare pratica.»

Le nostre labbra si incontrano, i respiri si fondono, i corpi si allineano in quel modo perfetto che mi fa arricciare le dita dei piedi sul tappeto del bagno.

Labbra, lingua, contatto: è un bacio fantastico. Il migliore.

Se questa è la pratica, mi considero una studentessa da dieci e lode.

Rapita, non posso fare a meno di mugolare quando si scosta prima che io abbia fatto il pieno.

I suoi occhi mi fissano, seri, caldi e pieni di promesse di altre sessioni di pratica. «*Eu amo-te.*»

Sono troppo stordita dal desiderio per essere imbarazzata.

«*Eu amo-te,*» ripete, prendendomi il viso tra le mani e appoggiando la fronte alla mia. «Non importa come ti chiami. Non importa Mike Hunt. Non importa quante volte i tuoi fratelli mi prenderanno a pugni o quante volte me lo meriterò...» Si scosta senza mai smettere di guardarmi. «Ti amo.»

Deglutisco. O almeno ci provo. È piuttosto difficile in questo momento.

Come se lo percepisse, mi bacia prima un occhio: «Ti amo,» poi l'altro: «Ti amo.»

Spostandosi sul mio corpo, Felix mi copre la pelle di baci, ogni tocco delle labbra seguito dalle parole. «Ti amo.»

Finché non sono fisicamente troppo eccitata per sentirmi insicura. Finché l'umidità tra le mie cosce nude richiama fatti, e non parole. Finché le mie mani non gli afferrano la maglietta, attirandolo a me.

«Ti amo anch'io, signor Lo Stronzo.»

Capitolo Ventotto

Felix

Avevo bisogno di parlarle. Speravo mi perdonasse. Ma mai ho osato sognare che ricambiasse i miei sentimenti. Mi sembrava chiedere troppo. All'universo, a lei.

Quindi, con buona pace di prove e preparazione, sono preso alla sprovvista dalle parole.

Elizabeth approfitta del mio silenzio e si stringe a me.

La guardo negli occhi e barcollo oltre la soglia del bagno, camminando all'indietro fino a sbattere con i polpacci contro il suo letto, su cui cado.

Alle sue spalle, ai lati della porta del bagno, noto delle foto. Elizabeth da piccola, che tiene per mano la madre. Poi da adolescente, tra due ragazzi in completo; uno sorride, l'altro no. E poi una foto più recente, in cui lei è al centro di un gruppo che circonda Thomas e Alice in abiti nuziali. E ancora premi per concorsi d'arte, disegni, alcuni incorniciati, altri no. Ovunque guardi, c'è Elizabeth. Quella che era e quella che è, e che mi sta salendo sopra.

«*Também te amo.*» Il suo sorriso è la cosa più bella di questa stanza. Un sorriso che neanche Michelangelo saprebbe ricreare.

Steso sul suo letto, nella stanza piena dei ricordi, delle opere d'arte, degli scorci della donna che amo, sono di nuovo investito dalla meraviglia. «Hai studiato il portoghese?»

Lei fa spallucce e arrossisce. «Un pochino.»

Fisso il punto in cui l'accappatoio le si schiude davanti. «I tuoi fratelli hanno ragione.»

Il suo sorriso si spegne mentre scosta i lembi di stoffa. «I miei fratelli?»

Deglutisco. Di fronte a tutta quella pelle morbida e nuda è difficile trovare le parole. «Dicono che non ti merito.»

«Sono iperprotettivi.» Probabilmente sta roteando gli occhi, ma non ho modo di vederlo, concentrato come sono dalla sua umida eccitazione che mi preme in grembo.

«No. Hanno ragione.» Sognante, sollevo una mano per toccarla, ma poi esito. «Tu però non dirglielo, okay?»

Questa volta la vedo fare un'espressione esasperata. «Promesso.»

Adorabile, ecco cos'è. Le passo un dito sotto l'ombelico, e la pelle si increspa. Adorabile e morbida.

«Oh.» Mi fermo di nuovo, la mente invasa da tutte le cose che non pensavo avrei potuto dirle e che invece posso rivelarle, ora che mi ha perdonato. «Voglio portarti a incontrare mia madre.»

Lei spalanca la bocca. «Adesso?» squittisce.

«No, no.» Mi appoggio la mano sulla pancia e mi costringo a continuare a guardarla negli occhi. «La prossima settimana, quando esce dalla clinica.» Prenderò per entrambi biglietti di prima classe. E magari anche per sua madre. Persino per i suoi fratelli.

«Okay.» Mi si dimena sopra, rendendomi molto complicato

tenere gli occhi sopra l'altezza delle spalle e la mente su altro che non sia dimostrarle tutto il mio amore.

«Possiamo organizzare un grande pranzo di famiglia. Tua madre ha detto...»

«Felix.» Mi tappa la bocca con due mani. Gli occhi, prima sfumati di desiderio, sono duri e seri. «Hai detto di amarmi, vero?»

Accigliato, mi chiedo perché abbia bisogno di parlare proprio mentre glielo sto dimostrando. «Sì,» rispondo con voce soffocata dai suoi palmi.

«E allora smettila di parlare delle nostre famiglie e fammi vedere quanto mi ami.» Sorrido prima che sollevi le mani. Afferra la mia e se la porta tra le gambe, sospirando quando sfioro la carne umida.

Con la mano libera sollevo un immaginario cappello da cowboy e torno a quella nostra prima notte insieme. «Sissignora.»

Ma questa volta ne varrà la pena. La farò impazzire con tutto il mio amore.

Le tuffo dentro le dita, e un gemito di sollievo le sfugge dalle labbra. La tocco, strofino, penetro, e lei si struscia finché le cosce non si tendono. Finché le sue unghie non mi affondano negli addominali.

Appena prima che venga, mi sfilo.

Lei spalanca la bocca con un singulto.

Prima però che possa guardarmi male, mi sposto sotto di lei e le appoggio l'uccello contro, poi le prendo i fianchi. «Usami, *meu coração.*» Stringo la sua pelle morbida e la faccio scivolare in avanti, dandole il ritmo. «*Assim mesmo, meu amor.*»

Lei inarca la schiena, l'accappatoio le scivola dalle spalle, i seni ondeggiano a ogni movimento. «Mi piace.»

«*Sim.*» Reprimo un gemito; se mi lasciassi andare adesso, mi farei trasportare dalla passione e non potrei dimostrarle quanto la voglio. Quando la desidero. Quanto la amo. «*Tão bom.*»

* * *

Liz

Felix mi ama.

Forse è per questo che mi sento pervasa dall'elettricità. Ho caldo, ho freddo e mi sento euforica.

Ma potrebbe anche essere colpa dei pantaloncini da allenamento.

Il materiale sottile e appena accennato si inumidisce della mia eccitazione e genera un attrito sufficiente a stuzzicarmi il clitoride mentre mi muovo avanti e indietro sulla sua erezione.

«*Minha querida.*» Felix mi palpa i seni, pesanti dal desiderio, e li stringe. «*Amo-te.*» Mi sfiora i capezzoli con i pollici.

«Quasi. Ci sono quasi.» Mi struscio più forte, inseguendo il calore e il piacere.

Proprio quando l'orgasmo inizia a farsi sentire, Felix mi fa ribaltare sulla schiena.

«No,» brontolo, per metà petulante e per metà folle. Perché lo sono.

Felix risponde al mio reclamo togliendosi la maglietta con un solo gesto.

Riesco a malapena a vedere la tartaruga che di solito mi rapisce così tanto. «*Felix.*» Mi agito sul letto, mugolo, resa incoerente dal desiderio.

Felix mi afferra una caviglia e mi attira a sé, facendomi scivolare sulla schiena. «Ah, *meu coração.*» Continua a mormorare in portoghese mentre bacia e accarezza prima una gamba e poi l'altra.

Anche se ho imparato solo alcune frasi durante il nostro periodo di lontananza, non ho bisogno di una traduzione per capire cosa sta dicendo. Per sentire la differenza tra il nostro passato e il presente.

La voglia, il desiderio, l'attrazione: tutto è ancora lì. Ma ora, dopo il dolore, le scuse e le dure verità, c'è qualcosa di più tra di noi, qualcosa che all'inizio sembrava senza impegno ma che ora, quando le sue labbra mi raggiungono l'apice delle cosce per poi scansarle e posarsi sul mio ventre in un bacio morbide e ansante, vedo per quello che è.

Amore.

Non è una cosa passeggera. Non c'è bisogno di affrettare i tempi. Abbiamo tempo.

Felix mi ama.

Le lacrime mi offuscano la vista.

«*Ês tão bonita.*» Muove la bocca sulla mia cassa toracica. «*Meu amor.*» Mi accarezza una gamba. «*Tão doce.*» Con l'altra mi tocca il seno. «*Tão deslumbrante.*» La sua lingua mi lambisce un capezzolo. «*Eu não te mereço.*»

Anche sapendo quello che sta facendo, quello che sta cercando di mostrarmi, non posso fare a meno di contorcermi sul letto, gemendo, il corpo sul punto della combustione spontanea per eccesso di eccitazione.

Tocchi leggeri, baci delicati, stuzzicamenti con la lingua. Emetto suoni disperati e bisognosi. Così come il pulsare del mio cuore.

«Vieni per me, *meu amor.*» Mi prende in bocca un capezzolo, e con la mano mi strofina il clitoride.

Lo faccio.

Spalanco la bocca in un grido muto mentre scintille e onde si scatenano dentro di me. Inarco la schiena, i piedi piantati nel materasso e le mani tra i suoi capelli. Mi tiene stretta finché l'orgasmo non mi squassa e le lacrime mi rigano le guance.

Felix continua a baciare, sfiorare e amare il mio corpo. «*Sentes o quanto te amo?*»

Non sono sicura di cosa mi stia chiedendo. Ma so cosa voglio. «Sì.» Trovo la forza di spingerlo sopra di me. «Di più.» Allungando le mani tra di noi, gli abbasso l'elastico dei pantaloncini.

Libero il suo uccello, duro e setoso, e lo stringo, pompando su e giù.

«*Merda.*» Mi afferra l'avambraccio come se volesse fermarmi, ma poi si abbandona alle mie attenzioni.

«Comodino.» Obbedisce subito al mio comando, si tende e recupera un preservativo.

Strappa la confezione con i denti e io gliela prendo di mano, ma non glielo faccio indossare subito.

Su e giù, poi un morbido solletico dei polpastrelli sui testicoli contratti, quindi di nuovo su ad afferrargli il cazzo.

Lo faccio di nuovo. Poi di nuovo.

Abbassa la testa con un gemito profondo e lungo, che si riverbera sotto il mio tocco. «È una vendetta?»

Sorrido; la sua recente confessione e il mio orgasmo mi fanno sentire potente e giocosa. «Forse.»

Ma quando Felix alza la testa e i suoi occhi scintillano scuri nei miei, mi rendo conto che non sono stata solo io a ritardare l'orgasmo, finora.

In pochi secondi indossa il preservativo e mi solleva sulle sue ginocchia.

Mi penetra con un'unica spinta potente, e grido e tremo per il rinnovato piacere.

«Cazzo.» Felix mi avvolge con le braccia, tenendomi stretta.

«Sì.» Gli appoggio il mento alla spalla. «Così. Non smettere.»

Solleva i fianchi, si abbassa velocemente, continua a penetrarmi senza sosta. Mentre prima era lento e metodico, ora sembra impazzito e fuori controllo.

Mi piace. Lo adoro.

«Avvolgi le gambe intorno a me, *meu coração.*»

Lo faccio senza pensarci, concentrandomi sulle ondate di piacere che si stanno nuovamente diffondendo dentro di me.

Gli addominali di Felix si contraggono quando si solleva di nuovo, un sorriso a contraddire la passione che ho scatenato. «Ti amo.»

Condisce le parole con un affondo deciso, facendomi gemere tra i sorrisi.

Non l'ho mai fatto prima. Non avevo mai provato a mescolare l'amore con il sesso. Perché non ho mai amato prima.

È lento. Veloce. Troppo vicino. Troppo lontano. È sicuro e protetto, ma anche terrificante.

È tutto.

Gli agguanto schiena, mi strofino su di lui mentre continua a spingere, l'uccello che colpisce il punto G, il bacino che struscia contro il clitoride.

Mi fa piegare all'indietro per prendermi un capezzolo tra le labbra.

«Ah!» Provo ad accelerare il ritmo, ma sto godendo troppo per concentrarmi.

Mi mordo il labbro e gli artiglio le spalle. Lui non smette di scoparmi e di succhiarmi un capezzolo.

Gemo. Si sposta sull'altro seno.

Sganciando la gamba, appoggio i talloni sul materasso, cercando di fare più leva.

«No.» Felix mi ferma con un morso. «Così.»

«Ma... ho bisogno di...» Cerco di ricominciare ma non ci riesco.

«Shhh, *meu amor.*» Sospira sui miei capezzoli induriti. «Ci penso io.» Prende il controllo, facendomi sollevare contro di lui.

Mi piace, e molto. Ma non è abbastanza.

«Felix, ho bisogno di più.» Il fuoco mi lambisce il clitoride. «Ho bisogno di te.» Ombre scure mi soffondono la vista. «*Ti prego.*»

«Dimmelo.» Mi scosta, il suo cazzo scivola sempre più fuori da me. «Dillo, *meu doce.*»

Non ho bisogno di concentrarmi per capire la domanda, le parole mi escono mentre raggiungo il bordo del precipizio in cui mi ha portata. «Ti amo.» La mia voce si spezza in un singhiozzo; mi aggrappo a lui, con la schiena in bilico a pochi centimetri dal materasso. «Ti amo. Ti amo. Ti amo...»

Felix mi solleva e mi penetra ancora. Mi devasta.

Urlo e la tensione si spezza.

La mia mente si blocca, i muscoli si irrigidiscono e pulsano mentre Felix continua con spinte dure e veloci, lui stesso in cerca del piacere. Sembrano trascorrere minuti, ma potrebbero essere secondi. Il tempo non esiste fino a quando Felix non affonda un'ultima volta, fremente e caldo, dentro di me.

E quando il piacere si placa. Quando siamo sdraiati sul mio letto, sudati, infreddoliti e spossati. Quando siamo solo noi due a crogiolarci in ciò che ci siamo detti sia con le parole che con i corpi... non mi sono mai sentita così amata in vita mia.

Epilogo

Felix

«Come sto?» Sollevo il mento e lo giro a sinistra e poi a destra, studiando il mio riflesso nello specchio. «La barba va bene?»

Elizabeth infila un piede nelle Birkenstock e scuote la testa verso di me. «Sei stranamente insicuro del tuo aspetto per essere l'uomo recentemente votato come *il più sexy del mondo.*»

Roteo gli occhi e non maschero neanche il compiacimento. Il titolo annuale di "Uomo più sexy del mondo" è solo un altro premio senza senso assegnato dai tabloid a celebrità hollywoodiane a caso, ma ha dato vita ad alcuni esilaranti siparietti con i miei nuovi amici, Chase e Thomas. «Sono stato votato *prima di* farmi crescere la barba, *meu tesouro.*»

Infilando l'altro sandalo, Elizabeth ricontrolla il sacchetto dei regali vicino alla porta, assicurandosi per la terza volta che il ritratto a pastelli che ha fatto di Jackie sia ancora lì. «Non dici sempre che la parte più sexy di una persona è il suo cuore?»

«Sì, sì.» Mi allontano dalla toeletta e prendo il mio cappello da cowboy dal letto. «Ma questo è diverso. Ho fatto un gran casino la prima volta che ho incontrato i tuoi fratelli e tua madre. Preferisco cercare di iniziare con il piede giusto con tuo padre e tua sorella.»

«Da ciò che mia madre mi ha detto di mio padre, e da quello che Rose e Trish mi hanno detto di mia sorella, non mi sembrano persone che si scompongono.» Aggiusta la parte anteriore del vestito e lo sventola come a rinfrescarsi.

«Non riesco a crederci, la produzione ha approvato finalmente la mia barba per un ruolo e mi tocca incontrare tuo padre con l'aspetto di un cowboy naufrago.»

Lei ride e continua a sventolarsi.

Considerando che nella stanza d'albergo ci saranno venti gradi per via dell'aria condizionata, penso che stia cercando di raffreddare l'ansia che le ribolle dentro.

Le sollevo i capelli dal collo per aiutarla a rinfrescarsi.

Sono passati tre mesi dalla fine delle riprese per *Countdown.* Durante questo periodo, mi è stato offerto un ruolo, non da Ron, ancora arrabbiato per aver perso due giorni di riprese a causa del mio viaggio improvvisato a New York, ma da un altro regista importante. Un regista di *Broadway.*

Ora la barba che mi aveva impedito di essere riconosciuto è affissa su tutti i cartelloni pubblicitari di New York, essendo stata dichiarata "perfetta" dal reparto guardaroba per il mio ruolo del tormentato naufrago duca di Milano, Prospero, nell'opera di Shakespeare *La Tempesta.*

In pausa nell'attesa della prima di *Countdown* che si terrà questo fine settimana allo Space Center di Houston, ho chiesto a Elizabeth di uscire con me. So che non le piace essere al centro dell'attenzione, ma speravo che l'avrebbe usata come scusa per incontrare finalmente il padre e la sorella.

Le mie speranze sono state ben riposte.

Le bacio il collo prima di lasciarle andare i capelli, godendomi la pelle d'oca che le si diffonde sulla pelle e che sono abbastanza sicuro non abbia nulla a che fare con l'aria condizionata.

«Grazie.» Liz si alza e mi accarezza la guancia. «E grazie per essere venuto con me.»

«Ti va di fare un po' di pratica?»

Il sorriso di Liz cresce, più sicuro e spontaneo di quando abbiamo iniziato questo gioco. «Ti amo.»

La ricompenso con un bacio lieve. «*Também*.» Poi faccio un passo indietro e le do un buffetto sul sedere. «Ora andiamo.»

Ridendo, prende il suo regalo e mi permette di portarglielo. Ha ancora il viso arrossato, ma sembra meno accaldata.

* * *

Liz

Ci siamo. Finalmente conoscerò mio padre e mia sorella. Un rinomato scienziato e un'astronauta in carne e ossa.

Guardo il regalo nelle mani di Felix mentre percorriamo il vialetto che porta a casa di mia sorella; ci saranno quasi trentacinque gradi. Fresca se la paragoni alla canicola che ho sopportato l'ultima volta che sono stata a Houston.

Non faccio che chiedermi se il ritratto che ho realizzato sia una buona idea, e sono felice che Felix sia qui per schiaffeggiarmi la mano se cercassi di afferrarlo e riportarlo in macchina.

In generale, sono felice che sia qui.

«Ti amo.»

Le mie parole lo fanno bloccare nel bel mezzo del vialetto. Il sole, che ha appena iniziato a tramontare, gli incornicia il viso irsuto.

Dio, che barba orrenda!

«Te la stai cavando bene con la pratica.» Alza la tesa del

cappello da cowboy con l'indice prima di chinarsi per sfiorarmi le labbra con le sue.

Questa volta non lo dice, ma non importa. So di essere amata.

La pratica rende davvero perfetti.

Continuiamo a camminare verso la porta d'ingresso tenendoci sottobraccio.

Ho riflettuto molto negli ultimi mesi. E non solo per evitare di pensare come facevo prima di Felix. Ho iniziato a lavorare al manga di Trish, ho disegnato i loghi per l'azienda di marketing di Bell e ho perfino seguito l'esempio Mary andando anche io dal dottore dei sentimenti.

La mia vita è piena. Sono felice. Sono entusiasta di ciò che verrà.

Eppure...

Mi fermo davanti alla porta; Felix aspetta che io suoni il campanello.

«Possiamo andarcene se non sei pronta,» mi propone. «Ma lasceremo il quadro.» Solleva il pacco regalo. «È troppo bello per non condividerlo.»

Mi scosto da lui e faccio un respiro profondo. Poi suono il campanello.

Sembrano pochi secondi ma anche un'eternità prima che qualcuno apra la porta con uno strattone aggressivo.

Coda di cavallo bionda che ondeggia per il gesto, grandi occhi castani, la cui forma è familiare, che mi fissano dietro spessi occhiali dalla montatura nera. Occhi che mi squadrano mentre io faccio lo stesso con lei.

Indossa una maglietta *Ho bisogno di spazio* con il logo della NASA al posto della A, jeans blu aderenti e Converse bianche consumate.

«Ciao. Io sono Elizabeth.» Allungo la mano e per poco non le tiro un pugno nello stomaco. «Puoi chiamarmi Liz.»

Lei la afferra con entrambe le sue e la stringe con forza. «Io sono Jackie.» Continua a farle fare su e giù. «Puoi chiamarmi...» Si ferma e ride. «Jackie, ecco.»

Il suo nervosismo calma il mio. All'improvviso mi sento benissimo.

Ancora meglio quando due uomini appaiono dietro di lei.

«Ciao, Elizabeth.» Un uomo con gli occhi gentili di Jackie si avvicina a mia sorella.

I miei occhi.

«Io sono Gerald.»

Riesco a fare un cenno di saluto.

«E io sono Flynn, il marito di Jackie.»

La presentazione di Flynn sembra rompere l'incantesimo; allargo entrambe le braccia, colpendo Felix con una e il pacco regalo con l'altra. «Lui è Felix.»

Come previsto, Jackie spalanca la bocca voltandosi verso l'uomo che sembra non essersi accorta di avere davanti. Inaspettatamente, non è la sua celebrità che commenta. «Santo cielo, che barba orrenda!»

All'espressione abbattuta di Felix, appena visibile oltre la barba incolta, scoppio a ridere, come tutti gli altri.

E quando le risate si placano e veniamo accompagnati dentro, con Felix al mio fianco, non posso fare a meno di pensare di aver trovato un altro posto da chiamare casa.

Also By

La Spazio Serie

Commedie romantiche contemporanee sugli uomini e le donne della NASA.

* * *

Tutti ma non Tu! Serie

Una serie di commedie romantiche e sexy su tre fratelli e un gatto senza pelo.

L'autore

Sara è originaria della East Coast ma ha seguito il marito, ingegnere della Nasa, in Texas. Ora vive a Houston con il suo brillante marito e i suoi figli.

Ha conseguito un master in scrittura creativa presso l'Università di Bath Spa in Inghilterra e ha pubblicato come giornalista ed editorialista.

Scrive commedie romantiche perché il mondo ha davvero bisogno di ridere e amare di più.

e-mail: sara@saralhudson.com

www.saralhudson.com

www.ingramcontent.com/pod-product-compliance
Lightning Source LLC
Chambersburg PA
CBHW071206210726
48293CB00002B/313

* 9 7 8 1 9 5 4 6 0 2 7 9 3 *